U0163954

中華章法學會主編

辭章章法學體系建構叢書

第五冊

唐宋詞拾玉

——以篇章結構分析爲軸心

陳滿銘 著

萬卷樓圖書股份有限公司出版

《辭章章法學體系建構叢書》
編輯委員會

主編

中華章法學會

總策畫

許錟輝

編輯顧問

編輯委員

目次

自序

　　由於個人一直對「唐宋詞」與「篇章結構」有偏好，便一直想用單篇方式，由「篇章結構」切入，寫些有關「唐宋詞」的鑑賞性文章，於是醞釀了一段時間之後，就採納當時國立臺灣師大國研所碩士班導生仇小屏（現為國立成功大學中文系副教授）的提議，以「唐宋詞拾玉」為專欄名，自一九九五年十一月起，不定期地在《國文天地》發表，俾與同好切磋觀摩。

　　數年後，為了授課需要，才於二〇〇〇年一月出版《詞林散步——唐宋詞結構分析》一書。它的選錄，以兩宋為主，並兼及唐、五代，共選唐五代共十家、二十九首；北宋共十三家、五十三首；南宋共九家、三十八首；都三十二家、一百二十首。凡久享盛譽之詞家、廣經傳誦之名作，皆在選錄之列，足以藉觀唐、宋詞嬗變之跡。但是因它主要當作課本用，留有口頭補充的相當空間，分析都很簡單，只著眼於人之掌握，以致當做進修或課外閱讀用時，就難免有「欠詳」的缺憾。這種缺憾，當時就希望能多多少少藉「唐宋詞拾玉」作一些補救。

　　很可惜地，「唐宋詞拾玉」此一專欄，寫到二〇〇三年八月，完成了李白（二首）、張志和（一首）、白居易（一首）、溫庭筠（二首）、韋莊（二首）、馮延嗣（三首）、李璟（二首）、李煜（三首）、范仲淹（一首）、張先（二首）、晏殊（二首）、歐陽修（二首）、柳永（二首）、晏幾道（二首）、蘇軾（三首）與辛棄疾（一首），計三十一首後，即因忙於他事，而中輟下來。之後雖一直有一些讀者要求恢復，然而一拖再拖，就過了六、七年。到了今年初，《國文天地》編輯室的余小姐又提起這件事，本來打算繼續單篇刊出，後來幾經考慮，終於決定帶點主

觀地一次補足李煜（另一首）、蘇軾（另九首）、秦觀（一首）、賀鑄（二
首）、周邦彥（二首）、岳飛（一首）、陸游（一首）、辛棄疾（另六
首）、姜夔（二首）、吳文英（一首）、王沂孫（一首）、張炎（二首），
共二十九首，與「專欄」合計六十首，以「唐宋詞拾玉──以篇章結構
分析為軸心」為名，由萬卷樓圖書有限公司出版，提早和讀者見面。

　　本書所選各家，均以時代先後為序，於每家之前綴以小傳後，即引
詞作，直接以「主題」（主旨）與「篇章結構」（章法）切入，並旁及
其詞彙、修辭、文法與風格，參考其他各種既有成果，加以分析、引
證，且附以「篇章結構分析表」供參考。比較特殊的是：這次「結構分
析」，分「篇結構」（上層）與所包孕之「章結構」（次層或次層以下）
進行分析，並在「附錄」首先提供「章法類型」，為章法分析作對照查
對；其次提供〈中國詩歌之美〉，為體制、韻叶……等與詩、曲作比
較，以見詞之美感特色；然後提供〈思維系統與辭章閱讀〉，為詞作閱
讀在思維系統與辭章內涵中作明確定位。非常盼望經此努力，能使讀者
對作品「寫什麼」（真）、「怎麼寫」（善）、「好在哪裡」（美）等三層，
作較全面的深究與鑑賞。

　　此書之完成，得力於萬卷樓總經理梁錦興先生與編輯室余月霞小姐
之催促，而其相關資料，則得助於編輯室陳欣欣小姐整理者特多，在此
一一致深摯的謝忱。由於筆者識見有限，且又倉卒成稿，疏漏之處，在
所難免。尚祈 博雅君子，多所指正。

原序於二〇一〇年六月十四日
增補於二〇一四年一月十二日

唐五代編

李白

（七〇一～七六二）

　　字太白，祖籍隴西成紀（今甘肅天水附近）人。先世在隋末，因罪流徙西域。白生五歲，隨父遷居綿州（今四川綿陽）青蓮鄉，因自號青蓮居士。二十五歲時，隻身出蜀，漫遊求仕。初至長安，太子賓客賀知章讀其詩，歎為「天上謫仙」。天寶初，玄宗召見，供奉翰林，曾有龍巾拭吐、御手調羹、力士脫靴、貴妃捧硯等傳說，至今傳為風流韻事。後因權臣讒謗，乃於天寶三年，去官離京，浪遊大江南北。肅宗時，曾坐永王李璘事，流放夜郎，中途遇赦。越四年，病卒於族叔李陽冰家。有《李太白集》三十卷傳世。

〈菩薩蠻〉

　　平林漠漠煙如織，寒山一帶傷心碧，暝色入高樓，有人樓上愁。

　　　玉階空佇立，宿鳥歸飛急。何處是歸程，長亭連短亭。

　　此詞寫離情，是用「遠、近、遠」的篇結構寫成的。

　　就頭一個「遠」來看，為開篇兩句。作者在此，即以兩個倒裝句，形成「先次遠後最遠」的章結構，就「遠」寫主人翁由樓上望遠所見景象。他先寫一片茫茫的暮煙，像是一張薄薄的絲織品籠罩在平地的樹林上，用「煙」來象徵「愁」之多；這是寫「次遠」的部分。「漠漠」，廣布的樣子。王維〈積雨輞川莊作〉詩：

漠漠水田飛白鷺，陰陰樹木囀黃鸝。

這樣以客觀的寫景法來寫之後，再以主觀的寫景法寫寒山一帶所呈現的讓人見了會傷心的碧綠樹色；這是寫「最遠」的部分。作者在此，用「寒」和「傷心」來敘寫「愁」之深。本來作者所寫之景，是經過內在主觀的情感加以揀擇的，所謂「一切景語皆情語」（王國維《人間詞話》），該沒有什麼客觀者才對，但為了容易區別起見，我們通常把「情語」直接加在「景語」上的，如「吳山點點愁」（白居易〈長相思〉）、「寒蟬悽切」（柳永〈雨霖鈴〉）等，稱為主觀的寫景法；而將「情語」隱藏起來不直接加在「景語」上的，如「小山重疊金明滅」（溫庭筠〈菩薩蠻〉）、「手挼紅杏蕊」（馮延巳〈謁金門〉）等，稱為客觀的寫景法。就這樣，作者採主、客觀的寫景法，將遠望所見景物描寫得極其生動。施蟄存、王興康在《詞林觀止》（上）說：

　　主人公的主觀情感也通過對客觀景物的描述間接地傳達給讀者：那漠漠如織的煙霧和令人觸目傷懷的寒山綠色，無一不昭示著他迷惘、孤寂、悲傷的內心。梁武帝賦云：「登樓一望，唯見遠樹含煙。平原如此，不知道路幾千。」此詞首二句的境界正與此相似。

解釋清晰而深入。

就「近」來看，為「暝色」三句，形成「先外後內」的章結構，就「近」寫主人翁為「愁」所困的情景。在這個部分裡，先以「暝色」作遠近的接榫，「暝色」，即暮色。謝靈運〈石壁精舍還湖中作〉詩：

　　林壑斂暝色，雲霞收夕霏。

而這種接榫是十分重要的，如李白的〈黃鶴樓送孟浩然之廣陵〉一詩，就以「煙花」將黃鶴樓與揚州的廣闊空間銜接起來，另如王勃的〈送杜少府之任蜀州〉詩，則以「風煙」填補了長安與蜀州的無限空間，使它們不致產生脫節的現象。就以此闋詞而言，「暝色」從主觀的感覺來看，是由遠處逐漸攏向近處的，它先由「寒山」開始，經過「平林」，然後才由外而內地「入高樓」，很自然地將遠近、內外的空間連接在一起，平添了許多纏綿之感。接著作者由景寫到人，寫了主人翁佇立在樓階發愁的樣子，特地拈出一個「愁」字來貫穿全詞。唐圭璋《唐宋詞簡釋》釋云：

> 「暝色」兩句，自外而內。煙如織、傷心碧，皆暝色也。兩句折
> 到樓與人，逼出「愁」字，喚醒全篇。

可見有了這個「愁」字，就可回過頭來，將它散入暝色、傷心碧、山之寒與漠漠如織之煙霧裡，使情與景緊密地交融為一體。然後以「玉階」句，就「有人樓上愁」作一具寫，其中「玉階」用以具寫「樓上」，「空佇立」用以具寫「有人愁」。這樣寫就起了就地翻轉的作用，很合詞的上下片須藕斷絲連的要求。

就後一個「遠」來看，為結尾「宿鳥」三句，又採「先次遠後最遠的」章結構，就「遠」寫所見與所思。在此部分，先以「宿鳥」句回應「平林」、「寒山」，寫宿鳥急急歸飛山林的景象，藉以反襯出主人翁因遊子遲遲未歸的激切愁緒；然後採設問的形式，將空間拓至無窮遠，憑設想寫「長亭連短亭」的漫漫歸程，以正襯不見歸人的無盡愁思。古時五里一短亭，十里一長亭，以供休憩或送別之用。庾信〈哀江南賦〉：

> 十里五里，長亭短亭。

　　而在這由近及遠的推擴過程中，又特以「宿鳥」連接「高樓」與「平林」、「寒山」，以「長亭」、「短亭」連接「平林」、「寒山」與漫漫歸程，使得所寫的「愁」變得更綿密、更無窮。

　　通常，作品中所展現的空間愈大，則所能包容的情意也愈無窮。而這首詞由遠處的「平林」、「寒山」寫到樓上之人，續由樓上之人寫到「宿鳥」，然後極力藉長、短亭將空間無限拓遠，如此佐以其他的藝術手法，當然就可以將一篇的主旨「愁」寫得綿綿不盡，產生最大的感染力。何滿子在《唐宋詞鑑賞辭典》上說：

　　　　眼前所見的日暮景色，這平林籠煙，寒山凝碧，暝色入樓，宿鳥歸林；心中所想的那遠人，那長亭、短亭，以及橫隔在他們之間的迢遞的路程……真是「這次第、怎一個愁字了得」！

景、情融合如此，自然感人入深。

　　附篇章結構分析表供參考：

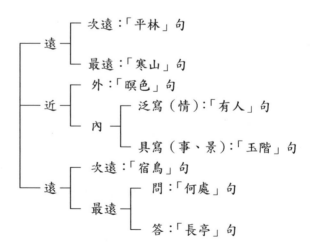

〈憶秦娥〉

簫聲咽，秦娥夢斷秦樓月。秦樓月。年年柳色，灞陵傷別。

樂遊原上清秋節，咸陽古道音塵絕。音塵絕。西風殘照，漢家陵闕。

　　這闋寫別恨之作，是用由「今」（夜有所夢）而「昔」（日有所思）的篇結構寫成的。

　　就「今」的部分來說，共含上片五句，採「先事後情」的章結構寫成，寫的是「夜有所夢」的「事」與「情」。其中「簫聲咽」三句，用以寫主人翁秦娥（長安女子）於重陽節，夜晚夢醒後對月相思的情景。《列仙傳・上》載：

　　　簫史者，秦穆公時人，善吹簫，能致孔雀白鶴於庭。穆公有女字弄玉好之，公遂以女妻焉。日教弄玉作鳳鳴。居數年，吹似鳳聲，鳳凰來止其屋。公為作鳳臺，夫婦止其上，一旦皆隨鳳凰飛去。」

「秦娥」在此，猶言秦女。它的首句「簫聲咽」，作者用了一個情語「咽」以形容簫聲，採的是主觀的寫景法，直接地由這個「咽」字傳達了秦娥的哀傷。本來，對一個獨守空閨的人而言，在平時就已夠她哀傷的了，更何況是正值重陽團圓之日呢？所以她在白天上了長安城東南的樂遊原，孤單地待了一天之後，到了夜裡，即因「日有所思」而作了夢，它的次句「秦娥夢斷秦樓月」便交代了這件事。可想而知地，在夢中，她又與從前一樣，和所思念的人會面了，但所謂「好夢由來最易醒」，醒來以後，夢境的一切卻恰與現實成了強烈的對比，加上抬頭又見樓邊之月，自然會使秦娥更哀傷不已，這就難怪簫聲會「咽」了。而這「夢」

和「月」，在寫離情的作品裡是經常出現的，有的用「月」來傳遞想思，有的用「夢」或「月」之圓來反襯別離、用「月」之缺來正襯孤單。如張九齡〈望月懷遠〉詩云：

> 海上生明月，天涯共此時。……不堪盈手贈，還寢夢佳期。

而王昌齡〈送魏二〉詩也說：

> 憶君遙在瀟湘月，愁聽清猿夢裡長。

諸如此類的例子，隨處可見。李白這樣以「夢」與「月」來襯托，使所寫的離情當然更趨於強烈。其實，「簫聲咽」三句並沒有直接說到別離，這是有待「年年柳色」兩句來交代的。這兩句，先以「年年」二字將時間一路追回到送別之際，使時間得以拉長，來容納更多的離情；次用「柳色」之變換來連接這段漫長的歲月，藉以帶出無限舊恨，來增強新愁；然後以「灞陵」點明離別地點為長安，《三輔黃圖》載：

> 灞橋在長安，跨水作橋，漢人送客至此橋，折柳贈別。

灞橋在長安，自然可用來回應「秦娥」、「秦樓」之「秦」；末以「傷別」拈出一篇之主旨，來統一全詞，使全詞充滿「傷別」之情。這裡用灞橋折柳贈別的典故來寫，既切「事」，又切「地」，和一般陳腔濫調，是有所不同的。

　　就「昔」的部分來說，共含下片五句，採「先點（時空定位）後染（內容描述）」的章結構寫成，寫的是「日有所思」的情形。它的首句「樂遊原上清秋節」為「點」，點明了登高的地點和時節；而「咸陽古道」

四句為「染」，描述了登高所見所聞。樂遊原，在今陝西省西安市南郊，本是秦時的宜春苑，漢宣帝時改為樂遊苑。唐時由於太平公主在此添造一些亭閣，遂成長安仕女遊賞勝地，尤其是每逢正月晦日、三月三日及九月九日，更是人車聚集，熱鬧非凡。這裡既說是「清秋節」，而又以「咸陽古道」之「音塵絕」作反襯，指的當是九九重陽節。這個節日，對此闋詞的主人翁而言，是別有意義的，因為在從前此日，她和所思念的人，在車水馬龍的襯映下，不知遊賞過這個地方多少回，而如今卻留下自己獨自領受「咸陽古道音塵絕」的無邊寂寞，這樣撫今追昔。當然會徘徊流連而進一步地感傷不已。尤其是到了黃昏時，又面對了「西風殘照，漢家陵闕」的寥落景象，那就更「不堪看」了。據載，西漢高祖、惠帝、景帝、武帝與昭帝的五座陵園都在附近，韋應物有〈驪山行〉詩云：

　　秦川入水長縈繞，漢氏五陵空崔嵬。

而後來的杜牧更有〈登樂遊原〉詩說：

　　長空澹澹孤鳥沒，萬古銷沈向此中。看取漢家何事業？五陵無樹
　　起秋風。

這兩首詩都提到了這五座陵園，而杜牧所謂的「看取漢家何事業，五陵無樹起秋風」，和李白這闋詞的「西風殘照，漢家陵闕」，在意境上可謂十分接近，都充滿蕭穆淒涼的氣氛，秦娥處此，自然地會興起「悔教夫婿覓封侯」之感，如此一來，她那「傷別」之情又為之推深一層。所謂「日有所思，夜有所夢」，本來寫秦娥因有所見而有所思，由有所思而有所夢，作者卻將日夜先後的順序倒轉過來，用的是逆敘的手法。由

於它表面上雖是寫離情，卻蘊含著家國興亡的深切感慨，所以氣勢顯得
雄大，劉熙載說它「聲情悲壯」（《藝概》），而王國維則說「純以氣象
勝」（《人間詞話》），說得很有道理。如果此詞確係李白所作，那麼寫
於安史之亂時，是最有可能的。施蟄存、王興康在《詞林觀止》（上）
認為；

　　　與其說歇拍兩句是作者寄情於景，倒不如說是作者借助詞的意境
　　　預言了唐王朝未來衰弱的國運。

看法相當合理，可供參考。
　　附篇章結構分析表供參考：

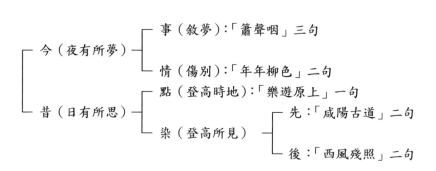

張志和

本名龜齡，字子同，婺州金華人。唐肅宗時待詔翰林。後貶南浦尉，赦還，隱居江湖間，自號煙波釣徒。著書名《玄真子》，亦以自號。因志不在魚，每垂釣，不設餌。

〈漁父〉

西塞山前白鷺飛，桃花流水鱖魚肥。青箬笠，綠蓑衣，斜風細雨不須歸。

這首詠漁父隱逸生活的詞，是用「先因後果」的篇結構寫成的。

「因」的部分，為起二句，採「先高（山）後低（水）」的章結構來寫，寫的是漁父漁釣的山水環境。西塞山，在浙江吳興縣西。《西吳記》：

湖州磁湖鎮道士磯，即志和所謂「西塞山前」也。

作者在此，依次以「白鷺飛」、「桃花」和「鱖魚肥」的動靜物態來點綴山和水，構成一幅生機盎然的閒逸畫面。首先是有山有水，這是隱士對所處環境的最基本要求。左思〈招隱〉詩云：

白雲停陰岡，丹葩曜陽林。石泉漱瓊瑤，纖鱗或浮沈。非必絲與竹，山水有清音。

而陸機〈招隱〉詩也說：

　　躑躅欲安之，幽人在浚谷。朝采南澗藻，夕息西山足。

兩人都異口同聲地以好山好水來招致隱士，所以張志和選在環境幽靜的
西塞山下來垂釣，是有原因的。其次是「白鷺」，為鷺之一種，因牠林
棲水食，潔白如雪，常與鷗為伍，成為隱居者的良伴，故歷來的辭章家
便喜歡以鷺朋鷗侶或鷺約鷗盟來比喻隱居生活，如宋方岳〈送史子貫歸
覲且迎婦也〉詩說：

　　久住西湖夢亦佳，鷺朋鷗侶自煙沙。

又如高觀國〈青玉案〉詞云：

　　一隄風月，六橋煙水，鷺約鷗盟在。

可見張志和用「白鷺飛」來點綴西塞山，是有其作用的。再其次是「桃
花」，它有著隱逸的象徵意義是眾所周知的。陶淵明有〈桃花源記〉，
記一漁人從桃花林入一山洞，見秦時避亂者的後裔閑居其中；後人便用
「桃花源」指避世隱居的地方。因此張志和用「桃花」來點綴「流水」，
不是使陶淵明「忽逢桃花林，夾岸數百步」的那種境界重現於此了嗎？
最後是「鱖魚」，牠又名桂花魚，扁形闊腹，大口細鱗，有不規則黑色
斑紋，生在淡水中，肉味鮮美。宋梅堯臣〈醉中留別永叔子履〉詩云：

　　江湖秋老鱖鱸熟，歸奉甘旨誠其宜。

可知牠的味美是和鱸是齊名的。這樣,「鱖魚肥」在鷺、桃和山水的烘托下,自然會強烈地刺激漁父垂釣的欲望。

「果」的部分,為結三句,採「先因後果」的章結構來寫,寫的是漁父漁釣的強烈意願,也就是漁父隱逸的堅定決心。作者在這裡,也是以因果關係來組合的。其中「青箬笠,綠蓑衣」是「因」,是作者給自己(漁父)塑造的一個鮮明的形象;尤其是「箬笠」上加一「青」字、「蓑衣」上加一「綠」字,可知它們是新製,且必能用之長久,更激切表達了作者避世垂釣的強烈意願與堅定決心。這樣成功地突出了漁父(自己)的造型,使得後人爭相援用,如蘇軾〈調笑令〉詞云:

　　漁父,漁父。江上微風細雨。青蓑黃箬裳衣。

又如胡舜陟〈漁家傲〉詞說:

　　我本綠蓑青箬笠,浮家泛宅煙波逸。

這種例子,隨處可見。至於「斜風細雨不須歸」則是「果」,而「斜風細雨」當是用以比喻濁世的一切困擾,《詩・鄭風・風雨》毛傳說:

　　〈風雨〉,思君子也。亂世而思君子,不改其度焉。

這樣看來,作者在此以「斜風細雨」來比喻濁世的紛紛擾擾,是有其依據的。後來辛棄疾「夜讀〈李廣傳〉」的〈八聲甘州〉詞用「紗窗外、斜風細雨,一陣輕寒」來襯托自己對仕途險惡所引起的悲憤,顯然就援用了張志和此作與蘇軾〈和劉道原詠史〉詩「獨掩陳編弔興廢,窗前山雨夜浪浪」句意。因此所謂「斜風細雨不須歸」正表明了作者要戴笠披

蓑以擺脫濁世干擾來過閑逸生活的堅定決心；蘇軾「沙湖道中遇雨」的
〈定風波〉詞說：

> 竹杖芒鞋輕似馬，誰怕，一蓑煙雨任平生。

不也是這個意思嗎？

　　作者就這樣以起二句建構了有白鷺、桃花、鱖魚作點綴的山水圖
案，再以後三句將戴笠、披蓑，不理會「斜風細雨」以垂釣的漁父嵌入
畫幅裡，使人事與自然臻於非常和諧的境界。蘇軾論王維之作「詩中有
畫，畫中有詩」，若移過來看這首詞，說它「詞中有畫」，不是也十分
恰當嗎？

　　據《新唐書‧隱逸傳》載，張志和十六歲舉明經，在肅宗朝待詔翰
林。後貶南浦尉，赦還，隱居江湖，自號煙波釣徒。每垂釣，因志不在
魚，故不設餌。共填有〈漁父〉詞五首，為聯章體，本詞即其首章，寄
托了作者的高情遠意。所謂「漁父」，其實就是張志和的化身，也是隱
逸文人的化身，因此所蘊含的生命是極充盈綿長的。黃屏在《詞林觀
止》（上）指出：

> 這漁翁形象實際就是詩人的自我寫照。詩人絕意仕途後，即泛舟
> 江湖，隱居度日，情寄自然。加之他善畫山水，故將翠山、白
> 鷺、紅花、碧水、黃魚以及青笠、綠蓑等融入畫面，輔以煙雨的
> 渲染，使此詞婉如一幅意境高遠的「煙波垂釣圖」。

指出了此詞之最大特色。

附篇章結構分析表供參考：

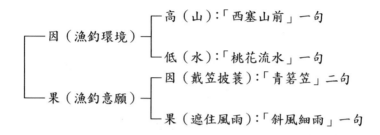

白居易
（七七三～八四六）

　　字樂天，下邽（今陝西渭南）人。自幼敏悟絕倫，生六、七月，乳母抱立屏下，指之無二字認之，百試不爽。弱冠，名未振，觀光上國，謁顧況，時況為著作郎，恃才，少所推許，因謔之曰：「長安百物皆貴，居大不易！」及覽詩卷，至〈離離原上草〉一篇，乃歎曰：「有句如此，居天下亦不難！」元和初，以直言為當道所忌，出為江州司馬。長慶中，任杭州、蘇州刺史。晚年好佛，號香山居士。居易在元和、長慶間，與元稹唱和，世稱「元白」，時號為「長慶體」。其詩主六義，不尚艱難，老嫗都解。近人以其作品多歌民生疾苦，稱之為社會詩人。有《白氏長慶集》傳世。

〈長相思〉

　　汴水流，泗水流，流到瓜州古渡頭。吳山點點愁。　　思悠悠，恨悠悠，恨到歸時方始休。月明人倚樓。

　　這闋詞敘遊子別恨，是用「先染後點」的篇結構寫成的。由開篇至「恨到歸時方始休」句止為「染」（內容描寫），結句為「點」（時空定位）。

　　「染」（內容描寫）的部分，採「先空後時」與「先動（水）後靜（山）」的章結構寫成。其中以「空」而言，它先用篇首三句，寫所見「水」（動）景，初步用二水之長流襯托出一份悠悠之恨。以水之流來襯托或譬喻恨之多，是歷來辭章家所慣用的手法，如李白〈太原早秋〉

詩云：

　　　思歸若汾水，無日不悠悠。

又如賈至〈巴陵夜別王八員外〉詩云：

　　　世情已遂浮雲散，離恨空隨江水長。

此外，作者又以「流到瓜州古渡頭」來承接「泗水流」，採頂真法來增強它的情味力量。這種修辭法也常見於各類作品，如《詩・大雅・既醉》說：

　　　威儀孔時，君子有孝子。孝子不匱，永錫爾類。

又如蔡邕〈飲馬長城窟行〉說：

　　　長跪讀素書，書中竟何如？

這樣用頂真法來修辭，自然就把上下句聯成一起，起了統調、連綿的作用。況且這個調子，上下片的頭兩句，又均為疊韻之形式，就以上片起三句而言，便一連用了三個「流」字，使所寫的水流更顯得綿延不盡，造成了纏綿的特殊效果。

　　作者如此寫所見「水」（動）景後，再用「吳山點點愁」一句寫所見「山」（靜）景。在這兒，作者以「點點」兩字，一方面用來形容小而多的吳山（江南一帶的山），一方面也用來襯托「愁」之多。南宋的辛棄疾有題作「登建康賞心亭」的〈水龍吟〉詞說：

> 楚天千里清秋，水隨天去秋無際。遙岑遠目，獻愁供恨，玉簪
> （尖形之山）羅髻（圓形之山）。

很顯然地，就是由此化出。而且用山來襯托愁，也不是從白居易才開始
的，如王昌齡〈從軍行〉從詩云：

> 琵琶起舞換新聲，總是關山離別情。

這樣，水既以其「悠悠」帶出愁，山又以其「點點」烘托愁，所謂「山
牽別恨和腸斷，水帶離聲入夢流」（羅隱〈綿谷迴寄蔡氏昆仲〉詩），
情韻便格外深長。

而以「時」而言，它藉「思悠悠」三句，即景抒情，來寫見山水之
景後所湧生的悠悠長恨。在此，作者特意在「思悠悠」兩句裡，以「悠
悠」形成疊字與疊韻，回應上片所寫汴水、泗水之長流與吳山之「點
點」，造成統一，以加強纏綿之效果；並且又冠以「思」（指的是情緒，
亦即「恨」）和「恨」，直接收拾上片見山水之景所生之「愁」，表達了
自己長期未歸之恨。而「恨到歸時方始休」一句，則不僅和上二句產生
了等於是「頂真」的作用，以增強纏綿感，又將時間由現在（實）推向
未來（虛），把「恨」更推深一層。這種寫法也見於杜甫〈月夜〉詩：

> 何時倚虛幌，雙照淚痕乾。

這兩句寫異日月下重逢之喜（虛），以反襯出眼前相思之苦（實）來，
所表達的不正是「恨到歸時方始休」的意思嗎？所以白居易如此將時間
推向未來，如同杜詩一樣，是會增強許多情味力量的。

「點」（時空定位）的部分，僅「月明人倚樓」一句，採「先時後空」

的章（句）結構來寫。雖僅一句而已，卻足以牢籠全詞，使人想見主人翁這個「人」在「月明」之下「倚樓」，面對山和水而有所「思」、有所「恨」的情景，大大地起了「以景結構」的最佳作用。大家都知道「以景結情」是辭章收結的好方法之一，譬如周邦彥的〈瑞龍吟〉（章臺路）詞在第三疊末用「探春盡是，傷離意緒」，將「探春」經過作個總結，並點明主旨之後，又寫道：

> 官柳低金縷，歸騎晚、纖纖池塘飛雨，斷腸院落，一簾風絮。

這顯然是藉「歸騎」上所見暮春黃昏的寥落景象來襯托出「傷離意緒」。這樣「以景結情」，當然令人倍感悲悽。所以白居易以「月明人倚樓」來收結，是能增添作品的情韻的。何況他在這裡又特地用「月明」來烘托別恨，更加強了效果。因為「月」自古以來就被用以烘托「相思」（別情），如李白〈聞王昌齡左遷龍標遙有此寄〉詩云：

> 我寄愁心與明月，隨風直到夜郎西。

又如孟郊〈古怨別〉詩云：

> 別緻唯有思，天涯共明月。

這類例子，不勝枚舉。陳弘治《唐宋詞名作析評》以為此詞「甚得言有盡而意無窮之妙」，能這樣，與此當不無關係。

作者就這樣以「先染後點」的結構，將主人翁在月下倚樓所見所感，融成一體來寫，使意味顯得特別深長，令人咀嚼不盡。有人以為它寫的是閨婦相思之情，也說得通，陸永品在《唐宋詞鑑賞辭典》上說：

這首詞是抒發「閨怨」的名篇，構思比較新穎奇巧。它寫一個閨中少婦，月夜倚樓眺望，思念久別未歸的丈夫，充滿無限深情。詞作採用畫龍點睛之筆，最後才點出主人公的身分，突出作品的主題思想，因而給讀者留下強烈的懸念。

如此解讀，一樣無損於它的美。

附篇章結構分析表供參考：

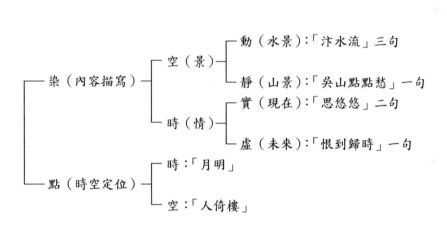

溫庭筠
（八一二～？）

　　本名岐，字飛卿，太原祁縣人。大中初（約 850），應進士，不第。徐商鎮襄陽，署為巡官。商知政事，用為國子助教。商罷相，黜為方城尉，再遷隨縣尉。卒於咸通八年（867）以前。庭筠士行塵雜，不修邊幅，能逐絃吹之音，為側艷之詞。每入試，押官韻作賦，凡八叉手而八韻成，其才思敏捷如此，時號「溫八叉」。詩與李商隱齊名，世稱溫李。詞開五代、宋詞之盛，與韋莊並稱「溫韋」。詞有《握蘭集》、《金荃集》，今不傳。惟《花間集》中尚存其詞六十六首，《全唐詩》附詞收五十九首，《金奩集》收六十二首。

〈菩薩蠻〉

　　小山重疊金明滅，鬢雲欲度香腮雪。懶起畫蛾眉，弄妝梳洗遲。
　　照花前後鏡，花面交相映。新貼繡羅襦，雙雙金鷓鴣。

　　這首詞用以抒寫怨情，是用「先底（環境）後圖（焦點）」的篇結構寫成的。其中開篇一句為「底」（環境），自第二句起至篇末為「圖」（焦點）。

　　以「底」（環境）而言，作者一開頭便以起句，採「先空後時」的章結構，寫閨房裡旭日明滅、繡屏掩映的景象，為抒寫怨情安排了一個適當的環境，並從中提明了地點（閨房）與時間（早晨），以領出下面寫人的句子。其中「小山」，自來有幾種解釋：一為枕，「金明滅」指

枕上金漆；二為眉額，「金明滅」指額上所敷蕊黃；三為屏山，「金明滅」
指旭日光輝。此三說雖皆可通，但以末說最為合理。關於這點，俞平伯
在其《讀詞偶得》裡說：

> 「小山」，屏山也，此處律用仄平，故變文耳。「金明滅」，狀初
> 日生輝，與畫屏相映。日華與美人連文，古代早有此描寫，見
> 《詩·東方之日》、《楚辭·神女賦》，以後不勝枚舉。此句從寫
> 景起筆，明麗之色，現於毫端。

俞氏在此將「金」作「初日」解，以配合「小山，屏山也」的說法，很
有見地。因為「金」常用以借代類似顏色（金黃色）的東西，而初日、
夕日就是。如鮑照〈登大雷岸與妹書〉說：

> 從嶺而上，氣盡金光；半山而下，純為黛色。

此「金光」之「金」，用以借代夕日。而陸游的〈金山觀日出〉詩說：

> 遙波蹙紅鱗，翠靄開金盤。

此「金盤」之「金」，則用以借代初日。可見俞氏由這角度來解讀此句，
確實較圓滿，而且是有依據的。

　　以「圖」（焦點）而言，含次句至篇末，採「由先而後」的章結構，
按時間的先後，寫美人在閨房中的各種情態與動作，以襯出怨情。首先
是「鬢雲欲度」句，寫美人「未起之容儀」（唐圭璋《唐宋詞簡釋》）。
其中「鬢」，用以借代整頭的頭髮，使形象變得格外顯明；「雲」則用
以形容髮之亂。而「鬢雲」一詞，顯為「雲鬢」之倒裝，如此以「雲」

為主體，自然就能增強髮亂的樣子；如果不予倒裝，把「雲」當作形容性的附加詞來用，那麼髮亂如雲的程度，就會被主體的「鬢」所吞蝕而降低，感染力也就將大大減弱，可見這麼寫，該不是為了要切合此調的平仄所作的調整啊！而句末的「香腮雪」，也當作如是觀。至於「度」，是蓋過、掩住的意思；再加上一「欲」字，採用擬人的手段，把亂髮要遮掩住雪白的香腮而又未能遮掩住的樣子，作了極靈動的描寫。經此一寫，已巧妙地暗示主人翁在亂髮來回微拂之後甦醒過來了。

　　其次是三、四兩句，寫美人醒後梳妝畫眉的事。在此，作者下一「起」字，緊承上一句的「待起末起」（周汝昌語，見《唐宋詞鑑賞辭典》）來作進一步的敘寫，並特加一「懶」字，與下句末的「遲」字彼此呼應，以充分摹寫美人起身梳妝畫眉時無精打采的情態，初步替主人翁襯出一份怨情來。作者另有一首〈菩薩蠻〉詞云：

　　玉鉤褰翠幕，妝淺畫眉薄。春夢正關情，鏡中蟬鬢輕。

雖沒用「懶」、「遲」二字，卻也同樣活現出主人翁的慵懶心情，是極耐人咀嚼的。本來，照一般習慣說，婦女都先梳洗、弄妝，然後畫眉，而作者在這裡卻倒過來寫，這是為了要切合平仄所作的調整，該沒有什麼奧妙可言。

　　再其次是五、六兩句，寫的是美人梳妝停當後簪花的情形。主人翁要簪好花，特地用鏡子前前後後地照看，以使所簪的花能取對位置，並且端正不偏。就這樣前後照看，結果看到了鏡中的人面與花光互相輝映。鏡中的花既美，而人更美，但自己所思念的人卻不予顧惜，而遲遲未歸。如此一來，又含蓄地替主人翁增添了一份怨情。在此值得一提的是，作者這兒用「前後」二字，不但照應了妝檯奩內的座鏡與手中所持的柄鏡，也把簪花的整個過程包含在裡面，技巧是相當高的；而「花面

交相映」，更是道前人之所未道，周汝昌在《唐宋詞鑑賞辭典》說：

> 兩鏡之交，「套景」重疊，花光與人面，亦交互重疊，至於無數
> 層次！以十個字寫此難狀之妙景，盡得神理，實為奇絕之筆。

作者的詞筆確實很「奇絕」，令人歎賞。

最後是末二句，寫美人簪花後穿衣的事。這位美人要找衣服來穿，
找來找去，找到了一件剛熨過的羅衣，卻發現衣上繡著一雙金鷓鴣的圖
案，於是「興孤獨之哀與膏沐誰容之感」（唐圭璋《唐宋詞簡釋》）。大
家都知道，鷓鴣是似雉而稍大的一種鳥，牠的鳴聲如在說「行不得也哥
哥」，最易牽動人的相思之情，所以常被辭章家用以烘托離情，如李益
〈鷓鴣詞〉云：

> 湘江斑竹枝，錦翅鷓鴣飛。處處湘雲合，郎從何處歸？

又如李涉〈鷓鴣詞〉云：

> 惟有鷓鴣啼，獨傷行客心。

這種例子，到處可見。可知作者如此寫，又含蓄地再次為主人翁襯出怨
情，以收束全詞。唐圭璋在其《唐宋詞簡釋》裡說：

> 有此（末句）收束，振起全篇。上文之所以懶畫眉、遲梳洗者，
> 皆因有此一段怨情蘊蓄於中也。

有「一段怨情蘊蓄於中」，正道出了此詞的重心與特色。

　　總括起來看，作者在這闋詞裡，先寫環境，再寫美人在這環境中的種種情態與動作，首先是睡醒，其次是懶起，再其次是梳洗、弄妝、畫眉，接著是簪花，最後是穿衣，就這樣依序而為，從篇外襯這位美人的無限怨情來。寫來章法極密，手法極高。

　　附篇章結構分析表供參考：

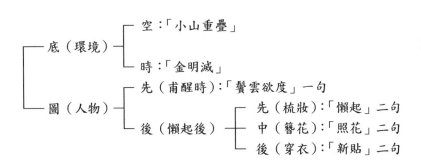

〈更漏子〉

玉爐香，紅蠟淚。偏照畫堂秋思。眉翠薄，鬢雲殘，夜長衾枕寒。　　梧桐樹，三更雨，不道離情正苦。一葉葉，一聲聲，空階滴到明。

　　此詞詠離情，是用「先內（室內）後外（室外）」的篇結構寫成的。

　　先就「內」（室內）來看，採「先景（物象）後事（人事）」的章結構寫成。作者在此，首先以起二句，寫室內的物象：其中「玉爐香」，敘精美的香爐在室之一角正燃燒著香屑，在表面上看來，雖只是景語而已，但就像王國維在《人間詞話》裡所說的：「一切景語皆情語」，也含有無限的愁思。後來的李清照在〈醉花陰〉詞中說：

薄霧濃雲愁永晝，瑞腦消金獸。

正是以爐煙裊裊來襯出愁思，所以「玉爐香」是寓情於景的句子。而
「紅蠟淚」，寫的是蠟燭在室之另一角熔化、下流如淚的景象，這顯然
化用了李商隱〈無題〉詩的詩句：

　　　春蠶到死絲方盡，蠟炬成灰淚始乾。

當然更足以表示主人翁（愁婦）的愁緒。不過，「淚」在溫詞裡，用作
動詞，如孔稚珪〈北山移文〉云：

　　　淚瞿子之悲，慟朱公之哭。

又如魏源的〈江南吟〉之一云：

　　　花農獨為田農淚。

用法是相同的。其次以「偏照畫堂秋思」三句，由物象而及於人事，寫
主人翁在閨房裡悲秋的情景：其中「偏照」句，緊接「紅蠟淚」而寫，
所謂「偏照」，是斜斜照射的意思，除了有力地為蠟淚與人作了接榫、
連成一體外，又形成了一明一暗的效果，以增強悲愁的氣氛。而「畫
堂」更承上交代了「玉爐香，紅蠟淚」的地點，這個地點是一精美的內
室，崔顥〈王家少婦〉詩說：

　　　十五嫁王昌，盈盈入畫堂。

這裡的「畫堂」，指的便是同樣華麗的內室。至於「秋思」，本指悲秋
的情緒，如沈佺期〈古歌〉說：

夜寒秋思洞房開。

就是明顯的例子，但溫庭筠在這裡，卻指悲秋之人，即本詞的主人翁。既然主人翁在畫堂裡悲秋，究竟怎樣在悲秋呢？作者便進一步地以「眉翠薄」三句作具體的描繪。這三句，極寫這個主人翁，由於長夜悲秋而輾轉衾枕，無法成眠，以致眉黛褪色，鬢髮不整。這樣具寫主人翁為愁所苦的樣子，尤其將「翠眉」、「雲鬢」倒裝為「眉翠」、「鬢雲」，以強化形象的鮮明度，又用「薄」、「殘」二字作深一層的刻畫，使作品產生了更大的感染力。

次就「外」（室外）來看，採「景、情、景」的章結構寫成。作者在此，首先以「梧桐樹」二句，寫三更時分，冷雨打在梧桐樹上的景況，以烘托「秋思」。蘇軾〈次韻朱光庭初夏〉詩云：

臥聞疏響梧桐雨。

又李清照〈聲聲慢〉詞云：

梧桐更兼細雨，到黃昏點點滴滴，這次第，怎一個愁字了得。

可見用「雨打梧桐」來寫愁緒之多，是辭章家所慣用的手法。因此溫詞在他們之前這樣寫，是有帶頭作用的。接著以「不道離情正苦」一句，更將瀟秋雨擬人化，說它不理會室中主人翁深夜不眠，而懷人的苦情（秋思），以發揮承上啟下的橋樑功能，又從中拈出全篇的主旨「離情」來貫穿全詞，手段之高，令人歎服。末了以「一葉葉」三句，緊承上句，寫梧桐夜雨無情地滴階，直到天明的景況，以進一步烘托「秋思」。在這裡，作者一方面用「葉葉」、「聲聲」的類疊效果，使所抒之

情更顯得纏綿不絕；一方面又用「空」字來增強夜雨滴階聲的響亮度，要是將「空」改作「玉」，那麼滴階之聲就會被吞蝕大半了。由於這三句修辭狀景入妙，所以頗受後人愛賞。宋人聶勝瓊有〈鷓鴣大〉詞說：

　　枕前淚共階前雨，隔著窗兒滴到明。

顯然就脫胎於此，寫得雖略遜一籌，卻也語淺而情深，有動人之處。

　　總括起來看，這首詞先於上片開端三句，寫一愁婦在閨房內獨對爐香、蠟淚而悲秋的情景，作為敘寫的開端；再以「眉翠薄」三句，針對愁婦悲秋之情，用眉薄、鬢殘與輾轉無眠，初步作視覺形象之描繪；然後以下片六句，承「夜長」句，寫愁婦獨聽梧桐夜雨、滴階至明的情景，將悲秋之情，也就是離情，進一步作聽覺形象之表出。這樣寫，離情便化抽象為具體，不但散入雨聲、爐香、蠟淚與衾枕裡，更爬滿薄眉、殘鬢之上，使全詞處處含愁，有著無盡的韻味。唐圭璋《唐宋詞簡釋》說：

　　此首寫離情，濃淡相間，上片濃麗，下片疏淡。通篇自晝至夜，
　　自夜至曉，其境彌幽，其情彌苦。

指出了本詞之特色。

附篇章結構分析表供參考：

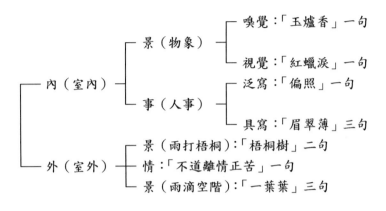

韋莊

（八三六～九一〇）

　　字端己，京兆杜陵人。僖宗廣明元年（880），應舉入長安。時值黃巢兵至，莊陷重圍。中和三年（883），著〈秦婦吟〉一篇於洛陽，以紀其事；時人號「秦婦吟秀才」。未幾南遊，至昭宗景福二年（893）始還京師。次年成進士，授校書郎，時年且六十矣。昭宗天復元年（901）入蜀，王建辟為掌書記。六年後唐亡，王建稱帝，莊為宰相，一切開國制度，多出其手。卒諡文靖。因在成都時曾居杜甫草堂故址，故詩集號《浣花集》。劉毓盤輯其詞為《浣花詞》一卷，共得五十五首，刊入《唐五代宋遼金元詞六十種》中。

〈菩薩蠻〉

　　紅樓別夜堪惆悵，香燈半掩流蘇帳。殘月出門時，美人和淚辭。
　　琵琶金翠羽，絃上黃鶯語。勸我早歸家，綠窗人似花。

　　這是韋莊五首〈菩薩蠻〉組詞的第一首，主要是在寫有家歸不得的痛苦，是用「先凡（總提）後目（分應）」的篇結構寫成的。
　　「凡」（總提）的部分，為起句。作者在此，首先在此作個總括，提明主旨，以貫穿全詞。其中「紅樓」為「凡一」，「別夜堪惆悵」為「凡二」，採「並列（凡一、凡二）」的章結構形成雙軌關係。作者就在此，首先敘明地點是在華美的樓房裡，這種樓房，本指富貴者所居，如李白〈侍從宜春苑〉詩云：

東風已綠瀛洲草，紫殿紅樓覺春好。

又如白居易〈秦中吟〉說：

紅樓富家女，金縷繡羅襦。

但作者在此，應是指歌樓酒館而言，因為作者大半生流寓江南，由於歸思難收，便常到歌樓酒館買醉，作者另一首〈菩薩蠻〉所謂：

騎馬倚斜橋，滿樓紅袖招。翠屏金屈曲，醉入花叢宿。

寫的就是這種買醉的生活。這一回，作者又要從此地流浪到其他的地方，而這紅樓女便趁此離別之前夕，在樓上設酒筵來餞別，由於彼此經過了一段時間的相處，值此離別之際，就像另一首〈菩薩蠻〉所說的：

勸君今夜須沈醉，尊前莫話明朝事。珍重主人心，酒深情亦深。

那當然會「惆悵」不已了。

「目」（分應）的部分，自「香燈」句至篇末，也採「並列（目一、目二）」的章結構來呈現。其中「目一」，為「香燈」一句，乃承上句之「紅樓」來寫，寫紅樓中的一間閨房，這時正點著「香燈」，並半掩著「流蘇帳」，葉嘉瑩在《唐宋詞鑑賞辭典》裡說：

「帳」而飾以「流蘇」，其精美可知；「燈」上更著以「香」字，則香閨蘭麝，掩映宵燈，情事亦復可想。

這樣針對「紅樓」加以具寫，確實使得這閨房除了增添繾綣之情外，又形成一明一暗的效果，越發襯映出主客雙方的「惆悵」之情。陳廷焯《白雨齋詞話》以為：

> 韋端己詞，似直而紆，似達而鬱，最為詞中勝境。

他這種說法，由此詞開篇兩句即可獲得證明。

「目二」由「殘月」句至篇末，用以具寫「別夜惆悵」。其中「殘月」二句，寫的是門外夜別的惆悵。在這裡，作者一方面先以「月」呼應起句「別夜」之「夜」，一方面又以「殘」正襯「別夜」之「別」，有力地烘托出「別夜惆悵」的氛圍。然後以「美人和淚辭」一句，具寫這位紅根樓美人之「惆悵」，像這樣以「淚」來具寫愁苦之情，是自古以來的辭章家都慣用的，如司馬相如〈長門賦〉云：

> 左右悲而垂淚兮，涕流離而縱橫。

又如李白〈怨情〉詩說：

> 但見淚痕濕，不知心恨誰。

再如杜甫〈得廣州張判官叔卿書使還以詩代意〉詩也說：

> 欲寄雙愁眼，相思淚點懸。

此類例子，俯拾皆是。可見作者用「淚」來具寫「惆悵」，是人情之常，而且也是最直接的。

　　至於下片四句，寫的是樓上夜別的惆悵。很顯然地，就時間順序來說，這個部分應置於「門外夜別」之前，而作者卻倒過來寫，用的正是逆敘的手法。這種手法頗常見，即以詞而言，李白的〈憶秦娥〉（簫聲咽），便是著例。它在上半闋所寫的是「夜有所夢」，而下半闋則用以寫「日有所思」，情形與此類似。就在這逆敘的四句詞裡，作者先以「琵琶」二句，透過美人手彈琵琶來使「惆悵」具象化。所謂「金翠羽」，鄭騫在其《詞選》裡注說：

　　　金翠羽，琵琶之飾也，在桿撥上，今日本藏古樂器可證。

注釋簡單而明白，足資採信。既然紅樓中的美人手抱著精美的琵琶在彈著離曲，使絲弦上不斷地傳出婉轉如鶯啼的曲聲，自然會推深「惆悵」之情，尤其是作者用「黃鶯語」來喻弦音，更增加了離情別緒，因為「黃鶯語」與離情是脫不了關係的，唐金昌緒〈春怨〉詩云：

　　　打起黃鶯兒，莫叫枝上啼。啼時驚妾夢，不得到遼西。

可見韋莊這麼寫。是蘊含著無限離思的。儘管飽含著離思，這位美人卻繼琵琶語後又發出了叮嚀之語，拿「綠窗人似花」為理由來勸遊子早作歸計，這更使得「惆悵」之情加深一層。對這兩句，葉嘉瑩在《唐宋詞鑑賞辭典》中分析說：

　　　然則彼綠窗之美人，既有如花之美麗，足以繫遊子之相思，更有如花之易於凋落，足以增遊子之警惕，那麼，只為珍惜這一朵易落的花容，遊子自必當早作歸家之計矣。

　　既然當早作歸計，而又不得不繼續流浪下去，這樣作者那種有家歸不得的痛苦就很含蓄地表達出來了。這和作者另一首〈菩薩蠻〉所說：

　　　　未老莫還鄉，還鄉須斷腸。

意思可說是一樣的，所謂「欲歸之心，亦愈迫切」（唐圭璋《唐宋詞簡釋》），是更令人為之「惆悵」的。

　　總括來看，這首詞先在起句點明主旨，接著以「香燈」句，就「紅樓」來具體寫出夜別之所在，為夜別安排一個適當的環境；再以「殘月」二句，藉「殘月」與「淚」具寫在門外夜別的惆悵；然後以下片四句，追敘在樓上夜別的情景，經由美人琵琶與叮嚀之語，將夜別之惆悵進一步帶出來。作者如此以「先凡（總提）後目（分應）的結構詠來，使人讀後，也不禁為之惆悵不已。

　　通常，人都以為此詞乃追憶之作，作於晚年寓蜀時，寫的是當年離家的情景，而所謂「紅樓」即「綠窗」之所在，所謂「美人」即「人似花」之「人」，這樣當然是解釋得通的。不過，若從另一角度切入，把「紅樓」與「綠窗」、「美人」與「人似花」之「人」分開來看，不是更合情合理嗎？

　　附篇章結構分析表供參考：

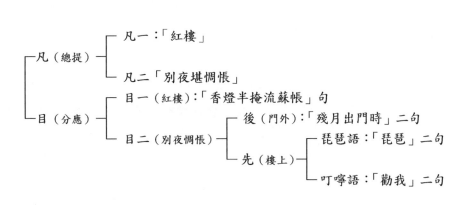

〈菩薩蠻〉

人人盡說江南好，遊人只合江南老。春水碧於天，畫船聽雨眠。
壚邊人似月，皓腕凝霜雪。未老莫還鄉，還鄉須斷腸。

　　此詞和起句作「紅樓別夜堪惆悵」的前一首〈菩薩蠻〉一樣，寫的
是有家歸不得之恨，也用「先凡（總提）後目（分應）」的篇結構寫成，
但以「先因後果」的章結構」形成了雙軌，這和前一首是稍有不同的。
　　「凡」（總提）的部分，共兩句，即起二句。其中首句直接指出江
南之好，是人人所樂道的，這說的是事實。如南朝謝朓〈鼓吹曲〉說：

江南佳麗地，金陵帝王州。

而唐白居易也有三首〈憶江南〉詞極寫江南之好，其一云：

江南好，風景舊曾諳。日出江花紅勝火，春來江水綠如藍。能不
憶江南？

可見江南之好，的確可令人流連忘返，這對流浪在外的人而言，當然是
足以暫慰思鄉之懷的。所以此句對次句來說，為「因」，是第一軌；而
次句寫他鄉的遊子只適合在此江南終老，則是「果」，為第二軌，關於
這兩句，唐圭璋在《唐宋詞簡釋》中說：

起兩句，自為呼應。人人盡說江南之好，勸我久住，我亦可以
老於此間也。「只合」二字，無限悽愴，意謂天下喪亂，遊人飄
泊，雖有鄉不得返，雖有家不得歸，惟有羈滯江南，以待終老。

這可說是一篇的綱領所在，以下「目」（分應）的部分，就是由此貫串而為一的。

「目」（分應）的部分，共六句，即由「春水」句起至篇末。其中「春水」四句，為「目一」，是就第一軌來寫的；而結二句，為「目二」，是就第二軌來寫的。以「目一」的部分而言，「春水」句，寫的是「江南好」之一，即江南景色之好。作者在此呈現的是水天一色的無邊春光，比起白居易所說的「春來江水綠如藍」來，空間更形擴大，充分地為下一句的敘寫預作鋪墊。而「畫船」句，寫的是「江南好」之二，即江南生活之好，很技巧地和次句的「遊人」呼應，表示這和水天一色之景，是可以暫慰遊子思鄉之懷的。至於「爐邊」二句，寫的是「江南好」之三，即江南人物之好，但這人物不是一般人，而是賣酒之美女，這可從「爐邊」二字看出。所謂的「爐」，也就是「鑪」或「鑢」，《後漢書·孔融傳》注云：

> 鑢，累土為之，以居酒瓮，四邊隆起，一面高，如鍛鑢，故名鑢。

很明顯地，作者寫「壚邊人」，當是用了司馬相如、卓文君的典故，《史記·司馬相如傳》云：

> 買一酒舍沽酒，而令文君當鑢。

可見「壚邊人」，指的就是賣酒的美女。作者由於幾度流浪到江南，經常上酒樓買醉，以慰客懷，所以在這裡出現「壚邊人」，是極自然之事。而所謂「似月」，是說美人的容顏亮麗得像皎潔的月亮一樣，如此用「月」來形容美人容顏，是相當常見的，如隋江總〈優填像銘〉云：

　　眸雲齒雪，月貌金容。

又如明宋濂〈思春辭〉云：

　　歌扇但疑遮月面，舞衫猶記倚雲箏。

這是十分明顯的例子。至於所謂「皓腕凝霜雪」，是說她的手腕潔白得
像凝有霜雪一般，對這一句，葉嘉瑩在《唐宋詞鑑賞辭典》中說：

　　「皓腕凝霜雪」者，言其雙腕之皓白如雪也。昔曹植曾有句云：
　　「攘袖見素手，皓腕約金環」（〈美女篇〉），則當此女郎賣酒之
　　際，攘袖舉手間，其皓如霜雪之雙腕的姿致撩人可以想見。江南
　　既有如此之美女，則豈不令遊子生愛賞留戀之意？

這樣，當然又可以暫慰遊子思鄉之懷了。以上四句，全針對起句之「江
南好」來寫，關於這點，葉嘉瑩在《唐宋詞鑑賞辭典》中又說：

　　「人人盡說江南好」以下，全寫江南之好，有碧於天的春水，有
　　畫船聽雨之生活，有壚邊如月之佳人。一氣貫注，全力促成「遊
　　子」「只合江南老」的多種理由。

把這幾句的關係與作用分析得十分簡要而清楚。
　　以「目二」的部分而言，乃承次句之「江南老」來寫。這兩句先敘
「果」再交代「因」，也就是說：「未老」句是「果」，而「還鄉」句是
「因」。如果照著先因後果的順序來了解，則是這樣子的：作者由於家
鄉（京兆杜陵）正遭雜亂，假使回到故鄉，一定會為之「斷腸」不已，

所以輾轉思量後，決定在未到非落葉歸根之前，留在江南而不回去。這樣顛倒因果來寫，將句式由敘事改為判斷，使得「斷腸」之苦更趨濃烈，產生了最大之感染力。譚獻在《譚評詞辨》中說：

> 怕腸斷，腸亦斷矣。

而唐圭璋在其《唐宋詞簡釋》中更剖析說：

> 「未老」句陡轉，謂江南縱好，我仍思還鄉，但今日若還鄉，目擊離亂，只令人斷腸，故惟有暫不還鄉，以待時定。情意宛轉，哀傷之至。

他的解析是很精確的。

作者的〈菩薩蠻〉組詞共有五首，這是其第二首，雖然和第一首（紅樓別夜堪惆悵），在中心意旨和結構上沒多大差別，但在運材與修辭上卻各極其妙，各有特色。令人讀後，不僅為他「有家歸不得」而惆悵，也強烈地感受到他「運密入疏，寓濃於淡」之美。

附篇章結構分析表供參考：

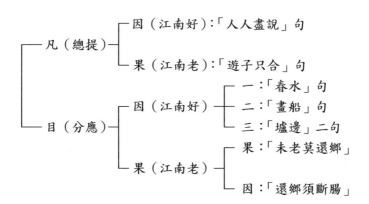

馮延巳
（九〇四～九六〇）

　　一名延嗣，字正中，廣陵人。有才學，多技藝，烈祖以為秘書郎，使與元宗李璟遊處。元宗立，屢為宰相。後罷為宮傅卒，年五十七。延巳工詞，詞風遠溫而近韋，而堂廡特大，開北宋一代風氣。有《陽春集》傳於世。

〈謁金門〉

　　風乍起，吹皺一池春水。閑引鴛鴦芳徑裡，手挼紅杏蕊。　　鬥鴨闌干遍倚，碧玉搔頭斜墜。終日望君君不至，舉頭聞鵲喜。

　　此詞用以寫「終日望君君不至」的惆悵之情，是用先「目」（分應）後「凡」（總提）的篇結構所寫成的。

　　先就「目」（分應）的部分來看，採「先遠後近」的章結構加以呈現。作者在此，首先以「風乍起」二句，寫女主人翁一大早梳洗後站在風池前望君而君不至的惆悵，這和溫庭筠〈夢江南〉詞所說「梳洗罷，獨倚望江樓」的情形，是極其類似的，只不過作者在這裡未直接加以交代罷了。而這種惆悵之情，就像王國維所說的「一切景語皆情語」（《人間詞話》），完全用所見景物來襯托。有人以為風吹皺了滿池春水，一如人在惆悵時額頭起皺紋般，比喻得很貼切，雖也說得通，但遠不如說這種外在景象使這位女子在她心湖裡激起了陣陣漣漪來得好，因為這樣就使得內情和外景完全交融在一起，已無法分清孰外孰內了。對於這點，高章宋在《唐宋詞鑑賞辭典》裡說：

　　它的妙處不僅僅在於寫景，而在於它以象徵的手法，把女主人公
　　不平靜的內心世界巧妙地揭示出來。春風攪動了池水，春風更攪
　　亂了思婦的心。

他用幾句話便道出了這兩句詞的奧妙所在，這是「目一」（遠）的部分。
　　其次以「閑引」二句，寫這位女子留在花徑中望君而君不至的惆
悵，也一樣將情寓於景，而這個「景」的重心不是置於她所見之景，而
是自己「閑引鴛鴦」與「手挼紅杏」的舉動上。其中「閑引」，是默默
逗弄的意思。由於這逗弄的對象是鴛鴦，便起了強烈的反襯作用，使這
位女子湧生孤單之情。如此以鴛鴦反襯孤單之情，在詩詞中是極常見
的，如杜甫〈佳人〉詩云：

　　合昏尚知時，鴛鴦不獨宿。

又如韋莊〈菩薩蠻〉詞云：

　　桃花春水淥，水上鴛鴦浴。凝恨對斜暉，憶君君不知。

可見「閑引鴛鴦」的動作強化了這位女子不平靜的心境。而她在逗弄鴛
鴦的同時，又不知不覺地將剛開的紅杏花蕊用手搓碎，這更顯露了她激
烈波動的內心世界，因為花是人人喜愛的，並且也象徵著美好的事物或
時光，甚至像陳弘治在其《唐宋詞名作析評》中所說的「以『紅杏』暗
示其豔情」，照理說，是該加以寶愛珍惜才對，但這位女子卻把它挼碎
了，這種異常的舉動非常有力地形象了她不平靜的心境，使惆悵之情又
推深了一層，這是「目二」（次遠）的部分。
　　接著作者以「鬥鴨」二句，寫這位主人翁倚於鬥鴨欄邊望君而君不

至的惆悵。所謂「鬥鴨闌干」，雖然《三國志‧吳志‧陸遜傳》有如下記載：

> 時建昌侯慮於堂前作鬥鴨欄，頗施小巧，遜正色曰：「君侯宜勤覽經典以自新益，用此何為？」慮即時毀撤之。

看來是指將一些鴨子圈在裡面使牠們相鬥的一種闌干，但鬥鴨的風氣到了宋代已式微，所以趙與旨《賓退錄》卷八說：「人多疑鴨不能鬥」，可知此說未必妥當，而陳弘治在其《唐宋詞名作析評》以為：

> 此處指闌干之作鬥鴨形狀者。鬥鴨，蓋言闌干之華飾耳。

這種說法顯然合理得多了。就在此鬥鴨闌干之前，這位女子倚了又倚，倚個不停，經由「遍」字，巧妙地傳達了時間推移與內心焦慮的意思，並且進一步地用「碧玉搔頭斜墜」來具寫她為愁所苦的樣子，將惆悵之情推至極處，這是「目三」（近）的部分。

　　再就「凡」（總提）的部分來看，採「先正後反」的章結構加以呈現。作者在此，以「終日」句，將上面「目」的部分作一總括，明白交代這位女子已「望」了一整天卻失望了，她開頭是望於風池前，繼而是望於花徑裡，最後是望於闌干旁，藉此由遠而近地將全詞聯綴在一起，使讀者終於知道這位女子內心之所以不平靜（惆悵），是由於「終日望君君不至」的緣故。本來寫到這裡，只要用一個能表示惆悵之情的「情語」來收尾就可以了，而作者卻用「舉頭」句，藉「聞鵲喜」之「喜」反逼出惆悵之情來，這可說神來之筆，妙到極點。如眾所知，古人以為喜鵲是專來報喜訊的，《西京雜記》卷三云：

　　乾鵲噪而行人至。

而《禽經》在「靈鵲兆喜」下，張華也注云：

　　鵲噪則喜生。

可見「聞鵲喜」確定是一個喜兆，這當然會使這位女主人翁的心中充滿
了希望；但一「舉頭」之後，她的視線越過了「闌干」、「芳徑」、「春
水」，投向遠方，究竟是發現了「君至」還是「君不至」呢？作者雖未
明言，卻可從作者中所提供的線索得知結果，那就是依然「君不至」，
如此，這位女子的惆悵之情便變得更濃更亂，更無法收拾了。所謂「意
在言外」，使作品的韻味更趨深長。
　　由於作者的藝術表現手法十分出色，甫一問世，便贏得了大眾的喝
采，馬令《南唐書‧黨與傳下》說：

　　延巳有「風乍起，吹皺一池春水」之句，皆為警策。元宗（南唐
　　中主李璟）嘗戲延巳曰：「吹皺一池春水，干卿何事？」延巳曰：
　　「未如陛下『小樓吹徹玉笙寒，』」元宗悅。

元宗本身是個極富才情的詞家，雖然在這裡未正面對馮延巳此詞作出評
價，但愛賞之情卻溢於言表，由此可覘此詞受重視之一斑。

附篇章結構分析表供參考：

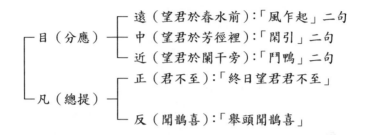

$$
\begin{cases}
\text{目（分應）} \begin{cases}
\text{遠（望君於春水前）：「風乍起」二句} \\
\text{中（望君於芳徑裡）：「閑引」二句} \\
\text{近（望君於闌干旁）：「鬥鴨」二句}
\end{cases} \\
\text{凡（總提）} \begin{cases}
\text{正（君不至）：「終日望君君不至」} \\
\text{反（聞鵲喜）：「舉頭聞鵲喜」}
\end{cases}
\end{cases}
$$

〈蝶戀花〉

幾日行雲何處去？忘卻歸來，不道春將暮。百草千花寒食路，香車繫在誰家樹？　淚眼倚樓頻獨語。雙燕來時，陌上相逢否？撩亂春愁如柳絮，依依夢裡無尋處。

此詞用以抒寫離愁，是用「先目（分應）後凡（總提）」的篇結構寫成的。

首先就「目」（分應）的部分來看，共含八句，即自篇首至「陌上相逢否」止，採「先高後低」的章結構來寫。作者在此，乃針對著此詞結尾的「無尋處」三字，藉眼前景，並透過設想，以寫無處可追尋的情景。其中「幾日行雲」三句，寫的是暮春時無處追尋的行雲，以襯出一份離愁。由於雲往往是飄浮不定的，所以辭章家很喜歡用行雲或浮雲來比喻人之行蹤不定，如唐·戎昱〈送零陵妓〉詩云：

寶鈿香蛾翡翠裙，妝成掩泣欲行雲。

又如李白〈送友人〉詩云：

　　　　浮雲遊子意，落日故人情。

這樣的例子，俯拾皆是。可見詞中的女主人翁在一般人都團圓的寒食節
時看到行雲在天空飄浮不定，當然就會特別想到洽遊在外的人，而怨嗟
不已。這種怨嗟之情，由「不道」（不管、不理會）二字進一步作了強
烈的表達，使所襯托的一份離愁更形濃摯；這是「目一」（高）的部分。
而「百草千花」二句，寫的是寒食節時無處追尋的香車，以襯托另一份
離愁。其中「百草」句，是承「春將暮」加以具寫的。由於到了暮春寒
食節時，到處可以見到繁花蓐草，因此作者以「百草千花」來點綴遊春
之路，白居易〈題李次雲窗竹〉詩說：

　　　　千花百草凋零後，留向紛紛雪裡看。

這裡的「千花百草」雖不是專就寒食節來寫，但也同樣寫出了競美鬥妍
的花草之多。而這花和草，在延巳這闋詞裡，顯然又暗中喻指歌娃舞
女，白居易〈贈長安妓人阿軟〉詩說：

　　　　綠水紅蓮一朵開，千花百草無顏色。

又清代譚獻〈蝶戀花〉詞也說：

　　　　連理枝頭儂與汝，千花百草從渠許。

也都以花草為喻，可見這種喻意是十分常見的。至於「香車」句，是與
「何處去」先後呼應的。所謂「香車」，正如李邕〈春賦〉所云：

　　跨浮雲之寶騎，頓流水之香車。

指的是華貴之車，為冶遊之人所乘，而這位女主人翁所設想的是它會繫
在那一家歌樓酒館外的樹上，而流連忘返？這就愈加增添了怨嗟之情，
使所寫的離愁更推深一層；這是「目二」（低：遠）的部分。到了下片
的「淚眼倚樓」三句，寫的是雙燕歸來而遊子卻不知身在何處的痛苦，
以襯托另一份離愁。作者在此，寫這位盈盈粉淚的女子正倚樓而望，以
等待遊子的歸來，結果卻只見到雙燕歸來，於是頻頻「獨語」，問雙燕
「陌生相逢否」？問得十分癡。本來寫情寫到「真」，已是很難得，如
果寫到「癡」，那就更動人了。唐・李益〈江南曲〉云：

　　早知潮有信，嫁與弄潮兒。

而歐陽修〈蝶戀花〉詞則云：

　　淚眼問花花不語，亂紅飛過秋千去。

寫的內容雖有不同，但都一樣寫得極「癡」，令人為之嗟歎。還有這位
女子問「雙燕」，除了牠正是倚樓時所見而實寫外，也藉以反襯出人未
歸的意思，唐翁宏〈春殘〉詩說：

　　落花人獨立，微雨燕雙飛。

又宋王炎〈江城子〉詞說：

　　人獨處，雙燕飛。

兩者都很技巧地藉「雙燕」反襯出孤單之情來這和延巳此作的用法是一樣的。這樣，自然就強化了所寫的離愁，這是「目三」（低：近）的部分。

其次就「凡」（總提）的部分來看，僅有兩句，即結二句，採「先果後因」的章結構來寫。先是「撩亂春愁」句，既拈出了一個「愁」字來喚醒全詞，又以柳絮之紛飛來加強愁緒之撩亂；而這紛飛之柳絮，正是夢後所見，更使這位女主人翁怨嗟不止。其實，傷離之人見到了柳，已經夠傷心的了，這就像晏幾道〈清平樂〉詞所說的：

渡頭楊柳青青，枝枝葉葉離情。

而魏夫人〈菩薩蠻〉詞也說：

三見柳條飛，離人猶未歸。

可見柳已夠人動離憂了，又何況是柳絮呢？作者另一首〈蝶戀花〉詞云：

滿眼游絲兼落絮，紅杏開時，一霎清明雨。

又皇甫松〈夢江南〉詞云：

夢見秣陵惆悵事，桃花柳絮滿江城。

這兩首詞都用柳絮之多來襯托離情，可知作者用柳絮之「撩亂」來加強「春愁」，是更具感染力的。再來是結句，在此特地提到了「夢」，而夢

出現在詩詞裡，往往是完美的，團圓的，如陳陶〈隴西行〉說：

> 可憐無定河邊骨，猶是春閨夢裡人。

又如李白〈憶秦娥〉詞說：

> 簫聲咽，秦娥夢斷秦樓月。

都把夢中和夢後作成強烈的對比，以加強夢後之痛，延巳此作也不例外。這位女主人翁在夢中見到了所思念之人，但好夢卻易醒，以致夢醒之後夢境已「無尋處」，那就更增強了怨嗟之情。而這「無尋處」的感覺由於填滿心中，使得醒後所見都難脫無處追尋的況味，這樣作者夢後「無尋處」的內情，便和所見「無尋處」的外景相糅相襯，而融合為一了。

由上述可知，這首詞是用「無尋處」三字為綱領來貫穿全詞的。為了要加強這「無尋處」的效果，作者採用了設問的技巧來寫，首先是問「行雲」，其次是問「香車」，最後是問「雙燕」，以充分將悵望之切、相思之深表達出來，唐圭璋在其《唐宋詞簡釋》中以為此詞「總以人不歸來，故一問再問」，並說：

> 纏綿悱惻，一往情深。

很簡明地道出了此詞的最大特點。

附篇章結構分析表供參考：

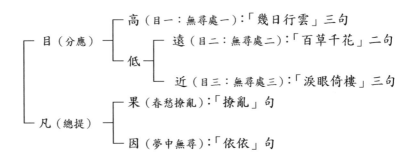

〈蝶戀花〉

六曲闌干偎碧樹。楊柳風輕，展盡黃金縷。誰把鈿箏移玉柱，穿
簾燕子雙飛去。　　　滿眼游絲兼落絮，紅杏開時，一霎清明雨。
濃睡覺來鶯亂語，驚殘好夢無尋處。

這闋詞藉夢後的驚殘況味來寫主人翁的相思之情，是用「先目（分
應）後凡（總提）的篇結構寫成的。

就「目」（分應）的部分來看，採「並列（目一、目二）」的章結
構形成兩軌關係。頭一軌為上片五句，用以寫「驚」（目一）。它首先
以「六曲」三句，寫風驚楊柳的景象。其中「六曲闌干」，當是指轉了
六道彎曲的闌干，就像轉了十二道彎曲的叫「十二曲闌干」一樣。古詩
〈西洲曲〉云：

闌干十二曲，垂手明如玉。

這種曲曲闌干，本來是玉人所常依偎的，而如今所依偎卻是碧樹，這使

碧樹起了轉化的作用，而得以寓情於景，曹光甫在《詞林觀止》（上）
說：

　　起句的「偎」用得熨貼而有風情，紅闌依傍碧樹，似若有情。

如此寓情於景，所寫的景當然就格外生動了。「楊柳」二句，緊承起句
的「碧樹」而來，寫的是春風輕拂，萬物皆靜止，而楊柳卻受了「驚」，
盡量擺動著它金黃色絲條的姿態。作者在此下一「盡」字，不但寫足了
柳條的輕柔，也描繪了柳條受驚的程度，這樣引生而出的相思之情也就
越發濃烈了。其次以「誰把」二句，寫箏驚簾燕的景象。「鈿箏」，指
的是嵌金為飾的箏；「玉柱」，指的是箏上用以繫弦的小木柱。溫庭筠
〈和友人悼亡〉詩云：

　　寶鏡塵昏鸞影在，鈿箏絃斷雁行稀。

而南朝沈約〈詠箏〉詩則云：

　　秦箏吐絕調，玉柱揚清曲。

這樣由「鈿箏」加上「玉柱」，表示了有人在撫箏。而作者用一「誰」
字，更增添了迷離的情致。這個「誰」，可以是別人，也可以是本作品
裡的主人翁，但無論是誰，都足以加重此時此境獨處的難堪，因為箏弦
上所傳出來的聲音，是那麼悲涼，使本在簾內安棲的雙燕都被驚得穿簾
而飛去了。曹光甫在《詞林觀止》（上）說：

　　殊不料撫箏消愁愁更愁，玳瑁梁上雙棲的海燕被激越的箏聲驚

擾，雙雙穿簾飛去。以燕之雙襯人之單，燕驚人亦驚，景語中滲
透了情。

他把這兩句詞的妙處都道盡了。

至於第二軌，含下片開端三句，用以寫「殘」（目二），寫的是清
明驟雨後春殘的景象。在此，這位主人翁隨著雙燕之飛去，將視線由室
內投向簾外，首先進入眼簾的是飄浮在空中的蛛絲，沈約〈三月三日率
爾成篇〉詩云：

游絲映空轉，高楊拂地垂。

可見游絲浮空，恰是殘春之景，人見了是會加深孤單之感的，因為有游
絲浮空，就表示沒有人走動，那不是會有「終日誰來」（李煜〈浪淘沙〉）
的悲歎嗎？而「落絮」，就像作者另一首〈蝶戀花〉所說的：

撩亂春愁如柳絮。

它所引出的愁緒，既多且亂，使人更為難堪。此外，紅杏花開，卻又遭
天之妒，受到「一霎清明雨」的摧殘而落下，這正如唐戴叔倫〈相思曲〉
所云：

落紅亂逐東流水，一點芳心為君死。

讓人見了更會增添相思之情。由此看來，作者在這兒寫「游絲」、「落
絮」和雨打花落的景象，除了扣緊著「殘」字來取材外，對所寫的相思
之情是大有推深之作用的。更何況又用了「滿」、「兼」兩字來加強效

果呢！孫映達在《唐宋詞鑑賞辭典》裡說：

> 連用「滿」字與「兼」字，加重語氣，與上片「盡」字同，皆從
> 虛處摹寫，增強了春深的感觸，讀來如聞喟嘆。

他注意到這點，是十分難得的。

就「凡」（總提）的部分來看，雖只有兩句，卻足以總括上面別為
兩軌來寫的條分部分。這兩句形成「先因後果」的章結構，其中「濃睡」
句是「因」，「驚殘」句是「果」。由於這位主人翁由有所思而有所夢，
夢到和所思念的人會面，正所謂「一晌貪歡」（李煜〈浪淘沙〉），卻偏
偏被鶯之亂語而驚斷好夢，使好夢成殘，於是內心充滿了「驚」和「殘」
的強烈感覺，那就無怪她夢醒後所看到的景物，非「驚」即「殘」，而
所激起的相思之情也就無法收拾了。對於這點，唐圭璋在《唐宋詞簡
釋》中說：

> 鎮日淒清，原無歡意，方期睡濃夢好，一晌貪歡，偏是鶯語又驚
> 殘夢，其惆悵為何如耶？

而傅庚生在《中國文學欣賞舉隅》中更詳細分析說：

> 居人愁臥，好夢為鶯語驚殘；因是凡有所見，輒覺有「驚殘」況
> 味。雙燕呢喃畫樑間，怡然甚樂也，忽不知誰何移柱彈箏，「驚」
> 得雙燕穿簾飛去。紅杏初開，豔難比也，忽然攪天之妒，一場春
> 雨，纔開已「殘」。燕飛花落之外景，與驚殘好夢之內情相糅相
> 襯；即輕風吹柳亦似寓一「驚」字，游絲落絮，亦似寓一「殘」
> 字。輕愁淺恨，在在侵人，驚殘好夢，乃彌可傷耳。

他們的闡述、分析都很有道理，尤其是傅氏之說更把此詞寫作的特點都概括殆盡了。

　　綜觀此詞，用「目」（分應）的部分來寫景、「凡」（總提）的部分來抒情，使「凡」和「目」呼應、情和景交融，真可算得上是難得一見的好作品。

　　附篇章結構分析表供參考：

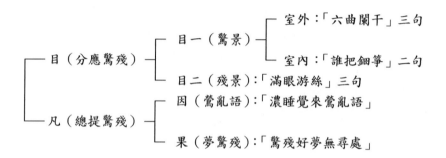

目（分應驚殘）┬ 目一（驚景）┬ 室外：「六曲闌干」三句
　　　　　　　 │　　　　　　　└ 室內：「誰把鈿箏」二句
　　　　　　　 └ 目二（殘景）：「滿眼游絲」三句
凡（總提驚殘）┬ 因（鶯亂語）：「濃睡覺來鶯亂語」
　　　　　　　 └ 果（夢驚殘）：「驚殘好夢無尋處」

李璟

（九一六～九六一）

字伯玉，徐州人。烈祖元子。烈祖受禪，封吳王，改封齊王。嗣位，改元保大，在位十九年，以宋建隆二年（961）殂於洪都（今南昌），年四十六。史稱南唐中主。今存詞四首。

〈攤破浣溪沙〉

菡萏香銷翠葉殘，西風愁起綠波間。還與韶光共憔悴，不堪看。

細雨夢回雞塞遠，小樓吹徹玉笙寒。多少淚珠何限恨，倚闌干。

此詞係念遠憂國之作，是依時間的展演過程，也就是用「先昔（夢前）後今（夢醒）的篇結構寫成的。

先就「昔」（夢前）的部分來說，包括上片四句，採「由先而後」的章結構來呈現。其中一、二兩句，用以寫秋殘之色，而這秋殘之色全落在荷之香銷與葉殘上。荷花，也稱蓮花，又名菡萏。《詩·陳風·澤陂》云：

彼澤之陂，有蒲菡萏。

這裡所詠的「菡萏」，就是荷花。這種花開於夏季，等到秋風一起，便開始香銷而零落，就連原本翠綠的葉子也逐漸被摧傷而凋殘，形成一派

秋殘之色。所以作者用「菡萏」句寫了秋殘之色後，就用「西風」句交代它所以如此的原因。本來西風起於綠波之間，使荷花香銷葉殘，純是一種自然現象，但經作者加一「愁」字來修飾「風」之起後，就把「風」人性化，使得荷花的香銷葉殘和主人翁突然連鎖在一起，而此主人翁之愁也可想而知了。葉嘉瑩在《唐宋詞鑑賞辭典》裡說：

> 「愁起」者，既是愁隨風起，也是風起之愁。本來此詞從「菡萏香銷翠葉殘」寫下來，開端七字雖然在遣辭用字之間已經足以造成一種感發的力量，使人引起對珍美之生命的零落凋傷的一種悼惜之情，但事實上其所敘寫的，卻畢竟只是大自然的一種景象而已。「西風」之「起緣波間」，也不過仍是自然界之景象，直到「起」字上加了此一「愁」字，然後花與人始驀然結合於此一「愁」字之中。

可見「愁」字在這裡的作用是極大的。至於三、四兩句，寫的是人在殘年的景況。作者在此，用「還與」之「還」，將時光倒流，追溯到過去，在新愁之上又加上舊恨，使作品的感染力更為增強。而「韶光」，指的是美好的時光，也就是春光。南朝梁簡文帝〈與慧琰法師書〉云：

> 五繫消空，韶光表節。

這裡的「韶光」即指春光而言。所謂「韶光憔悴」，就是春光老而變為秋色的意思，這樣寫，分明和上兩句起了呼應，因為面對秋殘之景而想到這是春光老所致，而人也隨著春光之老，而由壯盛時期步入暮年，這個意思可以由所下「與」字得知，而尚誠在《詞林觀止》（上）也說：

「還與」句引彼形己，突出物我相同，美好的時光都已過去，只剩下憔悴的模樣了。

他的體會十分真切。由於人在殘年，是不堪面對秋殘之景的，所以說「不堪看」，這三個字下得決斷有力，既「申足了上句物我兩衰、難以相對之意」（尚誠語，見全上），又將所寫的「愁」推深了一層。

後就「今」（夢醒）的部分來看，包括下片四句，也採「由先而後」的章結構來呈現。其中「細雨」句寫夢之殘。此時作者因身居洪都，故常思念南京舊都，這一回作了夢回到南京，卻好夢易醒，醒時看見樓外正細雨綿綿，所謂「無邊絲雨細如愁」（秦觀〈浣溪沙〉），使他更愁上加愁，不能自已。關於「雞塞」這個地方，前人都誤作是在內蒙的「雞鹿塞」，而聞汝賢在其《詞選》中卻說：

> 按中宗此時因避周患，徙洪都，即今南昌，太子李煜留守南京舊都。此處之雞塞，或渾指雞鳴山而言，因此時之南京，正當國防要塞之主力線，中宗日夜憂思，不免時縈魂夢。

這個說法顯然比較合理。而「小樓」句，寫的則是曲之殘。這時作者獨處於小樓之上，因情懷難釋，便吹笙自遣，一直吹到吹完一整套大曲，致笙寒凝水為止。唐圭璋在《唐宋詞簡釋》中說：

> 夢回細雨，凝想人在塞外，悵惘已極，而獨處小樓，惟有吹笙以寄恨，但風雨樓高，吹笙既久，致笙寒凝水，每不應律，兩句對舉，名雋高華，古今共傳。陸龜蒙詩云：「妾思正如簧，時時望君暖」，中主詞意正用此；而小游「指冷玉笙寒」句，則又從中主翻出。或謂玉笙吹徹，小樓寒侵，則非是也。

他的看法是很正確的。其實，這個「寒」字不單單是用以寫笙而已，也用來寫主人翁淒涼的心境，因為對有愁的人來說，寒的觸覺會傳入內心，引起淒涼之感，所以「寒」便有了「淒涼」的意思。如晉・潘岳〈秋興賦〉云：

> 蟬嘒嘒而寒吟兮，雁飄飄而南飛。

又如唐皎然〈隴頭水〉詩之一云：

> 碎影搖槍壘，寒聲咽慢軍。

這些例子極常見。可見他的哀愁不但沒有因吹笙而遣去，反而又為此增添不少，所以很自然地掉下淚來，而且掉個不停，因為有多少恨而淚就有多少啊！於是作者便以「多少」句來寫淚之殘。還有，這位主人翁在夢前原是「不堪看」秋殘之景的，但到了此時，已不得不「倚闌干」來面對秋殘之景，而不斷地淚灑闌干了。由「不堪看」而「倚闌干」，這中間藏了無盡之恨，令人咀嚼不盡。唐圭璋在《唐宋詞簡釋》中說：

> 末兩句承上，申述悲恨。「倚闌干」三字結束，含蓄不盡。

「含蓄不盡」正是本詞的佳妙處。

　　總結起來看，此詞是以一「殘」字為綱領，由開端貫到末尾的，對這一點，傅庚生在《中國文學欣賞舉隅》中分析得很清楚：

> 意以為全闋固脈注於一「殘」字耳。「菡萏香銷翠葉殘」，是荷
> 殘也，「西風愁起綠波間」，是秋殘也，「還與韶光共憔悴，不堪

看」，是人在殘年對殘景，誠然其不堪看也。王氏之所云有美人
遲暮之感者蓋如此。「細雨夢回雞塞遠」，是夢殘也，「小樓吹徹
玉笙寒」是曲殘也，人在殘年感已多，「多少淚珠何限恨」，矧
更「倚闌干」對此殘景乎？

全詞脈絡貫通到這樣，令人不得不佩服南唐中主手段之高妙。

　　附篇章結構分析表供參考：

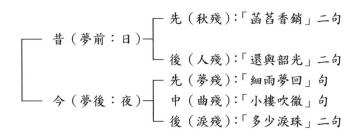

〈攤破浣溪沙〉

手捲真珠上玉鉤，依前春恨鎖重樓。風裡落花誰是主？思悠悠。

　　青鳥不傳雲外信，丁香空結雨中愁。回首綠波三楚暮，接天
流。

　　此闋詞旨在寫春恨，是用「先內（室內）後外（室外）」的篇結構
寫成的。

　　以「內」（室內）而言，僅開篇一句，用以寫主人翁舉手捲起真珠
簾的動作，這也算是引子，為此詞之敘寫先拉開序幕。所謂「真珠」，
是真珠廉的省稱。唐羅隱〈簾〉詩之一云：

會應得見神仙在，休下真珠十一行。

又元馬致遠〈小桃紅·四公子宅賦·夏〉云：

映簾十二排真珠，燕子時來去。

就是這種用法。至於「玉鉤」，是玉製的掛鉤，亦為掛鉤之美稱。《楚辭·招魂》說：

挂曲瓊些。

漢王逸注說：

曲瓊，玉鉤也。……雕飾玉鉤，以懸衣物也。

指的就是這種東西。而作者在此特地用了「珠」和「玉」二字，十分引人注目。尚誠在《詞林觀止》（上）說：

珠和玉，兩者都是富貴華麗的標誌，暗示出詞人不同凡俗的身份。

這種體會是相當深刻的。

　　以「外」（室外）而言，自「依前」句至篇末止，是採「先凡（總提）後目（分應）的章結構寫成的。以「凡」（總提）的部分來說，僅「依前」一句，用以寫重重關閉住樓閣的春恨，明白拈出「春恨」二字，以貫穿全詞。所謂「依前」，乃依舊之意。韓愈〈月蝕詩效玉川子作〉詩說：

依前使兔操杵白，玉階桂樹床婆娑。

用法與此正同。這樣將時間回溯到從前，很自然地使春恨新舊重疊，產生更大的感染力。所以王沛霖、傅正谷在《唐宋詞鑑賞集成》中說：

> 「依前」二字，說明此種春恨不只今春有，往年也有；春恨年年，由來已久。用了此二字，一下將春恨的份量加重了許多，從而體現春恨之深。

至於「鎖」字，採擬人的技巧，轉抽象為具體，又造成了特殊效果。劉學楷在《唐宋詞鑑賞辭典》裡說：

> 「鎖」字不但把無形的春恨形象化了，而且傳出重樓中人那種為重重春恨所包圍的抑鬱空悶的感受。

這是體味有得的話。

以「目」（分應）的部分來說，是由「風裡落花」句至篇末止，針對著總括部分所拈出的「春恨」，條分為三層來具寫它。首先是「風裡落花」二句，藉風裡不由自主地飄落的花來具寫春恨。其中上句是因，下句是果。就「因」而言，風裡落花本是自然的現象，無所謂恨不恨，但由有心人看來，就完全不一樣了。大體來說，花落是春殘之景，傷心人見了是會更傷心的，又何況它又可以比喻愁之多，且象徵著美好時光或事物的結束呢？李白〈憶舊游寄譙郡元參軍〉詩云：

> 問余別恨今多少，落花春暮爭紛紛。

這顯然以「落花」之紛紛，比喻愁恨之多。而晏幾道〈臨江仙〉詞則云：

　　去年春恨卻來時，落花人獨立，微雨燕雙飛。

這和李璟此作極相似，都是用「落花」來象徵一段美好時光的結束。所以這闋詞的主人翁，見「落花」在風裡更「爭紛紛」，除了使恨加深外，又增添了無可奈何之苦。因為花落是不由自主，別有主宰的，這和晏殊〈浣溪沙〉詞所說的：

　　無可奈何花落去。

有異曲同工之妙，那就難怪作者要為之「思悠悠」（果）了。而這裡的「思」，讀去聲，指心緒，在此相當於說「恨」，白居易〈長相思〉詞云：

　　思悠悠，恨悠悠，恨到歸時方始休。

寫「恨」這種心緒，是一樣綿長無盡的。以上是「目一」的部分。

　　其次是「青鳥不傳」二句，藉雨中的丁香來具寫春恨。在這裡，作者先交代了春恨的真正原因為「青鳥不傳雲外信」，《藝文類聚》卷九十一引〈漢武故事〉說：

　　七月七日，上（漢武帝）於承華殿齋，正中，忽有一青鳥從西方來，集殿前。上問東方朔，朔曰：「此西王母欲來也。」有頃，王母至，有兩青鳥如烏俠（夾）侍王母旁。

這個神話故事，乃根據《山海經‧海內北經》「其南有三青鳥，為西王母取食」之說加以變化而成，後人因稱傳遞信息的使者為「青鳥」。而「雲外」，用以指遙遠的地方，依據聞汝賢《詞選》的說法是這樣子的：

按中宗此時因避周患，徙洪都，即今南昌，太子李煜留守南京舊都。

如此遙遠之地，當是指南京而言。由於南京是作者時縈魂夢的地方，卻未傳來任何音訊，心中不免焦慮，於是面對雨中的丁香花時，就不由得更使「恨」推深一層了。丁香，一名雞舌香，花蕾簇生於莖頂，稱為「結」，而這個「結」就像人的愁恨鬱積不解一樣，因此在文學作品中常用「丁香結」來喻指人愁恨之鬱結，如李商隱〈代贈〉詩云：

芭蕉不展丁香結，同向春風各自愁。

又如牛嶠〈感皇恩〉詞云：

自從南浦別，愁見丁香結。

可見李璟此詞以「丁香結」來比喻難解的愁結，是前有所承的。如此景中含情，使作品的韻味變得更深長了。以上是「目二」的部分。

末了是「回首綠波」二句，藉晚春黃昏時接天的水流來具寫春恨。三楚，地名，指西楚、東楚、南楚；通常都用以泛稱兩湖一帶之地。阮籍〈詠懷〉詩云：

三楚多秀士，朝雲進荒淫。

這裡的三楚就是指這個區域，這位主人翁身處這種楚天、楚地，看到的是春水綠波，它不斷地向天際奔流這在暮色中，是倍覺淒涼的。一般說來，水流可用以比喻愁恨，如王維〈送張四〉詩云：

楓林已愁暮，楚水復堪悲。

又如劉禹錫〈竹枝詞〉云：

花紅易衰似郎意，水流無限似儂愁。

可知李璟這兩句雖是寫景，但也藉以抒情。唐圭璋在其《唐宋詞簡釋》中說：

「回首」兩句，別轉江天茫茫之景作結，大筆振迅，氣象雄偉，而悠悠此恨，更何能已？

這樣景中又含情，自然使「恨」更趨「悠悠」，而由江天伸向「雲外」。以上是「目三」的部分。

很顯然地，作者在此詞裡，先拈出「春恨」來統攝全篇，再由近而遠地，藉風裡落花、雨中丁香和接天江流，來作具體之表達，使作品自首至尾充盈著悠悠長恨，令人玩味不盡。

附篇章結構分析表供參考：

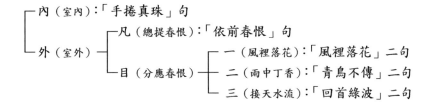

<pre>
┌─內（室內）：「手捲真珠」句
│   ┌─凡（總提春恨）：「依前春恨」句
└─外（室外）─┤   ┌─一（風裡落花）：「風裡落花」二句
               └─目（分應春恨）─┼─二（雨中丁香）：「青鳥不傳」二句
                                 └─三（接天水流）：「回首綠波」二句
</pre>

李煜
（九三七～九七八）

初名從嘉，字重光，元宗第六子。宋太祖建隆二年（961）嗣位為南唐國主，在位十五年。開寶八年（975），宋曹彬破金陵，煜出降，封違命侯，改封隴西郡公。太平興國三年（978）七月七夕卒，年四十二。史稱南唐後主。煜善為歌詞，而后周氏，善歌舞，尤工琵琶，故時多吟詠，惟作品多已散佚。後人輯存，僅得詩詞數十篇而已。

〈清平樂〉

別來春半，觸目愁腸斷。砌下落梅如雪亂，拂了一身還滿。

雁來音信無憑，路遙歸夢難成。離恨恰如春草，更行更遠還生。

此詞寫「離恨」，是用先「凡」（總提）後「目」（分應）的篇結構寫成的。

就「凡」（總提）的部分來看，為開篇二句，採「先因後果」的章結構來寫。其中首句為「因」，敘明離別的時間為一個半月，即仲春二月的中旬如果照李煜臣虜於宋的時間來推算，這一年該是宋太祖太平興國元年（976）。這時李煜辭廟北上才「春半」，時間雖短，而他卻由一國之君淪為階下之囚，變化之大，讓他難於承受，因此「觸目」所見，無非是哀悽之景，而愁腸也為之寸斷，悲不自勝了。所謂「腸斷」，用以形容極度的悲痛，晉·干寶《搜神記》卷二十有段記載說：

臨川東興，有人入山，得猿子，便將歸。猿母自後逐至家。此人
縛猿子於庭中樹上以示之。其母便搏頰向人，欲乞哀狀，直是口
不能言耳。此人既不能放，竟擊殺之，猿母悲喚，自擲而死。此
人破腸視之，寸寸斷裂。

由此看來，「腸斷」一詞當出於此。而作者在「腸斷」之上又加一「愁」
字，那就更為悲痛了。後來范仲淹有〈御街行〉詞云：

愁腸已斷無由醉，酒未到，先成淚。

兩者致愁的原因雖不同，但對極度悲痛的形容是一致的。就這樣作者以
「觸目愁腸斷」句為「果」，藉「觸目」作一泛寫，以統括後面分目具
寫「觸目」所見之各種景物；藉「愁腸斷，為主旨「離恨」初就本身作
形象之表出。關於這點，劉揚忠在《唐宋詞鑑賞辭典》說：

「觸目」二字驚醒，後面的景物描寫與生動比喻，都由此生發出
來。更有一「斷」字誇張地形容別情之濃重，為全篇籠罩上哀婉
悽絕的抒情基調。

他的體會是相當深入的。

就「目」（分應）的部分來看，採「並列（目一、目二、目三）」
的章結構來寫。作者首先以「砌下」兩句，寫「觸目」所見之頭一樣景
物，即「拂了一身還滿」的落梅。梅之落，既可藉以表示作者憐惜哀傷
之懂，又可由「梅」來象徵離恨。相傳在南朝時，范曄有一個朋友叫陸
凱的，曾托信差從江南帶一枝梅花，並附上一首詩送給范曄，以傳達對
他的思念之情。詩是這樣寫的：

折梅逢驛使，寄與隴頭人。江南無所有，聊贈一枝春。

從此梅便與離情結了緣，並由朋友擴大到家人、男女身上，以表示對他
（她）們的思念之情，如唐・宋之問的〈題大庾嶺北驛〉詩說：

明朝望鄉處，應見隴頭梅。

又如王維的〈雜詩〉說：

來日綺窗前，寒梅著花未？

這種例子到處可見。因此作者見了落梅，自然會湧生離恨，何況又用
「砌下」、「還滿」與「亂」字來加強這種情味的力量呢？李希躍在《唐
宋詞鑑賞集成》說：

「砌下」、「還滿」寫出落花之多、佇立之久，表現了詞人無限悼
惜哀傷的情懷。

而王兆鵬在《詞林觀止》（上）則說：

「亂」字，極巧妙，表層寫風吹落梅的迷濛狀態，暗寫主體內心
的迷亂不安。

從這裡可看出作者狀物抒情的生動與奧妙；這是「目一」的部分。其次
以「雁來」兩句，藉「觸目」所見之「雁來」、「路遙」等另樣景物，
來寫「音信無憑」、「歸夢難成」的離恨。其中「雁來」，由於有蘇武雁

足繫書（見《漢書‧蘇武傳》）的故事，所以辭章家便常用「雁」來寫別情，如王灣〈次北固山下〉詩云：

> 鄉書何處達，歸雁洛陽邊。

又如杜甫〈月夜憶舍弟〉詩云：

> 戍鼓斷人行，秋邊一雁聲。露從今夜白，月是故鄉明。

可見李煜見了「雁來」之景是會增添離恨的。而「路遙」，則進一步將空間拓遠，更可以使離恨推深一層。〈古詩十九首〉之九說：

> 馨香盈懷袖，路遠莫致之。

而南宋姜夔亦有〈暗香〉詞云：

> 歎寄與路遙，夜雪初積。翠尊易泣，紅萼無言耿相憶。

都和李煜一樣用路途的遙遠來拉長離恨，使之綿綿不盡；這是「目二」的部分。末了以結尾二句，藉「觸目」所見春日最後一樣草景來加強離恨，並以譬喻的方式將景和情融合為一。杜牧〈題安州浮雲寺樓寄湖州張郎中〉詩說：

> 恨如春草多，事與孤鴻去。

李煜此詞該是由此化出。其實，由於草逢春而漫生無際，時時入人眼

目，是可襯出離恨之多的，所以自來辭章家都喜歡用草來具寫別情，如《楚辭・招隱士》說：

王孫遊兮不歸，春草生兮萋萋。

又如盧綸〈送李端〉詩說：

故園衰草遍，離別正堪愁。

諸如此類，例子多得不勝枚舉。而這裡所謂的「離恨」，乃承篇首的「愁腸斷」來寫，為一篇主旨之所在。這種主旨，因為有許多「觸目」所及的景物加以襯托或譬喻，並且用「拂了一身還滿」、「音信無憑」、「歸夢難成」等動作或情意的描寫來強化，使得它的感染力特別強烈；這是「目三」的部分。

　　如此融合情景，以「先凡後目」的結構來寫，寫出了作者「別是一般滋味」的離恨，一意盤旋，感人至深。唐圭璋在《唐宋詞簡釋》中說：

眼前景，心中恨，打并一起，意味深長。

簡要地道出了這闋詞的特色。不過，必須一提的是：有一些人以為「乾德四年（966），李後主的七弟從善入宋，久不得歸，後主思之深切，遂作此詞」（見《詞林觀止》（上）王兆鵬講析），這種說法也有它可信之處，因附記於此，以供參考。

附篇章結構分析表供參考：

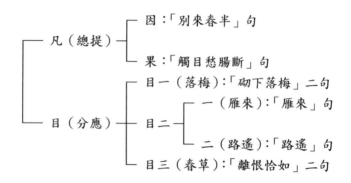

〈相見歡〉

　　無言獨上西樓，月如鈎。寂寞梧桐深院、鎖清秋。　　剪不斷，理還亂，是離愁。別是一般滋味、在心頭。

　　這首詞寫秋愁，是用「先具（事、景）後泛（情）」的篇結構寫成的。

　　就「具」（事、景）的部分來看，是在上片，採「先事後景」的章結構，主要用以勾畫出一片秋日愁境。它先寫主人翁默默無語地獨上西樓的事，所謂「無言」，就像柳宗元〈中夜起望西園值月上〉詩所說：

　　倚楹遂至旦，寂寞將何言！

巧妙地反映了主人翁孤寂的心情。溫庭筠〈菩薩蠻〉詞云：

　　無言勻睡臉，枕上屏山掩。時節欲黃昏，無憀獨倚門。

用法與此相同。無獨有偶地，李煜也像溫庭筠在「無言」之外加了一個「獨」字，使這裡孤寂之情更趨強烈。高原於《唐宋詞鑑賞辭典》說：

> 「無言」加上「獨上」，彷彿使人看到一個「斯人獨憔悴」的孤獨身影。

這種憔悴的身影，作者只用了六個字就描繪得極為生動，所以俞平伯《讀詞偶得》說：

> 六字之中，已攝盡悽惋之神。

而此種身影，在不圓之月的映襯下，更顯得悽惋了，因為不圓之月所象徵的乃是人事上的缺憾，如杜甫〈宿鑿石浦〉詩云：

> 缺月殊未生，青燈死分翳。

又如馮延巳〈虞美人〉詞云：

> 不知今夜月眉彎，誰佩同心雙結、倚闌干？

這所謂的「缺月」、「月眉彎」，指的都是不圓之月，顯然和「月如鉤」的象徵意義是一樣的。主人翁上樓後舉頭所見既是如此，已使他愁上加愁，更何況低頭所見又是「寂寞梧桐深院鎖清秋」的景象呢？這裡的「寂寞」二字，與其完全看作是「情語」，不如也視為「景語」來得好，因為此二字形容的正是樹上梧葉稀疏冷落的樣子，人見了這個樣子當然會湧生「寂寞」之感了。至於「鎖清秋」，摹寫的則是深院的空地整個

被梧桐葉所密密圍住的寂寞之景，所謂「鎖」，是緊緊封閉的意思，在
此用作被動，主語為「清秋」。而「清秋」指的是冷落的秋色，即梧桐
落葉，這和范仲淹將「碧雲天，黃葉地」看作是冷落的「秋色」（見〈蘇
幕遮〉詞），可說異曲而同工。人見了這種冷落的秋色，自然會使寂寞
之情推深一層。所以高原在《唐宋詞鑑賞辭典》中說：

> 「寂寞」者，實非梧桐深院，人也；「鎖清秋」，被「鎖」者，實
> 非清秋亦人也。

這就是王國維《人間詞話》所說的「一切景語皆情語」啊！

就「泛」（情）的部分來看，是在下片，採「先淺後深」的章結構，
主要用以抒發滿懷愁緒。開頭為「剪不斷」三句，就「淺」寫離別之苦，
是說「離愁」就像千絲萬縷一樣是「剪不斷，理還亂」的，這和馮延巳
〈蝶戀花〉詞所云：

> 河畔青蕪堤上柳，為問新愁，何事年年有？

將草和柳的嫩芽譬成「新愁」，用的同樣是借物喻愁的手法。李煜採這
種手法來寫，使抽象變為具體，產生了神奇的效果。李希躍在《唐宋詞
鑑賞集成》中說：

> 這是以有形喻無形，它使看不見，摸不著的思維活動及其因素，
> 獲得了神奇的立體感與可視性，使所要表達的愁緒更鮮明、更深
> 刻。

可見用這種手法所產生的效果是極大的。至於「別是一般滋味在心頭」

句，則就「深」寫身世之感、家國之哀。關於這點，有人以為不然，甚且看作是畫蛇添足之舉，這對他人而言，或許是正確的，但以李煜來說，卻錯了，因為他不這樣寫是無法表達他沈重的身世、家國之悲的。唐圭璋在其《唐宋詞簡釋》中說：

> 所謂「別是一般滋味」，是無人嚐過之滋味，惟有自家領略也。後主以南朝天才，而為北地幽囚；其所受之痛苦、所嚐之滋味，自與常人不同。心頭所交集者，不知是悔是恨，欲說則無從說起，且亦無人可說，故但云「別是一般滋味」。究竟滋味若何？後主且不自知，何況他人？此種無言之哀，更勝於痛哭流涕之哀。

這種領略是深得詞心的。

由於此詞為李煜亡國後所作，寫活了他在汴京一座深院裡幽囚生活的愁苦滋味，所以特別容易感動人心。黃昇《花菴詞選》評云：

> 此詞最悽惋，所謂亡國之音哀以思也。

堪稱一針見血之論。

附篇章結構分析表供參考：

```
                     ┌ 事（上樓）：「無言」句
        ┌ 具（事、景）┤        ┌ 高（仰觀所見）：「月如鉤」
        │            └ 景 ┤
        │                 └ 低（俯視所見）：「寂寞梧桐」句
        │            ┌ 淺（離別之苦）：「剪不斷」三句
        └ 泛（情）  ┤
                     └ 深（家國之哀）：「別是一般」句
```

〈相見歡〉

> 林花謝了春紅，太匆匆。無奈朝來寒雨、晚來風。　　胭脂淚，
> 相留醉，幾時重？自是人生長恨、水長東。

此詞寫別恨，是用「先實（寫景）後虛（抒情）」的篇結構寫成的。
先就「實」（寫景）的部分來看，含上片三句，採「先果後因」的
章結構，寫林花在寒風急雨的不斷摧殘下，很快地卸下了它們的紅衣而
凋謝。其中「林花」二句是是「果」，而「無奈」句為「因」。以「果」
而言，林花謝紅的景象，原就令人惋惜傷懷，而如今卻謝得「太匆
匆」，使得本就已經十分濃摯的惋惜之情更趨強烈，所以陳邦炎在《詞
林觀止》（上）說：

> 花開終必凋謝，固然可悲；其謝去又總是那麼匆匆，更加可悲。

這樣自然就加強了作品的感染力。而就「因」而言，則對林花何以匆匆
謝紅的原因，作了直接的交代。關於此，唐圭璋在其《唐宋詞簡釋》中
作了很深刻的解釋：

> 「無奈」句，又轉怨恨之情，說出林花所以速謝之故。朝是雨
> 打，晚是風吹，花何以堪，說花即以說人，語固雙關也。「無奈」
> 二字，且見無力護花、無計回天之意，一片珍惜憐愛之情，躍然
> 紙上。

所謂「無力護花，無計回天」正說中了李後主此刻之心境。這裡的
「花」，在他眼裡，已經不再是花，乃是過去的一段美好時光。而這段
時光卻因曹彬以迅雷不及掩耳之勢兵臨城下，而整個結束了，這在李後

主而言，是萬萬想不到的，是無可奈何的。他的父親李璟有首〈攤破浣溪沙〉詞說：

風裡落花誰是主？思悠悠！

而後來的晏殊也有〈浣溪沙〉詞說：

無可奈何花落去。

不也訴說了這裡面對落花時的無奈之情嗎？唐圭璋以為「說花即以說人」，是很有見地的。而陳弘治在其《唐宋詞名作析評》中也說：

南唐的亡國，後主的「歸為臣虜」，是出乎他意料的，所以有「太匆匆」的驚歎。

這種驚歎和無奈之情是有著相互推深的作用的。

後就「虛」（抒情）的部分來看，含下片四句，採「先因後果」的章結構寫成。它以「胭脂淚」三句，承上個部分所見落紅之果來敘寫好景不再的哀愁。所謂「胭脂」，本指女子化妝用的紅色顏料，而詩詞中則常用以泛指鮮豔的紅色，如杜甫〈曲江對雨〉詩云：

林花著雨臙（同胭）脂濕，水荇牽風翠帶長。

即以「胭脂」代指花紅。而李後主則加上一個「淚」字，將它擬人化，以產生更大的感染力量。傅正谷和王沛霖在《唐宋詞鑑賞集成》說：

「胭脂淚」，是擬人手法的運用。胭脂，本指女人搽臉的紅粉，此則指凋零的「林花」，亦即所謂的「謝了春紅」。胭脂和淚，是說那飄落遍地的紅花，被夾著晚風吹來的寒雨打濕，猶如美人傷心之極而和著胭脂滴下的血淚。「謝了春紅」的「林花」本不會落淚，淚是詞人賦予它的。

既然把帶雨的春紅說成「胭脂淚」，可以知道這又是「說花即以說人」，據作者另一首〈破陣子〉詞所云：

最是倉皇辭廟月，教坊猶奏別離歌，揮淚對宮娥。

這「人」該是指「宮城」而言。當年她們流著「胭脂淚」來送別，依依不捨而感傷萬分，就連李後主自己也痛苦得「揮淚」相對，而不忍離去。所以「相留醉」三字，雖然在表面上寫的是作者面對著帶雨春紅時流連而哀愁的樣子，但也必然憶起那「辭廟」的一幕。由於「相留」已使人痛苦不堪，加上一個「醉」字，就又將這種痛苦推深一層。後蜀歐陽炯〈巫山一段雲〉詞云：

春去秋來也，愁心似醉醺。

正可以說明這是「愁」字與哀愁的關係。辛棄疾有〈鷓鴣天〉詞云：

紅蓮相倚渾如醉，白鳥無言定自愁。

這個「醉」字不也傳達了一份「愁心」嗎？而作者在「相留醉」這一句之後，又加了一句「幾時重」（垂逢無日）的感傷，那就更使人難於負

荷了。有了這種難於負荷的哀愁，很自然地由「因」說到「果」，以「自是」句來總收這種悠悠長恨。本來，李後主在未被俘虜前，過的是神仙都會羨慕的藝術生活，但所謂「過去的歡樂適足以增加眼前的痛苦」，所以就因為被囚後的痛苦，而一筆抹殺了過去的歡樂，他在〈子夜歌〉裡說：

> 人生愁恨何能免，銷魂獨我情何限。

表達的就是這種心態，由此可知這裡的「自是」（原本就是）二字，說得沈痛至極。唐圭璋在其《唐宋詞簡釋》中說：

> 「自是」句重落。以水之必然長東，喻人之必然長恨，語最深刻。「自是」二字，尤能揭出人生苦悶之義蘊。

這樣以重筆收束，自然沈哀入骨。王國維《人間詞話》說：

> 後主儼有釋迦、基督擔荷人類罪惡之意。

不是指此而說的嗎？

　　這首詞即景以抒情，通過春殘花謝的景象，抒發了人生失意的無限悵悵。而這種悵恨，顯然又已超越了李後主個人，而具有普遍性。其詞情之深在此，其詞境之大亦在此。

附篇章結構分析表供參考：

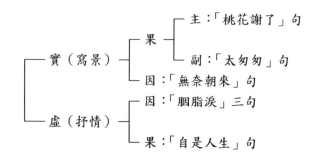

〈浪淘沙〉

簾外雨潺潺，春意闌珊。羅衾不耐五更寒。夢裡不知身是客，一晌貪歡。　　獨自莫憑闌，無限江山。別時容易見時難。流水落花春去也，天上人間。

此詞旨在寫思念故國的哀痛心情，是用「先昔（敘夢）後今（敘望）」的篇結構寫成的。

「昔」（敘夢）的部分，為詞之上片，採「先果（今）後因（昔）」的章結構來寫。作者在此，用的是逆敘的手法，先敘夢後，再寫夢中。首句寫的是夢後所聞，有意以「雨」來襯托主人翁的愁心；而用「雨」之形象或聲音來寫愁，是十分常見的，如韋應物〈聞雁〉詩云：

故國渺何處，歸思方悠哉。淮南秋雨夜，高齋聞雁來。

又如白居易〈長相思〉詞云：

暮雨蕭蕭郎不歸，空房獨守時。

　　而北宋的秦觀〈浣溪沙〉詞則云：

　　自在飛花輕似夢，無邊絲雨細如愁。

這類的例子，俯拾皆是。次句寫的是夢後所感，所謂「春意」，說的是
春天的氣息，也代表著希望或生命力；而「闌珊」，是衰殘的意思。作
者說「春意闌珊」，既用以指衰殘的暮春，也用以寫希望破滅後淒涼的
心情。陳邦炎在《詞林觀止》（上）說：

　　詞的首句是以雨聲烘托靜夜，以夜雨引出愁情，再承以既是客觀
　　描述、又是主觀感受的「春意闌珊」一句，就在詞篇一開頭展示
　　了一個十分淒涼的境界。此時，國亡身囚的作者，寒夜夢回，輾
　　轉難眠，傾聽窗外雨聲，悵恨春已歸去，感念身世，往事前塵都
　　來枕上，萬悔千憂齊上心頭，其愁情是紛至沓來，匪言可盡的。

說得很有道理。第三句寫的該是主人翁夢醒時的感受，也交代了他由夢
中凍醒的原因。意思是：五更時候所蓋的羅衾抵不過料峭的春寒，終於
使自己從夢中醒了過來。這時既感受了五更時分的寒氣，也表達了心中
的哀悽。高夢林在《唐宋詞鑑賞集成》中說：

　　「五更寒」是既指自然界的氣候，也是暗喻內心中的淒涼哀痛。

很能掌握詞意。而第四、五句，則寫的是夢境。通常由於「夢」是圓滿
無缺的，所以辭章家都喜歡用它來反襯醒後的孤苦現況，而形成強烈的
對比，和元稹〈遣悲懷〉詩云：

尚想舊情憐婢僕，也曾因夢送錢財。

又馮延巳〈蝶戀花〉詞云：

撩亂春愁如柳絮，依依夢裡無尋處。

而李煜當然也不例外，如〈子夜歌〉云：

故國夢重歸，覺來雙淚垂。

又如〈望江南〉詞云：

多少恨，昨夜夢魂中。還似舊時遊上苑，車如流水馬如龍。花月
正春風。

再如〈喜遷鶯〉詞云：

夢回芳草思依依，天遠雁聲稀。

所以這回夢裡之「歡」，正是以反襯眼前孤單之苦，而且既然說因「不
知身是客」而作「一晌」（片刻）之「貪」，則所反襯出來之悲也就愈
無盡了。也由此可知主人翁在現實歲月中，一切歡樂已與他完全絕緣
了，人生至此，又何以堪？

「今」（敘望）的部分，為詞之下片。作者在此，採「先遠後近」
的章結構來寫。開頭三句，乃就「遠」寫憑闌遠眺。這位主人翁想要憑
闌，卻因有過多舊日的痛苦經驗，告訴自己不能這麼做，所謂的「莫」

就是這個意思。而這種痛苦的經驗就是憑闌後「無限江山」會展現在眼前，面對著它會強烈地感到「別時容易」（過去）而「見時難」（現在、未來）；所以他只有遲疑再三了。不過，最後還是不由自己地憑闌而遠眺，看著無限江山而嗟悼不已。後來的范仲淹〈蘇幕遮〉詞云：

　　明月樓高休獨倚，酒入愁腸，化作相思淚。

又如歐陽修〈踏莎行〉詞云：

　　樓高莫近危闌倚，平蕪盡處是春山，行人更在春山外。

再如辛棄疾〈摸魚兒〉詞云：

　　休去倚危闌，斜陽正在，煙柳斷腸處。

可以說都脫胎於此，各自的內涵雖有不同，而曲折則一。至於收結二句，則就「近」寫憑闌近望。既然這位主人翁最後還是憑闌了，很自然地便遠由「無限江山」拉近到「流水落花」上，確定了「春去」的殘酷事實，而這所謂的「春」，既指自然之「春」，也指生命之「春」，更包括了過去的美好生活、所有夢裡「貪歡」的事和一切希望。王超英在《中國歷代詩歌名篇鑑賞辭典》裡釋此說：

　　與開頭呼應，再次描寫了暮春景色，全詞的結構和諧、完美。作
　　為皇帝，國破了，家亡了，自己成了階下囚；幸福的生活，美好
　　的希望全都化為烏有，這不正像潺潺的流水帶走了落花，也帶走
　　了美好的春天。

這是玩味有得的話。末了作者說「天上人間」，猶言「天淵」，是用以形容今昔變化之大。所謂「天上」，是指「昔」，也指「春」和「夢」；而「人間」則指「今」，也指「（春）去也」和「夢」後。因為對作者而言，如今所面對的「人間」，是充滿著「恨」的，試看他在〈相見歡〉詞中說：

　　　　自是人生長恨、水長東。

又在〈子夜歌〉中說：

　　　　人生愁恨何能免，銷魂獨我情何限。

他之所以如此，就是由於今昔的變化實在太大的緣故。以一國之君（昔）而竟成階下之囚（今），那就難怪要發出「天上人間」之歎，而痛哭流涕了。王國維在《人間詞話》中說：

　　　　尼采謂：「一切文學，余愛以血書者。」後主之詞，真所謂以血書者也。宋道君皇帝燕山亭詞亦略似之。然道君不過自道身世之戚，後主則儼有釋迦、基督，擔荷人類罪惡之意，其大小固不同矣。

就單以此詞而論，這種體會是極深刻而貼切的。
　　有人以此詞乃後主絕命之詞，這種說法，導源於蔡絛，《西清詩話》說：

　　　　南唐李後主歸宋後，每懷江國，且念嬪妾散落，鬱鬱不自聊，當作長短句云：「簾外雨潺潺」云云，含思悽惋，未幾下世。

後來解讀此詞的人就常採用他「未幾下世」的說法，如唐圭璋即其中之
一，其《唐宋詞簡釋》說：

> 此首殆後主絕筆，語意慘然。五更夢回，寒雨潺潺，其境之黯淡
> 淒涼可知。「夢裡」兩句，憶夢中情事，所以「獨自莫憑闌」者，
> 蓋因憑闌見無限江山，又引起無限傷心也。此與「心事莫將和淚
> 說，鳳笙休向淚時吹」，同為悲憤已極之語。辛稼軒之「休去倚
> 危闌，斜陽正在煙柳斷腸處」，亦襲此意。「別時」一句，說出
> 過去與今後之情況。自知相見無期，而下世亦不久矣。故「流
> 水」兩句，即承上申說不久於人世之意，水流盡矣，花落盡矣，
> 春歸去矣，而人亦將亡矣。將四種了語，併合一處作結，肝腸斷
> 絕，遺恨千古。

這樣來解讀此詞，的確別有會意處，值得大家參考。

附篇章結構分析表供參考：

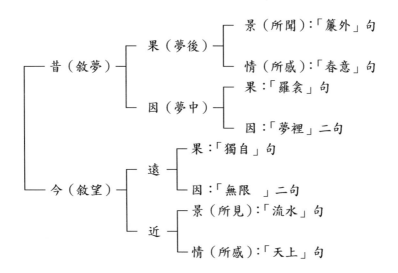

北宋編

范仲淹
（九八九～一〇五二）

　　字希文，其先邠人，後徙蘇州吳縣。大中祥符八年（1015）進士。官至樞密副使、參知政事。後以資政殿學士出為陝西四路宣撫使，知邠州。守邊數年，羌人親愛，呼為「龍圖老子」。以疾，請鄧州，尋徙荊南、杭州、青州。於仁宗皇祐四年（1052）卒，年六十四。諡文正。詞流傳甚少，有《范文正公詩餘》輯本。

〈蘇幕遮〉

　　碧雲天，黃葉地。秋色連波，波上寒煙翠。山映斜陽天接水。芳草無情，更在斜陽外。　　黯鄉魂，追旅思。夜夜除非，好夢留人睡。明月樓高休獨倚。酒入愁腸，化作相思淚。

　　此詞旨在寫鄉愁，是用「先實（景）後虛（情）」的篇結構寫成的。「實」（景）的部分，為上片，採「先近後遠」的章結構，寫秋天黃昏時寂寥的景色。一開始以「碧雲天」二句，就「近」，說自己頭頂著「碧雲天」、腳踏著「黃葉地」。這樣一寫仰首所見，一寫俯首所見，雖有高低之不同，卻同樣是秋天特有的景色。這種寂寥的「秋色」，人看了自然是會愁上加愁的。後來《西廂記》第四本第三折化用這兩句並加以推衍說：

　　碧雲天，黃花地，西風緊，北雁南飛。曉來誰染霜林醉？總是離人淚。

　　所謂「離人淚」，不是由於愁上加愁的緣故嗎？其次以「秋色連波」二句，寫「次近」，將「碧雲天」和「黃葉地」這種「秋色」一直伸展到水上；而且透過水上的「寒煙」帶出它背後翠綠的山來。在此必須一提的是：頂真和借代兩種修辭法的運用，以「秋色」來說，指的就是「碧雲天」和「黃葉地」，雖然並不合頂真法的標準要求，卻產生了「頂真」的作用，大可視為變體的頂真；而以「連波」、「波上」來說，是標準的頂真用法，並且「波」本身也借代了「水」，收到形象化的效果，李廷先、王錫九在《唐宋詞鑑賞集成》中說：

> 這裡以「波」指代「水」，「波」字很有形象性，寫出了水的生動的態勢。

說法很正確。至於「翠」，則用以指代「山」，以顏色代替實體，寫來更為具體而生動。如此「翠」與下句之「山」又形成了變體頂真的關係。最後以「山映斜陽」三句寫「遠」，而使這三句聯成一體的是映山的「斜陽」。很明顯地，由開篇至此，皆循單線發展，但從這裡開始，卻以「斜陽」分兩路來寫，一路是「天接水」，這裡所謂的「天」，即「斜陽」，用的又是變體頂真的手法，這樣由「斜陽」而遙接遠水，朝著自己家鄉的方向伸展出去，正如劉禹錫〈竹枝詞〉裡所說的：

> 水流無限似儂愁。

有著綿綿不絕的愁意。另一路是「斜陽外」的無情「芳草」，既說是「斜陽外」，可知是極遠，因為人在主觀上來說，斜陽之色如濃，就感覺近，如淡則感覺遠；而所謂「斜陽外」，亦即已完全失去斜陽的顏色，那就更遠了。作者此時看到「草」在「斜陽」之外，漫生無際，完全無

視於人之「離情正苦」（溫庭筠〈更漏子〉），於是有了「無情」的怨歎。因為「草」自古以來就與離情結了不解之緣，如《楚辭・招隱士》云：

> 王孫遊兮不歸，春草生兮萋萋。

再如佚名的〈飲馬長城窟行〉說：

> 青青河畔草，綿綿思遠道。

又如李煜〈清平樂〉詞云：

> 離恨恰如春草，更行更遠還生。

這種例子，隨處可見。李廷光、王錫九在《唐宋詞鑑賞集成》裡說：

> 本詞說芳草延伸到望不到頭的極遠處，正是說作者因它而觸動別恨，想到遠在天之一方的親人。「無情」正反迭出人的感情的深濃。

即本此而說。

「虛」（情）的部分，為下片，採「因、果、因」的章結構來寫，寫頭一個「因」的，是「黯鄉魂」四句；寫「果」的，僅「明月」一句；寫後一個「因」的，是「酒入」兩句。其中「黯鄉魂」兩句，為一篇主旨之所在。此「黯鄉魂」三字，是說是為思鄉而黯然銷魂，寫的是今愁。江淹〈別賦〉云：

　　黯然銷魂者，惟別而已矣。

經作者一化用，便產生了語短情長的效果。而「追旅思」三字，是說回想離家之後的種種感觸，寫的是舊愁。所謂「旅思」，指羈旅之愁緒，等於是說「別恨」，南朝齊謝朓〈之宣城出新林浦向板橋〉詩云：

　　旅思倦搖搖，孤遊昔已屢。

就是這種用法。接著這兩句而來的「夜夜除非」二句，則屬倒敘性質，意思是：除了作「好夢」留人貪睡片刻之外，就會為「黯鄉魂，追旅思」而失眠，齊世昌在《中國歷代詩歌名篇鑑賞辭典》中說：

　　「夜夜除非，好夢留人睡」，只有這個辦法，每天夜裡，做夢回鄉與親人團聚，又永留夢中，不再醒來，這才得到一些安慰，否則愁苦的鄉思，羈旅的愁懷又將一齊湧上心頭不能入睡。

這種體會十分真切。由於「夜夜除非，好夢留人睡」，則「黯鄉魂，追旅思」，所以就想在明月之下，倚樓眺望故鄉，以慰鄉思，但過去的經驗告訴自己，這樣會更刻骨思鄉，而醉酒流淚，於是發出「休獨倚」的警告。不過，最後還是抵不過鄉心之切，而獨倚高樓，對月醉酒，以至於淚涔涔下了。李煜有〈浪淘沙〉詞云：

　　獨自莫憑闌，無限江山，別時容易見時難。

內容雖異，而巧妙則一。其實，這三句的巧妙還不止於此，作者說「酒入愁腸，化作相思淚」，明白地告訴人：酒不但沒澆去心中之愁，卻反

而變成了淚水，還比李白在〈宣州謝朓樓餞別校書叔雲〉詩中所說：

　　舉杯銷愁愁更愁。

顯然更進一層，許昂霄《詞綜偶評》云：

　　「酒入愁腸」二句，鐵石心腸人亦作銷魂語。

這種「銷魂語」真的令人為之銷魂不已。

　　作者就這樣在上片，將倚樓所見碧雲、黃葉、水波、寒煙、翠山、斜陽、遠水、芳草，由近而遠地連接在一起，產生一環套一環的效果，予人以一種特別的纏綿感；再加上這些景物都是以充分襯托離情，那就難怪和下片所抒寫的鄉愁，能緊密地結合成為一體，發揮了最大的感染力，彭孫遹目為「絕唱」（《金粟詞話》），是很有道理的。

　　附篇章結構分析表供參考：

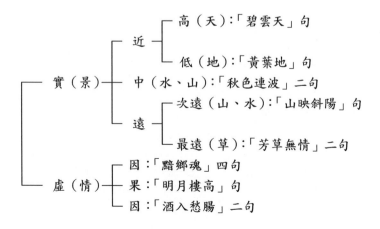

張先

（九九〇～一〇七八）

　　字子野，烏程人。仁宗天聖八年（1030）進士，歷官都官郎中。晚歲退居鄉里，常泛扁舟，垂釣為樂，卒年八十九。子野善戲謔，有風味，居西湖時，常與蘇軾、陳襄諸人唱和，詩筆老妙，味極雋永。詞多長調，有《子野詞》傳世。

〈天仙子〉

　　水調數聲持酒聽，午醉醒來愁未醒。送春春去幾時回？臨晚鏡，傷流景，往事後期空記者。　　沙上並禽池上暝，雲破月來花弄影。重重翠幕密遮燈，風不定，人初靜，明日落紅應滿徑。

　　這首詞旨在寫身世之感與孤單之情，是採「先實（現在）後虛（未來）」的篇結構寫成的。

　　「實」（現在）的部分，自為首至「人初靜」止。完全採「內、外、內」（次層）、「由先而後」（三層）的章結構，一面由室內寫到室外又回到室內，一面由午後、黃昏寫到入夜、半夜。寫室內、午後的，是開篇二句。它的上句寫主人翁正手持酒杯，一邊飲著酒，一邊聽著〈水調〉。通常在作品裡出現「酒」，大都是與「愁」有著關聯的，俗語說「借酒澆愁」，就是這個意思。杜甫〈晦日尋崔戢李封〉詩云：

　　濁醪有妙理，庶用慰沈浮。

據知「酒」本是用以「慰沈浮」，以暫時減輕身世之痛的。但就像李白在〈宣城謝朓樓餞別校書叔雲〉詩所說的：

抽刀斷水水更流，舉杯消愁愁更愁。

往往很難如願。這位主人翁當然也不例外，更何況他又在聽著〈水調〉呢？這所謂的〈水調〉，相傳為隋煬帝所自作，曲調哀悽。王灼《碧雞漫志》引《脞說》云：

〈水調〉、〈河傳〉，煬帝將幸江都時所製，聲韻悲切。

而賀鑄有〈采桑子〉詞云：

誰家〈水調〉聲聲怨，黃葉西風。

可見主人翁想在「酒」之外，聽〈水調〉來排遣愁緒，是徒然的，只有讓他醉睡片刻而已。這種結果，便由「午醉」句作了交代，即午醉雖醒，而愁卻未去。作者在這裡，用「未醒」來說「愁」，用的是拈連的修辭技巧，也就是說這個「醒」字，是「醉醒」所牽引出來的，作者另一首〈青門引〉詞云：

乍暖還輕冷，風雨晚來方定。

他把用在「風」的「定」字，也連帶地用在「雨」上，技巧與此正同，而同樣產生能使情意更趨於綿密的作用。

　　寫室內、黃昏的，是「送春」四句。其中「送春」一句，表面上是

在傷春，而實際上卻在自傷，自然地將「愁未醒」的愁推深一層。這一句看似「無理」，卻十分的「妙」，因為春天去了，必在明年回來，卻癡癡地問「幾時回」，顯然在昧於常識的表層下就藏有如何捱過這一年悲痛的意思在內，這和晏殊〈浣溪沙〉詞中所說的：

夕陽西下幾時回？

表示度夜如年的哀苦，有異曲同工之妙。而「臨晚鏡」二句，寫在晚鏡前看到自己額頭添皺、鬢邊增白的樣子，於是為流逝的光陰而感傷，這顯然化用了杜牧〈代吳興妓春初寄薛軍事〉的兩句詩：

自傷臨曉鏡，誰為惜流年。

只不過為切合時間，將「曉」改成「晚」而已。他有了這種感傷，就不由自主地發出往事不堪回首，後期一片茫茫的慨歎。對此「往事」一句，鄧喬彬在《詞林觀止》（上）中解釋說：

上結「往事後期空記省」，既以「往事」承「春去」、「流景」，又以「後期」瞻念未來。逝者堪悲，來者寡歡。「空記省」，兼綰二者，與「愁」相應。

體會得很深刻。而作者就這樣將一己身世之感傾洩而出。

寫室外、入夜的，是「沙上」二句。作者以上句先寫沙、池上的「並禽」。所謂「並禽」，是成對的禽鳥，在此指鴛鴦。很明顯地，作者是想藉這種「並禽」來反襯孤單之情的。接著以下句寫雲破月出、風搖花影的景象，雖只寫「弄影」，但花落的結果卻含藏在內。因為這個

「弄」字，已暗中帶出了「風」，而化靜態為動態。如此「弄」之不已，則花落是十分自然的事。王國維《人間詞話》說：

「雲破月來花弄影」，著一「弄」字，而境界全出矣。

這是很有見地的。而花落，就其意象而言，象徵著過去一段美好時光的結束，恰與上片的「春去」呼應，再加上以「月」作襯托，雖未明言懷舊，而懷舊的意思卻呼之欲出。這樣，孤單之情就強烈了。

　　寫室內、夜半的，是「重重」三句。這三句承「花弄影」而寫，寫主人翁在不堪面對風搖花影的景象後，便垂下重重簾幕，密密地遮住燈光，不讓外照，以免「不堪看」（李璟〈攤破浣溪沙〉詞），於是一個人待在屋裡，聽著夜半「不定」的風聲，而透過想像，在數著片片落花。一般說來，作品寫到「真」，已有莫大的感人力量，如果寫到「癡」，那就更不得了了。仔細體味這位主人翁，不是癡到了極點了嗎？因為如果是真正面對「花弄影」的話，所看到的只不過數朵落花而已。這樣看來，他不是自尋苦惱嗎？如此自尋苦惱（無理），正是文學作品動人之處，而其妙也在此。

　　「虛」（未來）的部分，為結句，採「先點（時空定位）後染（內容描述）」的章（句）結構加以呈現，其中「明日」為「點」、「落紅應滿徑」為「染」。它承「風不定」而來。既然風依然吹個不停，則明朝想當然地會看到落紅滿徑的景象了。這樣將「明日」之景，經由設想，預先在拉到眼前，那麼眼前就更可哀傷了。沈祖棻在《唐宋詞鑑賞集成》中說：

結句仍應上「送春」，是說今晚還可以看到「花弄影」，大風之後，明天所見到的，唯有「落紅滿徑」，春就更可傷了。

　　如此在「送春」的主題下，加深了孤單之情，使作品添增了無比的感人力量。

　　綜上所述，可知這首詞在時間與情景上，都虛實呼應，而始終以一個「愁」字貫穿其間，使「愁」散在「〈水調〉」、「酒」、「醉」、「晚鏡」、「流景」、「並禽」、「月」、「花弄影」、「風」和「落紅」之上，令人讀後也感染到這份深沈的「愁」。尤其是「雲破」一句，更成今古絕唱，不僅作者自以為「得意」而目為「三影」之一（見胡仔《苕溪漁隱叢話》），也為後人所傳誦不已，楊慎在其《詞品》中說：

　　　景物如畫，畫亦不能至此，絕倒！絕倒！

這種讚美是一點也不為過的。

　　附篇章結構分析表供參考：

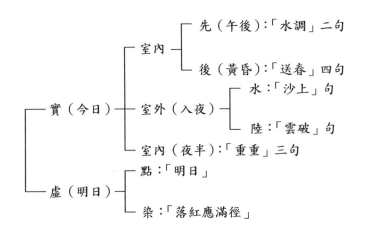

〈青門引〉

乍暖還輕冷，風雨晚來方定。庭軒寂寞近清明，殘花中酒，又是

　　去年病。　　　樓頭畫角風吹醒，入夜重門靜。那堪更被明月，隔
牆送過鞦韆影。

　　此詞旨在寫懷舊之情，是按時間的順序，用「先昔（黃昏）後今（入
夜）」的篇結構寫成的。

　　以「昔」（黃昏時）的部分而言，即上片五句，採「先因後果」的
章結構來寫。作者在此，先敘「因」，為「乍暖」三句；後敘「果」，
為「殘花」二句。其中「乍暖」句，是寫「近清明」時節的氣候。這時
的氣候，忽冷忽熱，冷熱不定，所以說「乍暖還輕冷」。而這種氣候也
見於秋天，李清照有〈聲聲慢〉詞云：

　　乍暖還寒時候，最難將息。

由於這首詞另有「雁過也」、「滿地黃花堆積」之句，可知是屬秋季。
而張先此詞，特在「冷」字上加一「輕」字，則更扣住了暮春來寫，這
與第三句的「近清明」，是彼此呼應的。而「風雨」句，是寫「庭軒」
所以「寂寞」的原因。通常到了暮春，是多風多雨的，南宋吳文英有
〈風入松〉詞云：

　　聽風聽雨過清明。

寫的就是這種氣候。伴此而來的，便是落花滿地，所以作者雖只交代這
番風雨到黃昏時才停下來，卻帶出了「滿地落花堆積」的景象，這顯然
是和「庭軒寂寞」兩兩呼應的。有了這種呼應的緊密關係，於是作者用
「庭軒」句來分應首、次二句，作一總括。而這種所說的「寂寞」，是
「冷清」的意思，雖也用以抒情，但主要的還是用以寫景。所謂「庭軒

寂寞」，是說庭軒周遭的花已被風雨摧殘得所剩無幾了，這和李煜〈相見歡〉詞裡所說：

寂寞梧桐深院、鎖清秋。

用「寂寞」來寫梧葉之凋零，情形是一樣的。至於「殘花」二句，則承上寫「近清明」時面對風雨後「庭軒寂寞」的結果。作者特用「殘花」來照應「寂寞」，而以「中酒」來交代結果。所謂「中酒」，是指飲酒過量，唐杜牧〈睦州〉詩云：

殘春杜陵客，中酒落花前。

顯然張先是本此而寫，卻因加上「又是去年病」一句，將時間由今年而追溯至去年，且又著一「病」字，使得作品更增悲思。宛敏灝、鄧小軍在《唐宋詞鑑賞集成》裡說：

歇拍二句，寫春殘花落，為了借酒澆愁，不覺過量（即中酒，中讀去聲）。重現了去年此時此情此境。頻年如此，情何以堪！「並」字雖承上句中酒來，但不一定單純理解為病酒，亦可寓有傷春、傷別之意。與晏幾道〈臨江仙〉「去年春恨卻來時」句意略似而「病」字更為深刻。

很扼要地道出這二句詞的動人情境。

以「今」（入夜後）的部分而言，即下片四句。作者在此，先寫聽覺，為換頭二句；後寫視覺，為收結二句，形成了「先聽覺後視覺」的章結構。其中「樓頭」句，寫畫角之聲透過「風吹」而傳得更遠、更清

晰，使人從醉中醒了過來。其實，這個「醒」字，不但說人已醒，也用
以形容畫角培的淒厲，黃蓼園在其《蓼園詞選》中說：

> 角聲而曰「風吹醒」，「醒」字極尖刻。

就是從這個角度來評析的。而「入夜」句，則剛好與「樓頭」句，一
「醒」一「靜」，成為對比，以刻畫入夜後，重門閉鎖、眾人皆沉入睡
鄉，而唯獨自己不能成眠的孤單之情。晚唐鹿虔扆有〈臨江仙〉詞云：

> 金鎖重門荒苑靜，綺窗愁對秋空。

而蘇軾也有〈卜算子〉詞云：

> 缺月挂疏桐，漏斷人初靜。

所寫環境與心境雖然不盡相同，但借「靜」以襯托各自之「愁」的情形，
是一致的。至於「那堪」二句，是說既見「殘花」而「中酒」，又「醒」
而面對「重門靜」，已夠使人愁的了，又何況看到清明的月光隔牆送來
鞦韆的影子，那就更使心睹物思人，而愁上加愁了。鄧喬彬在《詞林觀
止》（上）裡說：

> 「那堪」二字，有著極重的感情負荷，作者雖未明言己情於鞦韆
> 何涉，但「咫尺畫堂深似海」，足令人深長玩味了。以動結靜，
> 感情的漣波也蕩漾不已。

體會得頗深刻。尤其值得人注意的是「鞦韆」，它是和上片的「近清明」

有關的，杜甫有〈清明〉詩之二云：

> 十年蹴踘將雛遠，萬里鞦韆習俗同。

仇兆鰲注云：

> 宗懷《歲時記》：寒食有打毬、鞦韆、施鉤之戲。

可見古俗在清明、寒食時有鞦韆之戲，因此作者此時特別注意到鞦韆，是有原因的。而所謂「近清明」，即指「寒食」（約在清明節前二日），也可以此推知。這樣透過鞦韆來帶出當年寒食、清明時盪鞦韆的人，是十分微妙的。歐陽修有〈蝶戀花〉詞云：

> 淚眼問花花不語，亂紅飛過鞦韆去。

便是這種寫法。而張先此詞卻更一層地透過其「影」帶出，黃蓼園在其《蓼園詞選》中說：

> 末句「那堪送過鞦韆影」，真是描神之筆，極稀微窅渺之致。

就指出了這個「影」字的妙用。後來蘇軾有〈寒食〉詩云：

> 漏聲透入碧窗紗，人靜鞦韆影半斜。

很明顯地就脫胎於此。

　　如此由黃昏時寫到入夜後，將所觸、所懷整個交織成一片，產生了

極大的感染力。沈際飛在《半日堂詩餘正集》中說：

　　懷則自觸，觸則愈懷，未有觸之至此者。

將這首詞的奧妙概括得很精當。
　　附篇章結構分析表供參考：

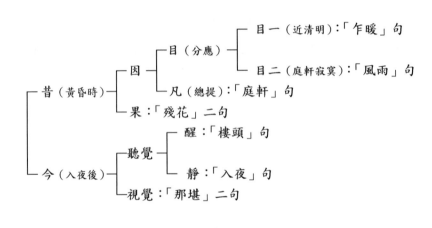

晏殊
（九九一～一○五五）

　　字同叔，撫州臨川人。七歲能屬文，以神童薦。真宗景德二年（1005）召試，賜同進士出身。仁宗慶曆間，官至集賢殿學士，同平章事兼樞密使。後出知永興軍，徙河南，以疾歸京師，旋卒，年六十五。諡元獻。殊性格剛峻，學問淹雅，一時名士，如范仲淹、富弼、歐陽修等，皆出其門，文章贍麗，詩閑雅而有情思，間作小詞，亦溫潤秀潔。有《珠玉詞》傳世。

〈浣溪沙〉

　　一曲新詞酒一杯，去年天氣舊池臺，夕陽西下幾時迴？　　無可奈何花落去，似曾相識燕歸來。小園香徑獨徘徊。

　　這首詞寫的是懷舊之情，是用「圖（人事）、底（景物）、圖（人事）」的篇結構寫成的。

　　頭一個「圖」（人事）的部分，為起句，寫自己一面持著酒杯、一面聽著新詞的事。這種事，在當時的富貴人家，是極其平常的，他們都會培養一些歌兒舞女，在和親友飲宴或清敘時，安排她們演出助興。晏殊的小兒子晏幾道在其《小山詞·自序》中說：

　　　始時，沈十二廉叔、陳十君寵家有蓮鴻、蘋雲，品清謳娛客，每得一解，即以草授諸兒，吾三人持酒聽之，為一笑樂。

可見此種風氣於一斑。這回，晏殊在私自獨處之際，雖然也一面飲酒、一面聽歌，甚至寫些新詞給歌女唱，但這顯然已不是在娛賓遣興，而是在感傷孤獨啊！張燕瑾、楊鍾賢在《歷代名篇賞析集成》中說：

> 飲酒唱詩，這本來是封建士大夫閒情逸致的表現，在這裡，卻用來抒發詩人悵惘的情思。

很能掌握作者此時心境。

「底」（景物）的部分，自「去年」句起至「似曾相識」句止。在此，作者捕捉了飲酒聽歌時所面臨的天候與看到的景物，採「近、遠、近」的章結構，將「情寓於景」，一一帶出。首先是就「近」寫「天氣」與「池臺」，本來這種物候，沒什麼奇特，卻因和「去年」、「舊」起了連繫，而引發了作者的回憶，使他湧生「物是人非」的感觸。既然「天氣」、「池臺」依舊，而去年的人卻已不見，能不黯然？所以鍾陵在《唐宋詞鑑賞集成》裡說：

> 去年人在，聽歌飲酒，何等歡愉！今日景象如舊，人卻杳然，豈能不令人觸目神傷？

體會得十分真切。其次是就「遠」寫「夕陽西下」，這可說是衰殘之景，象徵著一段美好時光的結束，李白〈送友人〉詩云：

> 浮雲遊子意，落日故人情。

如此由「落日」（夕陽西下）而牽出與「友人」共度的那段日子，以增添眼前的惜別之情，作用與此正同。所不同的是：晏殊又將時間伸向明

日，而發出「幾時迴」的哀歎，很技巧地預示出將一夜失眠，不知如何捱過的情況，張先〈天仙子〉詞云：

送春春去幾時回？臨晚鏡，傷流景，往事後期空自省。

此與晏殊之作，在時間上雖有一年與一夜之差異，但一樣透露出難於捱過的痛苦，這就有力地推深了作者懷舊之情。又其次是拉回到「近」寫「花落去」、「燕歸來」。本來花之搖落，是自然現象，是無所謂愁與不愁的，但由有心人看來，便不一樣了。它通常除了象徵著所思念的人外，又象徵著一串晶瑩的日子，所以它經常在詩詞裡出現，以襯托離愁，尤其是落花、飛花，更能強化這種愁緒。如李白〈憶舊游寄譙郡元參軍〉詩云：

問余別恨今多少？落花春暮爭紛紛。

又如李商隱〈落花〉詩云：

高閣竟離去，小園花亂飛。

而薛昭蘊〈謁金門〉詞亦云：

斜掩金鋪一扇，滿地落花千片。早是相思腸欲斷，忍教頻夢見。

這些都是著例。而晏殊此作，除了「花落去」之外，又加上「無可奈何」的歎惋，這就更令人感傷了。任誰都一樣，希望花常好，但卻終究無力扭轉而聽由「花落去」，此中實有無限之恨在，李璟〈攤破浣溪沙〉詞

說：

> 風裡落花誰是主？思悠悠。

所表達的就是這種無力回天而讓花落的恨，令人為之歎惋不止。至於
「燕歸來」，這也是常看到的自然現象，原無任何情意可言，但就作者
來說，卻另有燕歸而人未歸的感喟。王維〈春中田園作〉詩說：

> 歸燕識故巢，舊人看新曆。臨觴忽不御，惆悵思遠客。

又陽炯〈三字令〉詞說：

> 人不在，燕空歸，負佳期。

可見這是有心人的共通感覺。而晏殊此作，卻又在「燕歸來」之上加了
「似曾相識」四字，便不但與過去（「去年」、「舊」）搭上了關係，又
帶出幾經辨認後所產生的「似是而非」的恍惚之感，使得懷舊之情更推
深一層。以上兩句為一聯，鍾陵在《唐宋詞鑑賞集成》中解釋說：

> 兩句借物傳意，融情入景，花落燕歸之中，寄蘊著花落事已去、
> 燕歸人未歸的深沉慨歎。

將這兩句的義蘊解釋得很明白。由於這兩句對仗工麗，意象鮮明，可說
是晏殊的得意之句，而更被後人讚為「天然奇偶」（楊慎《詞品》），而
《詞林紀事》也引張宗橚說：

　　細玩「無可奈何」一聯，情致纏綿，音調諧婉，的是倚聲家語。

可知這一聯是很受人愛賞的。

　　後一個「圖」（人事）的部分，為結句。這一句突出了詩人在小園香徑上獨自徘徊的形影，既呼應起句，描述了飲酒聽歌之後的舉動，也以此來暗示一夜失眠，來呼應「夕陽西下」句。這樣用「事」來表現詩人孤獨惆悵的心境，以收拾全詞，是有語盡而意不盡的妙用的。

　　此詞全透過聽歌、飲酒、徘徊之事，與天氣、池臺、夕陽、花落、燕歸之景，以寫懷舊之情，而不見雕琢之跡，是它最成功的地方。唐圭璋在其《唐宋詞簡釋》中說：

　　　此首諧不鄉俗，婉不嫌弱。明為懷人，而通體不著一懷人之語，
　　　但以景襯情。

他雖將「事」也歸入「景」，稍為籠統了些，但很明顯地指出了本詞佳處與特色。

　　附篇章結構分析表供參考：

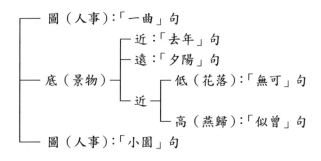

〈踏莎行〉

小徑紅稀，芳郊綠遍。高臺樹色陰陰見。春風不解禁楊花，濛濛
亂撲行人面。　　翠葉藏鶯，珠簾隔燕。爐香靜逐游絲轉。一場
愁夢酒醒時，斜陽卻照深深院。

　　這首詞，黃昇《花庵詞選》題作「春思」，而內容乃藉春暮以襯托
悠悠別恨，是採「外、內、外」的篇結構所寫成的。

　　寫頭一個「外」（是外）的，由篇首起至「珠簾隔燕」句止，用「先
視覺後聽覺」的章結構來呈現。它首先在上片，寫作者（主人翁）行於
外時之所見，用「由靜而動」的順序加以敘寫。寫靜景的部分，為開篇
三句。其中「小徑」二句，先寫近，再寫遠，生動地描繪出一片花少草
盛的暮春景象。照慣例，〈踏莎行〉詞在此，是要對仗的。如陳堯佐有
一首〈踏莎行〉詞的開頭兩句是：

　　二社良辰，千家庭院。

而張先也有一首〈踏莎行〉詞，其開端兩句為：

　　衾鳳猶溫，籠鸚尚睡。

兩者都對仗工穩，晏殊此作，當然也不例外，而特別的是，他除了用對
仗來呈現映襯、整齊之美外，又以「紅」借代「花」，以「綠」借代
「草」，構成紅綠相映，色彩鮮明的畫面，使形象更為突出。而「高臺」
句，則寫在樹色包圍中隱隱約約地露出一角的高樓。這座高樓，或許就
在「深深院」裡，是主人翁所居住的地方。而主人翁此刻，正走在樓外

的路徑上，所以他看到了紅稀的小徑、綠遍的芳郊與隱隱現於樹色中的高臺，也由此轉靜為動，帶出「春風」二句，寫楊花如細雨般撲向「行人」臉上的景象，動感十足。而這所謂的「行人」，該不是指主人翁所見旅人，而是他自己。此外，「春風」原是沒有生命意識的，作者卻予以擬人化，說它不懂得約束「楊花」，讓它們到處飛揚，撲向人面，以引生「行人」之離懷，真是寫得十分曲折而含蓄。鍾陵在《唐宋詞鑑賞集成》裡說：

> 既怨春風不禁楊花而引起春去的感傷，更怨春風不禁楊花而觸動離懷，楊花的濛濛，是春天消逝、行人離別的象徵，怨責春風，看似無理，但卻有情。「無情最是臺城柳，依舊煙籠十里堤」（韋莊〈金陵圖〉），怨物的「不解」和「無情」，都是為了更有力地襯出人的多情。

體會得很深刻。

其次在下片，寫作者（主人翁）居於內時之所聞、所見。其中「翠葉」二句，用以就「遠」寫聽覺。很顯然地，「翠葉」句，乃承上片的「樹色」來寫，說翠綠的樹葉已長得非常茂密，足以使黃鶯藏在裡面。而所以知道黃鶯藏在裡面，那當然是憑靠黃鶯的不斷啼聲了。接著而來的「珠簾」句，是承上片的「高臺」來寫的，就「近」說燕子想要飛入室內，卻被珠簾所隔，於是「呢喃」個不停。艾治平在《中國歷代詩歌名篇鑑賞辭典》中說：

> 繁茂的綠葉間鶯藏其中，本看不見，但知其有「鶯」，是因為「間關鶯語花底滑」，鶯聲婉轉傳布於外。又因有「珠簾」相隔，故燕不能飛入室內，但卻可以聽到。

這樣，雖未直接用狀聲詞來寫，但收到了同樣的效果，也預為下面的
「愁夢酒醒」作鋪墊，技巧是相當高妙的。

　　寫「內」（室內）的為「爐香」二句。其中「爐香」一句，乃承上
句之「珠簾」而來。嚴格地說，上句的「珠簾隔燕」，就「簾」而言，
屬室內；就「燕」而言，則屬室外，所以它就起了承上（外）啟下（內）
的作用，而很自然地領出「爐香」一句，以極寫室內之寂靜，為主人翁
之睡夢安排一個很適切的環境。而所謂的「游絲」，本指浮游於空中的
蛛絲而言，如馮延巳〈蝶戀花〉詞云：

　　　　滿眼游絲兼落絮。

指的就是這種蜘蛛或其他青蟲所吐出來的細絲。而晏殊在此，則用以形
容脫離香爐後，裊裊上升，而在高處打轉的「爐香」，這時，其形較
細，而顏色也較淡，當然就與蛛絲極為類似了。作者就這樣來寫室內之
靜，劉學楷在《唐宋詞鑑賞辭典》裡說：

　　　　這裡寫了爐春之「逐」，游絲之「轉」，表面上是寫動態，實際
　　　　上卻反托出整個室內的寂靜。「逐」上著一「靜」字，境界頓出。
　　　　那裊裊爐煙與游絲，都很容易讓人聯想起主人公永日無聊的情思
　　　　和閒愁。

把這一句的佳妙處說得很清楚。至於「一場」句，為限制句，用以交代
主人翁見「斜陽卻照深深院」的時間，並敘明「愁夢酒醒」之事，乃承
「珠簾」二句來寫，說主人翁午間因酒睏入夢，卻被鶯聲燕語所驚斷，
這就像馮延巳〈蝶戀花〉詞所說的：

濃睡覺來鶯亂語，驚殘好夢無尋處。

而結果呢？當然就像張先〈天仙子〉詞所說的：

午醉醒來愁未醒。

為「愁」所包圍了，藉此為尾句作鋪墊。

後一個「外」僅收尾「斜陽卻照深深院」一句。由於主人翁（作者）之「愁」，是抽象的，因此就以「斜陽」句，作具體的襯托。試想主人翁夢醒後，向外一看，看到的是斜陽照射下的「深深院」，單單這「深深院」，就已夠讓人暗添不少孤單之情了，更何況又蒙上一片斜陽，那就越發顯得靜默而令人惆悵不已了。韋莊〈菩薩蠻〉詞云：

凝恨對斜暉，憶君君不知。

晏殊筆下的主人翁，就此刻心情來說，不是與此相似嗎？

作者就這樣，依序藉著小徑的殘紅、郊野的綠草、道上的楊花、葉裡的藏鶯、簾間的隔燕、靜室的爐香和深院的殘陽，先由外而內，再由內而外地描繪了殘春時所見的景象，從而揉襯出「愁」來。由於其中的草、楊花、鶯和燕等，都與離情脫不了關係，「草」如王維〈送別〉詩的：

春草明年綠，王孫歸不歸？

又如李後主〈清平樂〉詞的：

離恨恰如春草，更行更遠還生。

「楊花」如馮延巳〈南鄉子〉詞的：

魂夢任悠揚，睡起楊花滿繡床。

又如蘇軾〈水龍吟〉詞的：

細看來，不是楊花點點，是離人淚。

「鶯」如金昌緒〈春怨〉詩的：

打起黃鶯兒，莫叫枝上啼；啼時驚妾夢，不得到遼西。

「燕」如馮延巳〈喜遷鶯〉詞的：

雙雙燕子歸來，應解笑人幽獨。

又如歐陽炯〈三字令〉詞的：

人不在，燕空歸。

由此看來，那所謂的「春思」（《花庵詞選》題），是與離情有關的。鍾陵在《唐宋詞鑑賞集成》中說：

最後點示「愁」字，寫傷春傷別的惆悵，春去人離，所以愁而飲

酒，以至醉夢，但最難堪的還是酒醒夢回後的舊愁未消，新愁更生。

他認為此詞寫的是「傷春傷別的惆悵」，看法很正確。

附篇章結構分析表供參考：

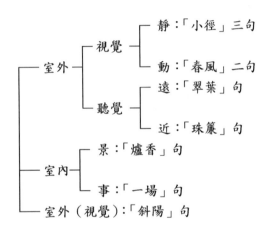

室外 — 視覺 — 靜:「小徑」三句
　　　　　　　 動:「春風」二句
　　　　 聽覺 — 遠:「翠葉」句
　　　　　　　 近:「珠簾」句
室內 — 景:「爐香」句
　　　 事:「一場」句
室外（視覺）:「斜陽」句

歐陽修
（一〇〇七～一〇七二）

　　字永叔，號六一居士，廬陵（今江西吉安）人。四歲而孤，母鄭氏親誨之學。家貧，以荻畫地學書。仁宗天聖八年舉進士，歷任西京推官、翰林學士、樞密副使、參知政事。英宗熙寧四年，以太子少師致仕。卒諡文忠。修始從尹洙遊，為古文；又與梅堯臣遊，為歌詩相唱和，遂以文章名冠天下。有《歐陽文忠公文集》傳世。

〈踏莎行〉

候館梅殘，溪橋柳細。草薰風暖搖征轡。離愁漸遠漸無窮，迢迢不斷如春水。　　寸寸柔腸，盈盈粉淚。樓高莫近危闌倚。平蕪盡處是春山，行人更在春山外。

　　這首詞藉一女性送行者，在樓上目送一男性行人漸行漸遠時之所見所感，以寫離愁，是用「實（景）、虛（情）、實（景）」的篇結構寫成的。

　　頭一個「實」（景）的部分，為開篇三句，主要用「先近後遠」的章結構來寫初春景色。它以對句開端，「候館」，指供眺望用的小樓，即驛館。這位送行者，與行人話別之後，便上了驛館的樓上，看到他騎著馬，離開候館，走向溪橋。這時，候館旁梅花正殘、溪橋邊柳條正細，正好襯出她無限的離情。「柳」用來襯出離愁，是緣自於漢代灞橋折柳贈別的習俗（見《三輔黃圖・橋》），這是眾人皆知的。而「梅」

則出自於南朝陸凱折梅寄贈范曄，以表達思念之情的故事，《太平御覽》卷九七〇引《荊州記》云：

> 陸凱與范曄相善，自江南寄梅花一枝詣長安與曄，並贈花詩：「折梅逢驛使，寄與隴頭人。江南無所有，聊贈一枝春。」

如此「梅」便與離愁結了不解之緣，如杜審言〈和晉陵陸丞早春遊望〉詩云：

> 雲霞出海曙，梅柳渡江春。

就以「梅」和「柳」來襯出「歸思」（離愁）。所以作者在此寫「梅殘」、「柳細」，是藉以增添離愁的。第三句承上兩句，寫行人已經走到了草原，而草原上之草香，也透過暖暖的春風，送入了送行者的鼻子裡，造成了視、觸覺和嗅覺的三重刺激，以增強感染力。這「草薰風暖」四字，典出江淹的〈別賦〉：

> 閨中風暖，陌上草薰。

自然可以推深離愁，更何況這位女主人翁又看到了行人「搖征轡」的動作，使得馬加快腳步，載著行人愈走愈遠呢？這樣所湧生的離愁，就更無窮無盡了。

　　「虛」（情）的部分，自「離愁漸遠」句起至「樓高莫近」句止，主要用「先泛（情）後具（景、事）」的章結構來抒情。其中「離愁漸遠」的「離愁」，乃一篇之主旨。而「漸遠」，是指行人騎著馬逐漸遠去，顯然是承上句的「搖征轡」而來，也就是說，「搖征轡」是「因」，而「漸

遠」是「果」，很技巧地在由景轉為情（轉位）時起了連接的作用，使得景中含情、情中帶景，以免造成脫節的缺憾。既然「離愁」，由於行人漸遠而趨於無窮，這位樓上的女主人翁，很自然地會將這種離愁和眼前隨著行人漸遠時所見到的不斷流水聯想在一起，於是作者便以譬喻的方式加以呈現。這樣以眼前景物作為「喻體」，可說是最好不過的，劉學楷在《唐宋詞鑑賞辭典》中說：

> 這「迢迢不斷如春水」的比喻，妙在即景設喻，觸物生情，亦賦亦比亦興，是眼中所見與心中所感的悠然神會。

說的就是這個道理。而作者將此女主人翁所生離愁之無窮，譬喻成春水之迢迢，是相當常見的，沈祖棻在《唐宋詞鑑賞集成》中說：

> 以流水與離愁關合，是詞人們常用的一種表現方式。在歐陽修以前，則如南唐李中主〈攤破浣溪沙〉云：「青鳥不傳雲外信，丁香空結雨中愁。回首綠波三楚暮，接天流。」……至如南唐後主〈虞美人〉之「問君能有幾多愁，恰似一江春水向東流」之啟發了歐詞，更屬顯而易見。

看法相當正確。不過，與其說李後主的〈虞美人〉詞啟發了歌詞，倒不如說是劉禹錫〈竹枝詞〉的「水流無限似儂愁」開了先河，來得更為切當。通常，內在之情，除了用外在之景（物）襯托外，也用人的樣子或動作（事），將它具象化，本詞就是如此。試觀下片的「寸寸柔腸」三句，不就是落在女主人翁的身上來寫嗎？其中「寸寸柔腸」，是說柔腸為之寸斷，以形容極度之思念或悲痛，這是由於她有無限離愁的緣故；如形之於外，就成為痛苦地皺著眉頭的樣子了。而「盈盈粉淚」，

則將「離愁」表達得更具體。所謂「盈盈」，乃充積之貌，經由此疊字，作者很成功地描繪了這主人翁因「離愁」無窮，以致淚水滿滿地充積於眼眶的具體形象，尤其是加了一個「粉」字，又化靜態為動態，將她淚水不停地流下的情形呈現出來，技巧是十分高明的。至於「樓高莫近」句，寫的是這位女主人翁想要倚闌眺望而又不敢的矛盾心理，以強化「離愁」。高克勤在《詞林觀止》（上）說：

　　　　她想倚闌凝睇，又怕觸景傷情，「樓高莫近色闌倚」一句，就充
　　　　分反映了她的這種矛盾心理。

體會得很真切。而作者在此，安排這麼一句，除了要強化思婦的愁緒外，該還有兩個作用：其一是由此帶出她最後還是倚闌眺望的結果，充分地發揮轉位（由情轉景）的橋樑任務，以領出結二句來。范仲淹有〈蘇幕遮〉詞云：

　　　　明月樓高休獨倚。酒入愁腸，化作相思淚。

這裡的「休」，就是「莫」的意思；而「酒入愁腸」二句，則為「獨倚」的結果。這和此詞由「莫倚」而終於「倚」，巧妙是一樣的。其二是由此回抱全詞，交代這位女主人翁目送行人遠去所看到的各種景物，全是樓上倚闌所見，而這個「樓」正是「候館」，這樣便使全詞得以統一而明朗化。假如這種解讀沒有錯，那麼這一句的作用就大了。

　　末一個「實」（景）的部分，為收結二句，主要用「先近後遠」的章結構來寫倚闌所見之景（事）。這個「景」（事），如就心理層面，配合「樓高莫近」句來說，則它只是設想，為「因」，「樓高莫近」句為「果」。劉學楷在《唐宋詞鑑賞辭典》裡說：

「平蕪盡處是春山，行人更在春山外。」補足「莫近危闌倚」之故。

說的就是這一點，如果就最後結果來說，則它是實景（事），為「果」，「樓高莫近」之想為「因」。而這個實景（事），是和上片的「草薰風暖搖征轡」句，由近而遠地銜接在一起的。如此以「突接」的方式來設計，使得「離愁」，隨著行人遠出春山之外，而變得更為無窮。高克勤在《詞林觀止》（上）裡說：

> 遙望青山無際，想像行人已出青山之外，無盡的思緒也隨之遠去。詞的末二句展現出一片情深意遠的境界，使全詞的意境得以深化。

說得一點也不錯。

作者就這樣藉殘梅、細柳、香草、春水、春山和柔腸、粉淚，將女主人翁的「離愁」作充分的襯托，產生了極大的感染力。因此它令人「不厭百回讀」（卓人月《詞說》），不是偶然的。

附篇章結構分析表供參考：

```
            ┌─ 近:「候館」二句
    ┌─ 實（景）─┤
    │       └─ 遠:「草薰」句
    │       ┌─ 泛:「離愁」句
    ├─ 虛（情）─┤      ┌─ 物（水）:「迢迢」句
    │       └─ 具 ─┤
    │             └─ 人（淚）:「寸寸」三句
    │       ┌─ 近:「平蕪」句
    └─ 實（景）─┤
            └─ 遠:「行人」句
```

〈木蘭花〉

別後不知君遠近，觸目淒涼多少悶。漸行漸遠漸無書，水闊魚沉何處問？　　夜深風竹敲秋韻，萬葉千聲皆是恨。故欹單枕夢中尋，夢又不成燈又燼。

　　此詞旨在抒寫別恨，是用「先凡（總提、泛寫）後目（分應：具寫）」的篇結構寫成的。

　　「凡」（總提、泛寫）的部分，為開篇二句，共含兩層（軌）意思，形成「先因後果」的章結構：一是離別後不知「君」在何處，為「因」，二是見到周遭冷落的景象而湧生無限的哀愁——「多少悶」，為「果」。而這個「果」的部分，又自成因果關係，其中「觸目淒涼」是「因」、「多少悶」是「果」。而這裡所謂的「多少」，意猶「多」、「許多」，吳翠芬在《唐宋詞鑑賞辭典》中說：

　　　　「多少」，不知多少之意，以模糊語言極狀其多。

解說得很明白。針對這種因果兩層（軌）關係，高克勤在《詞林觀止》（上）加以解釋說：

　　　　首句點明緣由：「別後不知君遠近。」正因為她不知愛人的行蹤，故觸目皆是淒涼，心中無限煩悶，深陷別恨而難以自拔。

這樣先「因」而後「果」，就形成了兩軌（層），來統括全詞，使全詞維持一致的意思。

　　「目」（分應、具寫）的部分，自「漸行」句起至篇末，呼應「凡」（總提、泛寫）的部分，也用「先因後果」的章結構來寫。它首先以「漸

行」二句，承「凡」部分之「因」一軌（層），來具寫離別後，由於無書以致不知對方一絲訊息的事實。所謂「魚沉」，指音訊渺茫，古詩〈飲馬長城窟行〉云：

> 客從遠方來，遺我雙鯉魚。呼兒烹鯉魚，中有尺素書。

從此「魚」就成了「書信」的代稱。所以「魚沉」就是「無書」的意思。對此兩句，吳翠芬在《唐宋詞鑑賞辭典》中闡釋說：

> 「漸行漸遠漸無書」，一句之內重複疊用了三個「漸」字，將思婦的想像意念從近處逐漸推向遠處，彷彿去追尋愛人的足跡，然而雁絕魚沉，天涯何處尋覓蹤影！「無書」應首句的「不知」，且欲知無由，她只有沉浸在「水闊魚沉何處問」的無窮哀怨之中了。「水闊」是「遠」的象徵，「魚沉」是「無書」的象徵。「何處問」三字，將思婦欲求無路、欲訴無門的那種不可名狀的愁苦，抒寫得極為痛切。

體會極深切。這是「目一」的部分。

其次以下四句，承「凡」部分之「果」一軌（層），具寫這位主人翁所觸目的淒涼景物與所湧生的無限離恨（多少悶）。它先以「夜深」二句，寫夜風敲竹（「觸目淒涼」之一）所攪起的一番離恨（「多少悶」之一）。在這裡，「秋韻」指的就是「秋聲」，作者另有〈秋聲賦〉一文描寫「秋聲」說：

> 悲哉！此秋聲也，胡為而來哉？蓋夫秋之為狀也：其色慘淡，煙霏雲斂；其容清明，天高日晶；其氣慄冽，砭人肌骨；其意蕭

條，山川寂寥。故其為聲也，淒淒切切，呼號憤發。豐草綠縟而
爭茂，佳木蔥蘢而可悅；草拂之而色變，木遭之而葉脫；其所以
摧敗零落者，乃其一氣之餘烈。

可見「秋聲」是無比淒切的。而作者在這闋詞裡，特以夜深時秋風敲竹
所發出的「萬葉千聲」來呈現，一樣淒切無比，足以襯托出無限之「恨」
來。辛棄疾有首〈滿江紅〉詞云：

　　敲碎離愁，紗窗外、風搖翠竹。

不就是如此嗎？而這個「恨」，則是「悶」的進一層說法。通常，同一
個情緒字（語），在詩詞裡，雖避免在同一首作品中重複出現，卻可用
不同的情緒字（語）來表達同一情緒。如馮延巳的一首〈蝶戀花〉詞，
其開篇三句云：

　　誰道閑情拋棄久？每到春來，惆悵還依舊。

又下片首三句云：

　　河畔青蕪堤上柳，為問新愁，何事年年有？

這裡的「閑情」、「惆悵」和「愁」，說的顯然是同一情緒。所以歐陽修
在此著一「恨」字，是用來呼應「悶」字的。總結這兩句，陳祖美在《愛
情詞與散曲鑑賞辭典》中說：

　　夜深人靜，聽到風吹竹林彷彿有意敲出一種「秋韻」（秋聲）。

能夠寫出傳之千古的〈秋聲賦〉的作者自然深諳「悲哉秋之為氣」
的況味。所以他筆下的這種「秋韻」通過「萬葉千聲」所傳達的
是比「多少悶」更進了一層的「皆是恨」。悶也罷，恨也罷，對
思婦來說都是「愛」字的加強意。

這種解析十分深入。這是「目二」的第一個部分。

接著以結二句，寫夢中難尋、獨對燈昏（「觸目淒涼」之二）的另
一番離恨（「多少悶」）之二。在此，作者下一「故」（特意）字，傳
達出這位主人翁極欲擺脫那「萬葉千聲」之「秋韻」持續折磨的強烈心
理。而擺脫它的唯一良方，就是入夢以追尋自己所思念之人，所以這位
主人翁，本來無心「敧枕」，而不得不強迫自己「敧枕」，結果好夢不
僅沒做成，卻要面對燈芯成了灰燼的淒涼景象，如此所觸生的悲愁就更
深一層了。高克勤在《詞林觀止》（上）說：

　　為了擺脫這刻骨銘心的折磨，她急於入睡，想在夢中尋覓追隨愛
　　人的蹤跡，然而這一絲希望也成了泡影。她終夜難眠，最後連相
　　伴相守的一點殘燈也終於熄滅了，留給她的是一片空虛與黑暗。
　　詞的結句似乎在暗示女主人公的悲劇命運，讀來令人哀惋。

很能體現「一切景語皆情語」的奧妙。這是「目二」的第二部分。

作者就這樣以「先凡（總提、泛寫）後目（分應、具寫）」的結構
來寫，使得泛寫與具寫、情與景都交融成一體，寫出主人翁的哀惋之
情，風格之婉約深沉，充分反映了歐詞的本色。

附篇章結構分析表供參考：

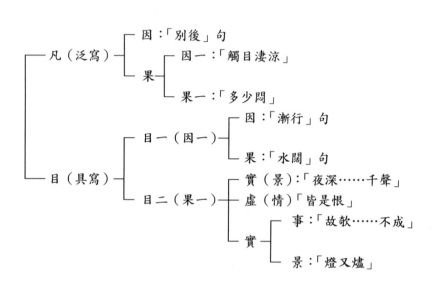

晏幾道
（一〇三一～？）

　　字叔原，號小山，晏殊第七子。早年曾任潁昌府許田鎮監，後為乾寧軍通判、開封府推官。平生潛心六藝，玩思百家，持論甚高，未嘗以沽世。能文，尤工樂府，所作曲折頓挫，直逼花間。著有《小山詞》。

〈臨江仙〉

　　夢後樓臺高鎖，酒醒簾幕低垂。去年春恨卻來時。落花人獨立，微雨燕雙飛。　　記得小蘋初見，兩重心字羅衣。琵琶絃上說相思。當時明月在，曾照彩雲歸。

　　此詞寫「春恨」，以抒發感舊懷人之情，是用「今、昔、今」的篇結構寫成的。
　　前一個「今」，含上片五句，採「目（分應一）、凡（總提）、目（分應二）」的章結構來寫。其起二句，是頭一個「目」（分應一）的部分，寫的是夢後酒醒所處的室內景象，以「高鎖」、「低垂」實寫環境之冷落淒寂，以「夢」、「酒」，側寫人之傷心，從而襯托出主人翁眼前的「春恨」來。其中「夢後」、「酒醒」，是互文見義，艾治平在《婉約詞派的流變》中說：

　　「夢後」、「酒醒」，互文見義。

而鍾陵在《唐宋詞鑑賞集成》中也說：

　　起始「夢後」、「酒醒」二句互文。樓臺高鎖、簾幕低垂，是居
處的冷落，夢後、酒醒之後，就顯得更為淒清寂寥，以環境的描
寫暗暗襯寫出詞中主人公的眼前春恨。

解讀正確而清楚。又，陳永正在《唐宋詞鑑賞辭典》裡則說：

> 《小山詞》中常見「夢」、「酒」等語，多有深意，這裡的「夢」
> 字，語意相關，既可能是真有所夢，重夢到當年聽歌歡笑的情
> 境，也指「悲歡合離之事，如幻如電，如作夢前塵」(《小山詞‧
> 自序》)。如作者〈踏莎行〉詞云：「從來往事都如夢，傷心最是
> 醉歸時」。

這種體會十分真切。

　　「去年」一句，則屬於「凡」(總提)的部分。它承上啟下，一面
既拈出「春恨」，以統括全詞，一面又以「去年」預為下片之憶舊開路。
透過這個橋樑，把「春恨」貫穿上下文，使全詞連成一體，其作用是極
大的。「落花」兩句為後一個「目」(分應二)的部分。作者在此，引
用翁宏〈春殘〉詩中的原句，其原詩是這樣寫的：

> 又是春殘也，如何出翠幃？落花人獨立，微雨燕雙飛。

晏幾道引用了後兩句，用來寫夢後酒醒所處的室外景象。在此，主要以
「落花」、「燕雙」暗含伊人已去、好景無常的感慨，再經由「人獨」、
「微雨」加以渲染，進一層地將「春恨」作更具體的表達，產生了比翁
宏原作更大的感染力。故唐圭璋於《唐宋詞簡釋》說：

「去年」一句，疏通上文，引起下文。「落花」，原為唐末翁宏之詩，妙在拈置此處，襯副得宜，且不明說春恨，而自以境界會意。落花、微雨，境極美；人獨立、燕雙飛，情極苦。

而陳永正於《唐宋詞鑑賞辭典》中也說：

> 翁詩全首平庸，「落花」二語在其中殊不特出，小晏一把它化詞入中，妙手天然，構成一淒艷絕倫的意境。以故為新，點鐵成金，具見詞家手段。

由此可口見作者援用前人成句以及牽花、燕入詞之妙。

「昔」的部分，為下片「記得」三句，採「由先而後」的章結構來寫。在此，緊承「去年」，寫過去與伊人（小蘋）初見（含交往）時的情景。作者在《小山詞自序》中說：

> 始時，沈十二廉叔、陳十君寵家，有蓮、鴻、蘋、雲，品清謳娛客。每得一解，即以草授諸兒，吾三人持酒聽之，為一笑樂而已。已而君寵疾廢臥家，廉叔下世，昔之狂篇醉句，遂與兩家歌兒、酒史俱流轉於人間。

據知「小蘋」，即兩家「歌兒」之一。「記得」三句，寫的就是當時宴聚聽曲之樂事，而將焦點完全集中於初見之「小蘋」身上，特別突出「小蘋」之穿著與琴音，以傳達出兩人一見鍾情、心心相印的心聲。所謂「心字羅衣」，楊慎《詞品》卷二說：

> 心字羅衣，則謂心字香薰之爾。或謂女人衣曲領如心字。

　　這雖然說得通，但不如解作「繡有雙重心字圖案的羅衣」來得貼切。對此，陳永正在《唐宋詞鑑賞辭典》中扣緊「記得」三句解釋說：

　　　　本詞中特標出「初見」二字，用意尤深。也許，爾後的許多情
　　　　事，都會隨著歲月的流逝而逐漸淡忘，而相識時的第一印象卻是
　　　　永誌於心的。夢後酒醒，首先浮現在腦海中的依然是小蘋初見時
　　　　的形象——「兩重心字羅衣，琵琶弦上說相思」。她穿著薄羅衫
　　　　子，上面繡有雙重的「心」字。……歐陽修〈好女兒令〉詞也有
　　　　「一身繡出，兩同心字」之語。小晏詞中的「兩重心字」，還暗
　　　　示著兩人一見鍾情，日後心心相印。小蘋也由於初見羞澀，愛慕
　　　　之意欲訴無從，唯有借助琵琶美妙的樂聲，傳遞心中的情愫。

這種說法是比較合理的。而其中「琵琶弦上說相思」句，因「相思」一詞，似非「初見」時所宜用，故作者當以此一句，簡略交代彼此於一見鍾情後交往的經過。陳永正以為「『琵琶』句，既寫出小蘋樂技之高，也寫出兩人感情上的交流已大大深化，不僅是目挑眉語了」（《唐宋詞鑑賞辭典》），既然「兩感情上的交流已大大深化」，那就不太可能是「初見」之事了。

　　後一個「今」的部分，為結拍兩句，採「先高後低」的章結構來寫。在此，作者用常在之「明月」將今昔縮合，以「彩雲」喻指「小蘋」，表示伊人已如一朵彩雲飄然而去，從而點出眼前與去年春恨的根由，造成「亦今亦昔」的效果，以收束全詞。作者在此以「彩雲」喻指「小蘋」，化用了前人之詩句，並且取了它美麗而飄浮〈薄命〉的意思。李白〈宮中行樂詞〉云：

　　　　只愁兩年散，化作彩雲飛。

又，白居易〈簡簡吟〉云：

> 大都好物不堅牢，彩雲易散琉璃脆。

而作者也有〈御街行〉詞云：

> 碧陶花蕊已應開，欲伴彩雲飛去。

可見此時，「明月」依然，而美麗之「小蘋」，卻如一朵易散之彩雲，號已不知流落何方？則所謂「物是而人非」，詞人相思之情、孤寂之感（春恨），自然就會濃得化不開。讓人讀來，情深而韻長，餘音裊裊。

　　不過，必須一提的是，有人以為此「彩雲歸」，寫的只是初別，這似乎有些不妥。因為兩人確曾交往過，不只是見過一次而已。作者另有〈木蘭花〉詞云：

> 小蘋若解愁春暮，一笑留春春也住。

又有〈玉樓春〉詞云：

> 小蘋微笑盡妖嬈，淺注輕勻長淡淨。

如此直接以「小蘋」之名入詞，而又將她寫得那樣迷人，足見作者對她之眷戀，相當地深。因此，這句「彩雲歸」，當涵蓋最後一別在內，而且是以此為主，因為最後一別，是最令人傷情，而眷眷不忘的。

　　作者就這樣以「今、昔、今」的時間結構，形成頓挫，將懷舊傷離之情，即「春恨」，作深刻之表達。艾治平在《婉約詞派的流變》中說：

黃庭堅謂其詞「清壯頓挫」，誠不虛言。即如此詞，隱含著四次「頓挫」：「夢後」兩句一層意；「落花」兩句一層意；兩番「春恨」始轉入對小蘋的追憶（「記得」二句）；最後又轉到眼前來。四次「頓挫」，含蓄婉轉地表示出自己的惆悵之情。

由此切入，分四層來談「頓挫」，除注意情意深淺外，又顧及時間層次，很能呈現此詞之條理。

　　附篇章結構分析表供參考：

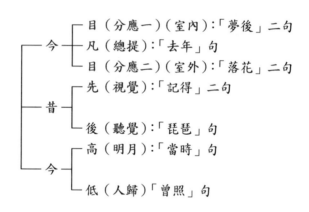

〈鷓鴣天〉

彩袖殷勤捧玉鍾，當年拚卻醉顏紅。舞低楊柳樓心月，歌盡桃花扇底風。　　從別後，憶相逢，幾回魂夢與君同。今宵賸把銀釭照，猶恐相逢是夢中。

　　此詞旨在寫和一個女子別後相逢之喜，而這個女子和作者應該很熟，繆鉞在《唐宋詞鑑賞辭典》中說：

這個女子可能是晏幾道自撰《小山詞・序》所提到的他的朋友沈廉叔、陳君龍佳歌女蓮、鴻、蘋、雲諸人中的一個。晏幾道經常在這兩位朋友家中飲酒聽歌，與這個女子是很熟的，而且有相當愛惜之情的，離別之後，時常思念，哪知道現在忽然不期而重遇，又驚又喜，所以作了這首詞。

這種推測很合理。它是採「今（圖）、昔（底）、今（圖）」的篇結構寫成的。

頭一個「今」（圖），為首句，寫一位穿彩衣的歌女捧著玉鍾殷勤勸酒的事。「彩袖」，本指彩衣的衣袖，在此用以指穿彩衣之歌女。謝桃坊在《宋金元文學卷》中說：

> 「彩袖」，是綴有彩線繡花的衣袖，借指舞衣，而實又借指歌妓。她熱情周到地手捧酒尊侑觴，因而最觸目的是其彩袖和纖手。

這樣寫，寫的雖是眼前（今）事，也可說是當年（昔）的事，所以就產生了「亦今亦昔」的效果，不過，從詞意來看，還是以眼前為主，所以陳匪石在其《宋詞舉》中說：

> 第一句，今昔所同，然詞意當屬現在。

由現在包孕過去，確是很常見的。

「昔」（底）的部分，自「當年」句起至「幾回」句止，採「由先而後」章結構，分兩層來寫：首層為「當年」三句，寫當年初識這位歌女時，她以歌舞殷勤款待，而使自己不惜一醉的經過。他首先用「當

年」一詞，將時間由現在倒回過去，然後以「先果後因」的章結構交代
自己所以「拚卻醉顏紅」，是由於這位歌女酣歌暢舞的緣故。而寫這酣
歌暢舞之一聯，不但關涉到時間之推移，而且在景（事）中飽含有情
意，寫來既工致而又韶秀，受到後人之讚賞。陳匪石《宋詞舉》說：

> 「舞低」兩句，既工致，又韶秀，且饒雍容華貴之氣，晁補之謂
> 「知此人不住三家村」，沈際飛謂「美秀不減六朝宮掖體」，與乃
> 父之詩「梨花院落溶溶月，柳絮池塘淡淡風」同一名貴語。而由
> 上句「當年」貫下，似拚醉之故在此，語雖實而境則虛。

可見此聯受人讚賞之一斑。對此，陳振鵬在《詞林觀止》（上）作具體
之分析說：

> 寫「舞低」、「歌盡」，是暢舞酣歌，直至深夜、向晨。……沈祖
> 棻《宋詞賞析》說，楊柳和月是實景，桃花和風則是虛寫。「桃
> 花」指歌女手中的團扇，上面畫有桃花，「風」則是歌聲在其中
> 回蕩的空氣。唱時有時以扇掩口，其聲發於扇底，歌聲盡則扇底
> 之「風」亦盡。如此剖析入微，確是發前人所未發。由此而產生
> 無限戀情，這在詞裡是空白，我們不妨以想像補足之。

由此自然會使作者沉醉其中，而「產生無限戀情」，木齋在其《唐宋詞
流變》裡認為這一聯：

> 實為神來之筆。歌舞沉醉，乃不知世上有晉魏矣！沉醉之美正是
> 愛戀之深的表現。月本自低，非由舞落；風本自盡，非由歌停，
> 乃說「舞低月」、「歌盡風」，更兼之以「楊柳樓心」、「桃花扇底」

之美妙意象，給人以愛意朦朧、陶然沉醉之感。

其意象之美妙，確是令人讚賞。而如此極言一夜歌舞之酣暢，更可見出見美人之殷勤。

　　次層為「從別後」三句，寫別後常縈魂夢中而疑夢為真的相憶深情。既說「別後」，可知作者把「初識」之後，彼此交往以至於別離時之種種，都完全略而不寫，這是因為此詞之重心在寫此次之「不期而重遇」之喜，如和盤托出，就會顯得累贅多餘了。因此喻朝剛在《唐宋詞鑑賞集成》中說：

　　　　下片換頭三句，寫別後相思。中間略去了相識以後和別離之時的種種情事，直接敘述別後的思念，頗見剪裁之工。

如此「剪裁」，足見其匠心。而「從別後」這三句，乃以「先點後染」的章結構表出。其中「從別後」句是「點」（時空定位）、「憶相逢」二句為「染」（內容描述）。而「憶相逢」二句，又形成「先因後果」的關係。所謂「憶相逢」，是說回憶兩人初識與彼此交往的往事，以呼應上片的「當年」三句。陳匪石《宋詞舉》認為「『從別後，憶相逢』六字，頗見回環之妙筆」，即指此而言。而所謂「幾回魂夢與君同」，是說多次夢到了這位女子，次次把夢當作是真，醒後卻又發現是假，反添煩惱和愁苦，以寫相思之情狀，為末尾真正之「相逢」作鋪墊。所以喻朝剛在《唐宋詞鑑賞集成》裡說：

　　　　「幾回」句，具體描述相思情狀，多少次夢裡的歡聚，醒來卻增添了更多的煩惱和愁苦。字面上雖然沒有出現「相思」字眼，但通過雙方之夢寐，自然襯出了彼此間感情的真摯與深厚。

顯然地，這種感情愈真摯、深厚，就愈能使本次「不期而重逢」之喜加深。如此為末尾真正之「相逢」作鋪墊，當然就會大大地增加本詞之感染力量。

至於後一個「今」（圖），則為收結二句，把時間由過去拉回現在，採「先果後因」的章結構，寫今日相逢而疑真為夢的情狀，透出無限驚喜，作了完美的收束。唐圭璋在其《唐宋詞簡釋》說：

> 「今宵」兩句，始歸到今日相逢。老杜云：「夜闌更秉燭，相對如夢寐」，小晏用之，然有「賸把」與「猶恐」四字呼應，則驚喜儼然，變質直為宛轉空靈矣。上言夢似真，今言真似夢，文心曲折微妙。

作者將杜甫〈羌村三首〉之一化用到如此「微妙」地步，的確令人激賞。

這樣以今昔映襯，巧妙地以初逢、別後為背景（底），突出相逢的驚喜之情（圖），使首尾圓合，寫得真是曲折而微妙。

附篇章結構分析表供參考：

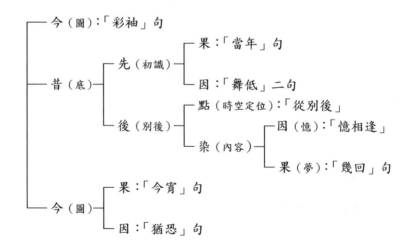

柳永

字耆卿，原名三變，崇安人。景祐元年（1034）進士，官屯田員外郎，世稱柳屯田；排行第七，亦稱柳七。為人放蕩不羈，善為歌辭。教坊樂工，每得新腔，必求永為辭，始行於世。以詞佻靡從俗，天下詠之，葉夢得嘗見一西夏歸朝官云：「凡有井水飲處，即能歌柳詞。」其流傳之廣如此。後卒於襄陽。死之日，家無餘財，群妓合金葬之於南門外，每春月上冢，謂之弔柳七。有《樂章集》行世。

〈雨霖鈴〉

寒蟬淒切，對長亭晚，驟雨初歇。都門帳飲無緒，方留戀處，蘭舟催發。執手相看淚眼，竟無語凝噎。念去去、千里煙波，暮靄沉沉楚天闊。　　多情自古傷離別，更那堪、冷落清秋節。今宵酒醒何處？楊柳岸、曉風殘月。此去經年，應是、良辰好景虛設。便縱有、千種風情，更與何人說？

這闋詞旨在寫秋日送別之情，是用「先實（現在）後虛（未來）」的篇結構寫成的。

「實」（現在）的部分，自篇首起至「竟無語凝噎」句止，採「先景後事」的章結構，寫送別時主客雙方依依不捨的情形。它首先以「寒蟬」三句寫景：「寒蟬」，是蟬的一種，鳴於秋日，《禮記·月令》云：

孟秋之月，寒蟬鳴。

所以此詞雖未在此直接點明季節，卻藉牠作了交代。由於牠的鳴聲，是稀稀疏疏的，因此由離人聽來，便格外淒涼哀切了。王子明在《詞林觀止》（上）說：

> 「寒蟬」歷來是感秋文字中的典型物象，詞人用「淒切」形容其鳴聲，是移情於物的通感手法。

而「移情於物」，是常見的手法。「長亭」，是供人送別的所在，很自然地暗寓了別情。在此又著一「對」字，巧妙地將正在相對著的亭外之景與亭內之人牽合在一起，作者另一首〈八聲甘州〉詞云：

> 對瀟瀟暮雨灑江天，一番洗清秋。

用法與此相類。而「晚」字，除說此刻已是黃昏，以增添離情外，也藏了依依不捨的意思。後來周邦彥有〈瑞龍吟〉詞云：

> 官柳低金縷，歸騎晚，纖纖池塘飛雨。

這兩個「晚」字的作用，是相同的。接著而來的「驟雨初歇」，由聽覺轉為視覺，不但寫了景外之景，予人以淒清之感，而與首句的「寒蟬淒切」相呼應，也為下面的「蘭舟催發」預作鋪墊。作者就如此透過開頭的三個寫景句，成功地為後面的敘事與抒情布置好適當的環境。馮嘯烈在《古代文學作品鑑賞》中說：

> 開篇三句交代離別的節令（寒蟬）、時間（晚）、地點（長亭）、氣候（驟雨初歇），並以此構織成一幅幽暗的畫面，表面看來，

與愁情無關；實則融情入景，借寫景逐層傳達出內心微妙複雜的
情感。急促淒切的蟬鳴，暮色蒼茫中的長亭，驟雨過後的晚來天
氣，烘染出別離時的悲涼氣氛，使本來就已黯淡的情緒，變得越
發黯淡了。

體會得很真切。

其次以「都門」五句敘事，其中「都門」三句，用以泛寫「留戀」；
「執手」二句，用以具寫「留戀」。「都門帳飲」，是說在郊外（長亭）
擺下酒延送別，用的是漢代疏廣的典故，《漢書・疏廣傳》云：

廣徙為太傅，廣兄子受字公子，亦以賢良舉為太子家令。上疏乞
骸骨，上以其年篤老，皆許之，加賜黃金二十斤，皇太子贈以五
十金。公卿大夫故人邑子設祖道，供張東都門外，送者車數百
輛，辭決而去。

後來就用以指在郊外餞別之事。因此時天已晚，陣雨又剛停，於是船夫
便催著旅客上船，準備啟航。這就使得主客雙方更是難分難捨，而沒有
一點心情來喝離酒了。金啟華在《唐宋詞鑑賞集成》中說：

「都門」兩句，極寫餞別時的心情，委婉曲折，心理矛盾，欲飲
無緒，欲留不得。

這種「矛盾」，更加強了「留戀」的意味。而「執手」二句，是說主客
兩人手拉著手，淚眼對著淚眼，悲痛得使喉嚨像有東西堵塞住一樣，雖
有千言萬語待訴說，卻連一句話也說不出來。這就恰到好處地將「留
戀」的情狀，作了具體的描繪。王子明在《詞林觀止》（上）說：

「執手」兩句寫難分難捨之狀，神吻逼肖，如在眼前。「無語凝
噎」四字，恰到好處地傳遞出人物內心的無限傷感，在藝術上具
有此時無聲勝有聲的效應。

說出了這兩句的好處。

　　「虛」（未來）的部分，自「念去去」起至篇末，用設想的方式，
分三層來敘寫：首層為「念去去」二句，設想船離開當時的情景。這個
「念」字，屬去聲，是領字，領起以下三層文字，一直貫到尾，十分有
力，詹安泰在《全宋詞鑑賞辭典》中說：

　　「念」字一直貫注到下半片別後心情的描寫。

而徐培均在《唐宋詞鑑賞辭典》中更進一步指出：

　　詞是一種依附於音樂的抒情詩體，必須講究每一個字的平仄陰
　　陽，而去聲字尤居關鍵地位。這裡的去聲「念」字用得特別好。
　　清人萬樹《詞律發凡》云：「名詞轉折跌宕處，多用去聲，去則
　　獨異。……當用去者，非去則激不起。」此詞以去聲「念」字作
　　為領格，上承「凝噎」而自然一轉，下啟「千里」以下而一氣流
　　貫。

將「念」字的作用與佳妙之處，都說得很清楚。而「去去」，是「遠去」
的意思。漢蘇武〈古詩〉之三云：

　　參辰皆已波，去去從此辭。

便是這個用法。就在主客「相看」、「凝噎」之際，設想到一會兒船影將消失在水天遙接之處，所要面對的是：一望無際的「煙波」（低）、沉沉的「暮靄」（中），與遼闊的「楚天」（高）。作者就透過這些由低而高的景物拓成一片渺茫的極大空間，進一步地把無限離情烘托出來，金啟華在《唐宋詞鑑賞集成》中說：

> 「千里煙波，暮靄沉沉楚天闊」，全是寫景，實際上含的全是情，景無邊而情無限。

所謂「一切景語皆情語」（王國維《人間詞話》），即此意。而主客兩人也因而更為「凝噎」而不斷地落淚了。

次層為「今宵」二句，設想船離開當夜的情景，乃緊承著「千里」二句而來，想到在面對無邊的煙靄、楚天時，一定會縱酒而醉倒，等到醒了過來，已是次日早晨，而所看到的是輕風吹拂岸柳、殘月掛在天邊的秋曉之色，像是在那裡為人哀傷似的，這就將離情推深一層，使得主客的眼淚流得更多了。由於這兩句，寫得極清麗，十足反映了柳詞的婉約風格，所以為世人所愛賞。《歷代詩餘》引俞文豹《吹劍錄》云：

> 東坡在玉堂日，有幕士善歌，因問：「我詞何如柳七？」對曰：「柳郎中詞，只合十七八女郎，執紅牙板，歌『楊柳岸、曉風殘月』。學士詞，須關西大漢，銅琵琶、鐵綽板，唱『大江東去』。」東坡為之絕倒。

愛人愛賞的程度，由此可見一斑。

尾層為「此去」四句，設想離開次日以至於漫長歲月的情景，是緊接著「今宵」四句來寫的。「經年」，是過了一年又一年的意思。「風

情」，指的是風月情懷，而風月，則代指「良辰好景」；而由「良辰好景」
所引生的感觸，便稱為「風情」。就在主客雙方淚眼對著淚眼的同時，
又由「今宵」而設想到第二天以後那一串串的日子裡，就像馮延巳〈采
桑子〉上半闋所說的：

　　　花前失卻遊春侶，獨自尋芳。滿目悲涼，縱有笙歌亦斷腸。

一定「滿目悲涼」而為之「斷腸」不已，而有此「千種風情」，卻無人
訴說，那就更使得主客兩人淚流不止了。唐圭璋在其《唐宋詞簡釋》中
說：

　　　「此去」兩句，更推想別後經年之寥落。「便縱有」兩句，仍從
　　　此深入，歎相期之願難諧，縱有風情，亦無人可說，餘恨無窮，
　　　餘味不盡。

詮釋得極深入。
　　用插敘的方式，將一篇之主旨拈出，是很常見的手法。本詞作者即
用此手法，將「多情」兩句插在首、次二層之間，點明清秋別恨，以統
括三層，甚至全詞。這樣從邏輯層次來看「虛」的部分，就形成「目（分
應一），凡（總提）、目（分應二、三）」的章結構。若從內容看來，雖
是泛就古今一般情況來說，卻更強化了此次送別之恨。關於這一點，唐
圭璋在其《唐宋詞簡釋》裡說：

　　　換頭，重筆另開，歎從來離別之可哀。「更那堪」句，推進一
　　　層。言己之當秋而悲，更甚於常情。

這是很有見地的。

作者如此藉三層虛寫來增強實寫（重心在「執手」二句）的情味力量，以推深秋別之恨的主旨，真是「餘韻不盡」。

附篇章結構分析表供參考：

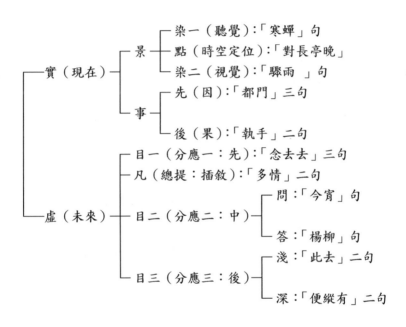

〈八聲甘州〉

對瀟瀟暮雨灑江天，一番洗清秋。漸霜風淒緊，關河冷落，殘照當樓。是處紅衰翠減，苒苒物華休。惟有長江水，無語東流。　　不忍登高臨遠，望故鄉渺邈，歸思難收。歎年來蹤跡，何事苦淹留。想佳人、妝樓顒望，誤幾回、天際識歸舟。爭知我、倚闌干處，正恁凝眸。

此詞旨在寫思鄉之情（含身世之感），是用「先景後情」的篇結構

寫成的。

寫「景」的為上片，主要用「並列（一、二）」的章結構，來寫冷落的秋色（一）與江水之無聲（二）。它首先以起二句，就時令與氣候，寫一雨成秋的情景。這兩句以「對」字領起，照應了主、客體，王子明在《詞林觀止》（上）說：

> 開頭兩句，用「對」字領起，「對」，面對，本身即意味著相對的兩方面。以客體論是秋暮江天雨景；從主體說，是一個感受景物的人。

這個「對」字的用法，和作者另一首〈雨霖鈴〉「寒蟬淒切，對長亭晚，驟雨初歇」所用「對」字，巧妙是一樣的。由於一陣暮雨灑下，使「雨後之江天，澄澈如洗」（唐圭璋《唐宋詞簡釋》），而呈現出一片冷落的秋色。這所謂「清秋」，泛寫了冷落的秋色，作一總括，以帶出底下具寫「清秋」的五個句子來，和開篇的「瀟瀟暮雨灑江天」先後連接在一起。其中「漸霜風」三句，用領字「漸」（「旋又」之意，見張相《詩詞曲語辭匯釋》）來導引、牢籠，上承「暮雨」，藉淒緊的霜風、冷落的關河與當樓的殘照，具寫了淒寂可傷的秋色。此三句寓情於景，而境界開闊，受到眾人的愛賞。對此，金啟華在《唐宋詞鑑賞集成》中說：

> 「漸霜風」三句，再以「漸」字領起，直貫而下，寫風緊殘照之關河樓頭，境界綺麗而悲壯，聲響尤其動人。難怪蘇軾嘆為「唐人佳處，不過如此」（趙令時《侯鯖錄》引）。這正說明宋詞可與唐詩比美，而柳永更是代表作者。

而葉嘉瑩在《靈谿詞說》中，更呼應蘇軾「唐人佳處，不過如此」之說以為：

像這種由景象所傳達的一種感發的力量，也就正是所謂「興象」
的作用。而柳詞中境界之開闊與音節之勁健，也都與盛唐詩歌之
氣象有相近之處。我想前人之讚賞柳詞有唐人之高處與妙境，很
可能就正是由於他們感到了柳詞中所具有的此種質素，與唐人詩
歌中的這種質素十分相近的緣故。

這種體會極深刻。其次以「是處」二句，將視線由遠處的江天、關河移
至近處的一片衰花殘葉之上，進一步藉風物之凋殘，來具寫「清秋」。
王子明在《詞林觀止》（上）說：

> 「是處」兩句，寫草木在秋雨、秋風中漸漸衰敗，是近景。「物
> 華休」兼指風物與人，是景象蕭瑟與登樓人蹉跎而易老的寫照。

如此以景襯情，更增添了作品的感染力。最後以「惟有」二句，寫無語
東流的江水，有意用江水東流之「不變」，與上八句所寫一雨成秋與
「冉冉物華休」之「變」，作成強烈的對比，而藉「無語」二字帶出恨
來，以深化思鄉之情。高蟾的〈秋日北固晚望〉詩說：

> 何事滿紅惆悵水，年年無語向東流。

顯然柳詞此二句，即本於此，卻將「惆悵」之情，匿而不宣，收到了含
蓄的效果。

　　抒「情」的為下片，採「先實後虛」的章結構，來寫思鄉之苦與身
世之歎（二者為孿生兄弟之關係，說見拙作〈談辭章的義蘊與運材之關
係〉，《國文天地》十卷六期）。「實」的部分，指「不忍」五句。它先
以「不忍」三句，用上片所提「長江水」為媒介，與「渺邈」的「故鄉」，

一線相連，寫自己登樓望遠的情形，從中拈出「歸思」（鄉愁）作一篇
主旨，以統括全詞。而所謂「不忍」，是說「不能忍受」，意與「不堪」
接近，使感情變得更為曲折動人。沈祖棻在《歷代名篇賞析集成》（下）
說：

> 下片由景入情。上片寫到面對江天暮雨、殘照關河，可見詞人本
> 是在「登高臨遠」，而換頭卻以「不忍」二字領起，在文章方面，
> 是轉折翻騰；在感情方面，是委婉深曲。「登高臨遠」，為的是
> 想望故鄉，但故鄉太遠，「愛而不見」，所闖入眼簾的，只不過
> 是更加引起鄉思的淒涼景物，如上片所描寫的，這就自然使人產
> 生了「不忍」的感情，而鄉思一發，更加難於收拾了。

這樣，「歸思」（鄉愁）就越發難於收拾了。再以「歎年來」二句，寫
自己不得已而淹留在外的痛苦，而這種身世之感，可從作者另一首〈戚
氏〉詞中窺出：

> 孤館，度日如年，風露漸水，悄悄至更闌。長天淨、絳河清淺，
> 皓月嬋娟。思綿綿。夜永對景，那堪屈指，暗想從前，未名未
> 祿，綺陌紅樓，往往經歲遷延。

如此為利與名而在外「經歲遷延」（即淹留），當然就更為想家，更為
痛苦了。而作者在此卻不道破，可說含蓄到了極點。至於「虛」的部
分，則指「想佳人」四句。這四句，循著「長江水」，由「登高臨遠」，
而一線通到「故鄉」，純從對面設想，虛寫「佳人」憑樓遠望，哀怨至
極的情狀，以回應篇首的「對」字與換頭的「歸思」二字，表出自己「倚
闌」凝眸所湧生的無限哀愁來。所謂「從對面設想」，便是「虛」，而

由「虛」來增強「實」的情味力量，即「化實為虛」的特殊效果。沈祖棻在《歷代名篇賞析集成》（下）說：

> 本是自己望鄉，懷人，思歸，卻從對面寫「佳人」切盼自己回去。本是自己倚闌凝愁，卻說「佳人」不知自己的愁苦。「佳人」懷念自己，出於想像，本是虛寫，卻用「妝樓顒望，誤幾回天際識歸舟」這樣具體的細節來表達其懷念之情，彷彿實有其事。倚闌凝愁，本是實情，卻從對方設想，用「爭知我」領起，則又化實為虛，顯得十分空靈。感情如此曲折，文筆如此變化，真可謂達難達之情了。

幾句話就把「化實為虛」的佳妙處，說得一清二楚。

作者在此，雖用了常見的「先景後情」（即景抒情）的結構來寫，卻景中含情，而情中又帶景，使得情交融在一起，將思鄉之情（含身世之感）表達得纏綿而含蓄，令人不厭百讀。

附篇章結構分析表供參考：

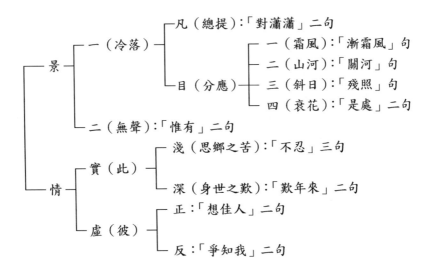

蘇軾
（一〇三七～一一〇一）

　　字子瞻，號東坡，眉州眉山（今四川眉山）人。仁宗嘉祐二年進士。因與王安石政見不合，曾出判杭州，徙知密州、徐州、湖州，謫黃州團練副使。哲宗立，召為禮部郎中，翰林承旨，後又貶瓊州別駕。徽宗時，卒於常州。謚文忠。東坡天才既高，讀書復多，故其詩氣象宏闊，意趣超妙，渾涵光芒，雄視百代。嘗自謂：「作文如行雲流水，初無定質，但常行於所當行，止於所不可不止」，雖嬉笑怒罵之辭，皆可書而誦之。有《東坡集》傳世。

〈水調歌頭〉
丙辰中秋，歡飲達旦，大醉，作此篇，兼懷子由。

明月幾時有，把酒問青天。不知天上宮闕，今夕是何年。我欲乘風歸去。惟恐瓊樓玉宇，高處不勝寒。起舞弄清影，何似在人間。　轉朱閣，低綺戶，照無眠。不應有恨，何事長向別時圓。人有悲歡離合，月有陰晴圓缺，此事古難全。但願人長久，千里共嬋娟。

　　這首中秋詞，作於宋神宗熙寧九年（1076），時作者在密州任知州，是用「虛（情）、實（景、事）、虛（情）」的篇結構寫成的。

　　開篇起至「高處」句止，為頭一個「虛」（情：物外）的部分，採「先因後果」的章結構加以呈現。它首先以「明月」四句，透過「問天」，針對著中秋之「明月」，超脫人世，伸向無垠的時空，發出深長的宇宙情緒；這是「因」。李白〈把酒問月〉詩云：

　　　　青天有月來幾時，我今停杯一問之。

蘇詞顯然是脫化於此。鄭文焯〈手批東坡樂府〉說本詞：

　　　　發端從太白仙心脫化，頓成奇逸之筆。

所謂「仙心」，說得平淺一點，即物外之思，也就是宇宙情緒。作者便藉此「奇逸之筆」，以引發底下欲歸月殿的奇想。常國武在其《新選宋詞三百首》中說：

　　　　詞人在上片展開了遐想的翅膀，先對有關月亮的自然界現象和歷
　　　　史上的有關傳說連連發問，所問似乎無理，又無從索解，故突兀
　　　　而來，戛然而止，其意並不在於求得解答，
　　　　而是為了引出下文。

這種看法頗正確。其次以「我欲」三句，承篇首四句，將自己比作謫仙，寫極欲歸去月殿（仙界），而又怕它高寒的心理，以寄寓此刻出世（隱）、入世（仕）的矛盾思想；這是「果」。據唐孟棨《本事詩‧高逸》載：

　　　　李太白初自蜀至京師，舍於逆旅。賀監知章聞其名，首訪之。既
　　　　奇其姿，復請所為文。出〈蜀道難〉以示之。讀未竟，稱歎者數

四，號為「謫仙」。

所謂「謫仙」，是由仙界謫居世間之人，而月殿，正是天上仙界之一，因此作者就由此想入，將自己比作被稱為「謫仙」的李白，而有「乘風歸去」之想，以表達自己想歸隱山林的念頭。由於此時烏臺詩案正在形成，而其弟轍也在稍後從濟南到此，勸他「以不早退為戒，以退而相從之樂為慰」（見作者作於熙寧十年之〈水調歌頭〉題序），可知此時作者會有隱退之思，是極自然之事。然而作者進一層想，卻以為月殿（仙界）之上既高且寒，使人不堪承受，以反映他「隱」與「仕」之間抉擇上的困惑心態。據《酉陽雜俎・天壺》載：

> 翟天師曾於江岸，與弟子數十翫月。或曰：「此中竟何有？」翟笑曰：「可隨吾指觀。」弟子中兩人見月規半天，瓊樓金闕滿焉。數息間，不復見。

這是相傳月上有「瓊樓玉宇」的由來。東坡這麼寫，以借代歸隱的理想所在，是有所依據的。不過，有人以為此「瓊樓玉宇」，指的乃朝廷，而表達的是作者的忠愛之思。對於這點，葉嘉瑩在《靈谿詞說》中卻以為：

> 其飄逸高曠之致，誠不可及。然而其中卻實在也隱然表現了他自己內心深處的一種入世與出世之間的矛盾的悲慨，而這種悲慨，卻又寫得如「春花散空，不著跡象」。相傳神宗讀此詞，至「瓊樓玉宇」數句，曾以為「蘇軾終是愛君」。讀詞者固無妨有此一想，然若指實其為有不忘朝廷的忠愛之意，則反似不免有沾滯之嫌矣。

見解極精到。

　　而「起舞」句起至「照無眠」句止，為「實」（景、事）的部分。
這個部分，用「先事後景」的章結構加以呈現，首先以「起舞」二句，
轉「情」（因）為「事」（果），將上面寫「情」（物外）的部分作一收結，
用「起舞弄清影」的實際動作，表達了自己入世（仕）等於出世（隱）
的最後決心，以為在人世間，只要自求多福，就和天上仙界沒什麼兩
樣。這種「隱於仕」的想法，影響蘇軾一生，使他在仕途上堅忍奮進，
不到最後一秒，絕不輕言後退。作者另有〈超然臺記〉一文，也差不多
作於此時，其中有一段說：

　　　南望馬耳常山，出沒隱見，若近若遠，庶幾有隱君子乎？而其東
　　　則盧山，秦人盧敖之所從遁也。西望穆陵，隱然如城郭，師尚
　　　父、齊威公之遺烈猶有存者。北俯濰水，慨然太息，思淮陰之
　　　功，而弔其不終。

這段文字，先以「南望」、「而其東」，述及「隱君子」，並用了盧敖隱
遁的典故，表達了隱隱的想法；再以「西望」用了姜太公與齊桓公輔佐
天子，以建立不朽功業的史實，表達了輔佐天子，一靖天下的強烈意
願；然後以「北俯」牽出淮陰侯建立不朽功業，卻不得善終的故事，表
達了對未來仕途的憂慮。而這種憂慮卻沒有使作者因而卻步，因為從這
一段運材的順序上可看出：「仕」的意識最後還是掩蓋了「隱」的念頭。
他有這個念頭正是「隱於仕」意識的一種體現。而這種意識，與其說來
自於《莊子》，不如說淵源於陶淵明。淵明有〈飲酒〉詩二十首，其五
之前四句云：

　　　結廬在人境，而無車馬喧。問君何能爾？心遠地自偏。

此種「心遠地自偏」之意趣，可說是蘇軾「隱於仕」思想的源頭，這就無怪他會認定「只淵明，是前生」（見作於黃州之〈江城子〉）了。接著以「轉朱閣」三句，主要用以寫「景」，由上半夜過到了半夜，以下啟後面另一個「情」（物內）的部分。它由「轉」、「低」、「照」，就「明月」，寫其推移與落點；而由「朱閣」、「綺戶」、「無眠」，就「人」（作者），寫他的居處與狀態；如此實寫「月」與「人」，產生了以「實」（景）襯「虛」（情）的作用；尤其是「無眠」二字，更蘊含「恨」意，以貫穿全詞。唐圭璋在其《唐宋詞簡釋》中說：

> 換頭，實寫月光照人無眠。以下愈轉愈深，自成妙諦。

而徐翰逢、陳長明在《唐宋詞鑑賞辭典》中認為：

> 「照無眠」者，當兼月照不睡之人與月照愁人使不能入睡這兩層意思。作者〈永遇樂〉（長憶別時）云：「別來三度，孤光又滿，冷落共誰同醉？捲珠簾，淒然顧影，共伊到明無寐」，即兼具這兩層意思，可以參讀。

可見「月照無眠」所引生之愁恨，是極其強烈的。

至於自「不應」句起至篇末，則為後一個「虛」（情：物內）的部分，採「目（分應）、凡（總提）、目（分應）」的章結構加以呈現。其中「不應」兩句，屬前一個「目（分應）」（月），寫「月圓人不圓，頗有惱月之意」（唐圭璋《唐宋詞簡釋》），卻妙在不直接說自己有「恨」，反而指月有「恨」。如此移「恨」於月，使詞意變得更曲折。徐翰逢、陳長明在《唐宋詞鑑賞辭典》中說：

「不應有恨，何事長向別時圓」兩句，承「照無眠」而下，筆致淋漓頓挫，表面上是惱月照人，增人「月圓人不圓」的悵恨，骨子裡是本抱懷人心事，藉見月而表達。石曼卿詩「月如無恨月長圓」，說的是月缺示有恨，無恨應長圓：詞人糅入人事，謂月圓時，月固無恨矣，而人不圓，見圓月轉有恨。又進一步說：月「長向別時圓」，亦「應有恨」。「不應」與「何事」兩者抵銷，即見此正面之命意。這裡把人此時的思想感情移之於月，對石曼卿詩語是發展，對上文月照無眠又是轉深一層。

體會得相當深刻。而「人有」三句，為「凡」（總提）的部分。作者在此，將「人」與「月」合寫，寫「人月無常，從古皆然，又有替月分解之意」（唐圭璋《唐宋詞簡釋》），對此，臧思鈺在《宋詞三百首》中闡釋云：

將一己與親人的離合上升到古今人類悲歡的高度，以達觀的超然態度，開解自己心中之鬱結，喚起人類普遍情感的共識。寫到月的陰晴圓缺，滲透濃厚的哲學意味，將自然與社會高度契合來思考。

以這種「思考」為橋樑，便很自然地過渡到屬於後一個「目（分應）」（人）的結拍二句。在此二句，作者化用了謝莊〈月賦〉「美人邁兮音塵絕，隔千里兮共明月」的句子，更進一層地祝願自己和弟轍在「千里共嬋娟」之下，「各自善保千金之軀，藉月盟心，長毋相忘」（唐圭璋《唐宋詞簡釋》），把自己對「子由」的思念，不但表達得極其深長，而且也由此推擴到人人身上，化為普遍情緒。常國武在其《新選宋詞三百首》中說：

結拍兩句，在前此理念的基礎上，寄托了對乃弟的深厚之情，雖說是意在自慰兼慰對方，實已概括了人們帶有普遍性的一種典型情緒，並由抒情而上升到哲理的高度。後人讀之而能產生共鳴，其原因即在於此。

這種詮釋非常貼切。

作者就這樣，句句不離「月」，而將「虛」（情）與「實」（景、事）、「物內」與「物外」相縈在一起，以「隱於仕」之意識和對子由之別情為基礎，予以推擴，擴及於宇宙人生之理，使作品產生了莫大的感染力量，成為千古絕唱。

附篇章結構分析表供參考：

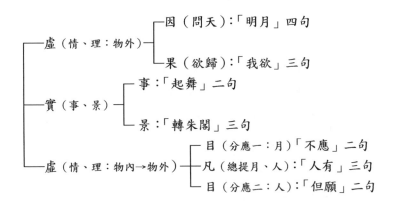

〈浣溪沙〉組詞三首：

徐門石潭謝雨，道上作五首。潭在城東二十里，常與泗水增減，清濁相應。

照日深紅暖見魚，連村綠暗晚藏烏。黃童白叟聚睢盱。　　麋鹿逢人雖未慣，猿猱聞鼓不須呼。歸來說與采桑姑。

旋抹紅妝看使君，三三五五棘籬門。相排踏破蒨羅裙。　　老幼
扶攜收麥社，烏鳶翔舞賽神村。道逢醉叟臥黃昏。

軟草平莎過雨新，輕沙走馬路無塵。何時收拾耦耕身。　　日暖
桑麻光似潑，風來蒿艾氣如薰。使君元是此中人。

　　這三首〈浣溪沙〉，乃一組詞的第一、二、五首。據題序知全是為徐門石潭謝雨而寫，都作於元豐元年（1078）。其中第一首採「先景後事」的全實結構寫成，首先就「景」，由「水」（石潭）寫到陸上的「烏」、「人」（黃童、叟）、「麋鹿」和「猿猱」；再就「事」，寫村人謝神歸來和采桑姑閒話的情形，呈現出農村的一片生機。
　　對這首詞，朱靖華、饒學剛、王文龍、饒曉明等《蘇軾詞新釋輯評》說：

　　通觀全篇，作者始終未從正面寫謝雨之事（僅從鼓聲間接透露出一點消息），只是對有關風土人情隨意點染，還偶爾將筆觸伸到了人的心理世界，便使全詞無往而非喜雨、謝雨的情事。如此匠心經營，足見大家手筆。

足見東坡的藝術手筆，確實不凡。
　　附篇章結構分析表供參考：

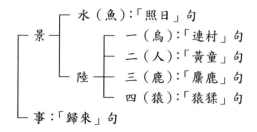

　　而第二首〈浣溪沙〉，係按時間展演的先後寫成。它先在上片，寫「賽神」前村婦為爭看「使君」（作者自稱）而擠在籬門、踏破羅裙的景象；再在下片，以「老幼」二句，寫「賽神」時之熱鬧景象；然後以結句，寫「賽神」後老叟醉臥道旁的景象。這些景象組合在一起，便洋溢著濃濃的泥土氣息。如著眼於其篇結構，則起句為「點」，以敘事作為引子；後五句為「染」，用三層寫景以呈現內容。這樣「先點後染」，使全偏成為一整體。

　　周嘯天在《唐宋詞鑑賞辭典》中鑑賞此詞說：

> 如果說全詞就像幾個電影鏡頭組成，那麼，上片則是個連續的長鏡頭；下片卻像兩個切割鏡頭，老幼收麥、烏鳶翔舞是遠景，老叟醉臥道旁是特寫。通過一系列畫面，表現出農村得雨後的氣象。「使君」雖是個陪襯角色，但其與民同樂的心情也洋溢紙上。

由這一角度切入，的確增添了對此詞的鑑賞效果。

　　附篇章結構分析表供參考：

```
┌─點（引子：事）：「旋抹」句
│                      ┌─景一：「三三」二句
│                      │              ┌─低（地面）：「老幼」句
└─染（描寫：景）───┤─景二───┤
                       │              └─高（天空）：「烏鳶」句
                       └─景三：「道逢」句
```

　　至於第三首〈浣溪沙〉，為這套組詞的最後一首（即原作之第五首）。它一開篇就由實空間切入，以「軟草」二句，特別著眼於「道旁」（遠）的莎草與道中的輕沙，寫走在「道上」（近）所見道旁雨後的清

新景象，預為下句敘隱逸之思鋪路。接著由實轉虛，將時間推向未來，以「何時」句，即景抒情，抒發了隱退的強烈意願。繼而以「日暖」二句，又回到實空間，特別著眼於「桑麻」的光澤與「蒿艾」的香氣，應起寫走在道上所見雨後的另一清新景象，以強化隱逸之思；最後以結句，主要著眼於實時間，寫此時所以會有強烈的隱退意願，是由於自己原本就來自於田野的緣故。這樣用「實（空）、虛（時）、實（空、時）」的篇結構來組合材料，將隱逸之旨表達得極為明白。就在兩個「實」（空）的部分裡，則採「遠、近、遠」的章結構來寫。先在上片，就「遠、近」，藉路中之所見（實），以引發感觸（虛）；在下片，就「遠」，藉路旁之所見（實），以引發感觸（虛）；使人強烈地感受到農村蓬勃之生氣，而作者歸隱田園的念頭也因而帶了出來，徐中玉《蘇東坡文集導讀》說此詞：

> 寫作者對雨後鄉村的蓬勃生機感到由衷的高興，同時也動歸耕田園的念頭。

東坡此時之心境，由此可見一斑。

附篇章結構分析表供參考：

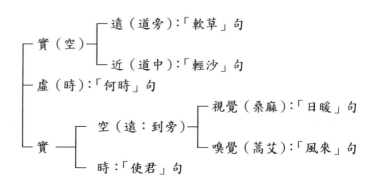

　　以上三首〈浣溪沙〉，寫的全是農村的初夏風光，是以前的詞裡所未嘗見到的。龍沐勛《東坡樂府講疏》卷一認為：

　　　　數闋寫農村生活，為詞壇別開生面。

而傅經順〈太守與民同樂圖〉（見《閱讀和欣賞》）也讚美說：

　　　　這組詞文風樸實，格調清新，不取香豔字眼，不用華麗詞藻，不
　　　　採生僻典故，以生動活潑的語言，爽朗明快的調子來歌詠農村新
　　　　鮮淳樸、生機盎然的景象。這些藝術特色，對後來辛棄疾的農家
　　　　詞，曾產生過重大影響。

這些都不是溢美之詞。

〈南鄉子〉
梅花詞，和楊元素

　　　　寒雀滿疏籬。爭抱寒柯看玉蕤。忽見客來花下坐，驚飛。蹴散芳
　　　　英落酒巵。　　痛飲又能詩。坐客無氈醉不知。花謝酒闌春到
　　　　也，離離。一點微酸已著枝。

　　此詞是宋神宗熙寧七年（1074）冬日所寫。時東坡在密州，而楊元素（繪）正守杭，在杭州。它旨在藉詠梅來抒發個人身世之感，是用「目（分應）、凡（總提）、目（分應）」的篇結構寫成的。
　　它的頭一個「目」（分應），自篇首至「坐客無氈」句止。其中「寒雀滿疏籬」七句，採「由先（花謝）而後（酒闌）」的章結構，以實寫「花

謝」、「酒闌」。在此，它首先以起二句，寫「花謝」之前，經由「寒雀」之「抱」與「看」，帶出梅的樹枝與白花，以交代白梅正盛開；然後以「忽見客來」三句，寫「花謝」之時，藉「客」來驚動樹上的群雀飛起，營造出梅花被「蹴散」而落入酒杯的清雅景致，以交代白梅已飄落。而「痛飲又能詩」二句，用以實寫「酒闌」，在此，用了唐代鄭虔的典實。鄭虔為廣文館博士，由於貧窮，客人來了，連坐氈都沒有，杜甫有〈戲鄭廣文又兼呈蘇司業〉詩，其中有兩句說：

才名三十年，坐客寒無氈。

所謂的「寒」，原指貧窮，而東坡用於此，一方面說醉到沒有氈席也不覺得冷，一方面也暗寓了自己不如意的感慨，是很耐人尋味的。

而第二個「目」（分應），為結尾「離離」二句，用以虛寫「春到也」，亦即透過設想，寫「春到」之後，梅樹結實纍纍的景象，而作者在此視覺之外，又特地加上「微酸」二字，藉味覺來增強它的感染力，使得不如意的感慨推深一層。龍沐勛《東坡樂府箋講疏》卷一指出此二句有所「感喟」，是很有見地的。

至於「凡」（總提）的部分，即「花謝酒闌春到也」一句，將全詞之意作了總括。陳邇冬在《蘇軾詞選》中以為：

花謝酒闌，結束眼前事；春到也，想像未來時。

明白地道出了這一句的總括作用。

「梅」，自古以來，即常用以象徵人品的高潔，而品格高潔之人，又因有所堅持，而不肯與世俗妥協，這樣自然就只有沈醉在酒中，以求寬慰了。杜甫〈晦日尋崔戢李封〉詩云：

濁醪有妙理，庶用慰沈浮。

說的便是這個道理。吳汝煜在《唐宋詞鑑賞辭典》中就鎖定這種「梅」之「高潔」說：

> 就題目要求來說，應該著重寫梅花，而作者的創作意圖來說，主要是要通過詠梅、賞梅來記錄他與楊元素共事期間的一段美好生活和兩人之間的深切友誼。這段生活非梅花不足以喻其優雅；這種友誼，非梅花不足以擬其高潔。故全詞既不句句黏住在梅花上，亦未嘗有一筆怠慢了梅花。此即所謂不即不離，妙合無垠。

東坡如此界梅之高潔來寫友誼之高潔，這首詞所以會呈現清峻風格，不就是與此有關嗎？

附篇章結構分析表供參考：

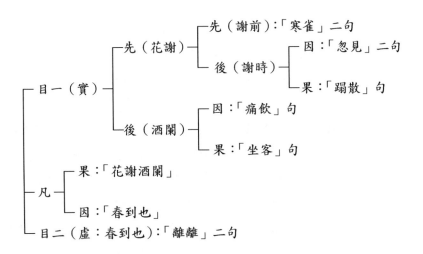

〈西江月〉

　　頃在黃州，春夜行蘄水中。過酒家，飲酒醉，乘月至一溪橋上，解鞍，曲肱醉臥少休。及覺已曉，亂山攢擁，流水鏘然，疑非塵世也，書此語橋柱上。

照野瀰瀰淺浪，橫空隱隱層霄。障泥未解玉驄驕，我欲醉眠芳草。　　可惜一溪風月，莫教踏碎瓊瑤。解鞍欹枕綠楊橋，杜宇一聲春曉。

　　此詞據王文誥《蘇文忠公詩編注集成總案》卷二一，為神宗元豐五年（1082）三月所寫，時東坡在黃州。主要藉自己對「一溪風月」的陶醉，來寫瀟灑出塵的意趣，以超脫出謫居之不幸（見徐中玉《蘇東坡文集導讀》），是用「由先（臥）而後（覺）」的篇結構，按時間的先後加以敘寫的。

　　「先」（臥）的部分，為「照野」七句，採「先因後果」的章結構，寫自己「乘月至一溪橋上，解鞍，曲肱醉臥少休」的經過。其中「照野」六句，寫「因」；在此，依次以「照野」二句，寫月下所見之水天清景，由水光拓寬原野，由層霄襯映夜空，構成了極為迷人的畫面；以「障泥」二句，交代作者置身於如此迷人畫面的直接反應，那就是欲「解鞍」而「醉眠」，寫來生動有致；以「可惜」二句，一方面用溪月之美，再為迷人的畫面作進一層的點綴，以強化酒醉欲眠之情；一方面又用愛惜溪月，而不忍心被人馬踏碎的心意，在「醉」之外，為「解鞍」更找到不得不如此的理由。而「解鞍」句，則用來敘「果」，寫出自己就在此綠楊垂映之溪橋上斜躺下來憩息。如此幕天席地，縱意所如，恰恰印證了作者曠達的心胸，所謂「非塵世」，正是他此刻心境的寫照。

「後」（覺）的部分，為結尾的「杜宇」一句，用以寫「及覺已曉」
之景，僅僅藉杜宇一聲，畫破曉空，以聽覺來收束全詞。此時，以近而
言，是「曉風殘月下的綠楊翠嵐，橋下的淙淙流水與聲聲催歸的杜宇交
織」（劉崇德語，見《唐宋詞鑑賞集成》）；以遠而言，則「亂出攢擁」。
這樣，在作者眼前所展現的，不又是一幅充盈著清峻之氣的畫面嗎？龍
沐勛《東坡樂府箋講疏》卷二指出此乃「清絕之境」，體現了作者完全
自適的境界。劉揚忠〈酒趣・詩心〉（《全國第八次蘇軾研討會論文集》）
將此回扣上文之「痛飲」，指出：

> 讀著這些酒後揮灑而出的藝術精品，我們禁不住要驚嘆：萬物皆
> 備於東坡，世間美景都被這位天才攝入他的方寸之中了！事情就
> 是這樣明擺著：東坡居士借助於少量酒，使心靈得到了淨化和昇
> 華，在一種寓意於物而不受制於物的精神狀態下，他領受了大千
> 世界的無窮之美，達到了主體的完全自適和充分肯定。

由此看來，東坡此刻之心，是澄澈如眼前一片清景而和諧自適的，但
「杜宇」，是蜀望帝的化身，而望帝則是政治鬥爭下的犧牲者，他所蒙
受的冤屈，是令人憤憤不平的。東坡用於此，難道只是偶然涉筆嗎？顧
易生於《詞林觀止》（上）講析東坡此詞云：

> 蘇軾因作詩受政治陷害，謫居黃州，實受看管。他徜徉於大自然
> 懷抱，表現出一種逍遙自得、瀟灑出塵的意趣，實為對現實壓迫
> 的蔑視和鄙視，這是我們讀本詞時所能感受到的。

這是極合理的看法，可供參考。

附篇章結構分析表供參考：

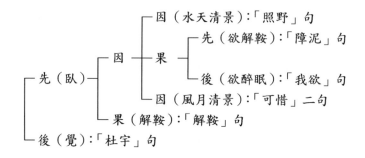

〈卜算子〉

黃州定惠院寓居作

缺月挂疏桐，漏斷人初靜。誰見幽人獨往來，縹緲孤鴻影。
驚起卻回頭，有恨無人省。揀盡寒枝不肯棲，寂寞沙洲冷。

　　這首詞為元豐五年（1082）十二月所作，是用「先賓（底）後主（圖）」的篇結構寫成的。

　　「賓」（底：背景）的部分，為開篇二句，採「先視覺後聽覺」的章結構來寫。作者在此，先就視覺，寫月缺桐疏之景；再就聽覺，寫漏斷人靜之景。這種景是極其寂寞的，正好襯托出作者此刻身無所寄的心境，而且也為「孤鴻」出現，安排好一個適當的環境。

　　「主」（圖：焦點）的部分，為「誰見」六句，採「先點（時空定位）後染（內容描述）」的章結構，來寫「孤鴻」之寂寞。所謂「幽人」，原為隱士，而在此卻指「孤鴻影」，因為高飛在空中的孤鴻，被「缺月」投影在沙洲之上，模糊成一團，在那裡來回移動，人遠遠地看去，很容易誤認為是個隱士，看久了，到最後才確定那是孤鴻之影。所以「時

見」之主人翁，不是別人，而是作者自己。既然「幽人」是「孤鴻」之影，便以「影」為媒介，令作者把注意力由「影」投注到高飛於夜空的「孤鴻」身上。其中「驚起」二句，寫「孤鴻」有驚弓之恨，交代了牠所以高飛於空中的理由，這和作者不久前從「烏臺詩案」中撿回一條命，顯然是有關的，繆鉞於《唐宋詞鑑賞辭典》以為此詞是：

> 東坡經歷烏臺詩案之後，貶居黃州，發抒其個人幽憤寂苦之情。

這是很有見地的。而結尾二句，則進一步寫「有恨」之「孤鴻」，尋尋覓覓，都不肯棲於寒枝，以致「寂寞」地在沙洲之上來往高飛。澄波於《詞林觀止》（上）解釋說：

> 牠不願棲息於高寒之枝，而甘願自守在冷漠的沙洲，遺憾的是當牠受驚回首之時，又有誰能理解牠心中隱含的淒恨和苦痛？這是蘇軾當時在官宦生涯中的實際遭遇。寒枝隱喻朝廷高位，沙洲猶如卑荒的黃州，作者以比興的手法出之，形象生動。

解釋得很明白。而沈祖棻在其《宋詞賞析》中也說：

> 他（東坡）的思想感情正存在著深刻的矛盾。他有投閒置散之哀，又有遯世無悶之樂；有憂讒畏譏之心，也有憤世嫉俗之意。因此，當在深夜的月光之下，一隻孤鴻忽然闖入他的視線的時候，他就自覺地或不自覺地寄予了牠以深摯的同情，並且賦予了牠以自己的感情與性格。於是，在這首小詞裡，孤鴻和幽人便形成可分而又不可分的關係，終於達到情與景會，人與物合，成為一個和諧的整體了。

可見此詞，乃托鴻以寫自己，把鴻與自己完全融為一體，已不可分割。這樣透過幽獨之鴻來抒發自身幽獨之恨，風格會趨於清峻，是很自然的事。

附篇章結構分析表供參考：

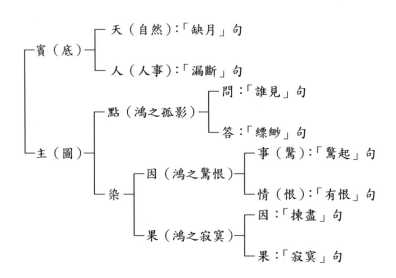

〈江城子〉

陶淵明以正月五日遊斜川，臨流班坐，顧瞻南阜，愛曾城之獨秀，乃作斜川詩，至今使人想見其處。元豐壬戌之春，余躬耕於東坡，築雪堂居之，南挹四望亭之後丘，西控北山之微泉，慨然而嘆，此亦斜川之遊也。乃作長短句，以〈江城子〉歌之。

夢中了了醉中醒。只淵明，是前生。走遍人間，依舊卻躬耕。昨夜東坡春雨足，烏鵲喜，報新晴。　　雪堂西畔暗泉鳴。北山傾，小溪橫。南望亭丘，孤秀聳曾城。都是斜川當日景，吾老矣，寄餘齡。

　　宋神宗元豐三年（1080），四十五歲的蘇東坡，由於「烏臺詩案」獲罪，責授黃州團練副使，安置於黃州。次年，他的老朋友馬正卿看他貧困，便為他求得黃州東門外「東坡」故營地數十畝，讓他在那裡耕種自給。這年十二月，一連下了半個多月的大雪，東坡賞雪，特地在這塊地上，營建了一間屋子，取名為「東坡雪堂」，《東坡志林》卷四〈雪堂記〉說：「作堂焉，號其正曰『雪堂』。堂以大雪中為，因繪雪於四壁之間，無容隙也。起居偃仰，環顧睥睨，無非雪者。」可見取名為「雪堂」，是名副其實的。

　　東坡躬耕於此，恬淡自適，他有一首題作「東坡」的詩說：「雨洗東坡月色清，市人行盡野人行。莫嫌犖确坡頭路，自愛鏗然曳杖聲。」便顯示了他這種心境。這樣，就使他越來越覺得無論在「形」或「神」上，過的正是晉代詩人陶淵明的田園生活。於是於五年春就填了這一首詞。

　　此詞首先從題序上即可看出：東坡已直接把「東坡」這塊園地看成是當年陶淵明所遊的「斜川」了。而自己耕種於此，近有泉、亭，遠有丘、山，日與耳目相接，就像他在〈雪堂問潘邠老〉所說的：

　　　　余之此堂，追其遠者近之，收其近者內之，求之眉睫之間，是有
　　　　八荒之趣。

這種清幽之趣，簡直就是陶淵明當年遊斜川之樂的翻版。陶淵明有〈遊斜川〉詩，它的詩序，是這樣寫的：

　　　　辛酉正月五日，天氣澄和，風物閑美，與二三鄰曲，同游斜川。
　　　　臨長流，望曾城，魴鯉躍鱗於將夕，水鷗乘和以翻飛。彼南阜
　　　　者，名實舊矣，不復乃為嗟嘆。若夫曾城，傍無依接，獨秀中

皋。遙想靈山，有愛嘉名。欣對不足，率共賦詩。悲日月之遂
往，悼吾年之不留。各疏年紀鄉里，以記其時日。

辛酉（一本作「辛丑」），是宋武帝永初二年（421），這年淵明五十七
歲。他在正月初五，約了二三鄰居去遊斜川。那兒溪流潺潺，「曾城」
（山名，在廬山之北）獨秀，而周遭的風物，也因大地回春，特別顯得
閑靜美麗。這些詩中景物，透過東坡的心眼，已破除了時空障礙，而整
個展現在「東坡」之上，這就難怪東坡會「慨然而歎，此亦斜川之遊」
了。

　　其次從詞的本身來看，是用「凡（總提）、目（分應）、凡（總提）」
的篇結構寫成的。頭一個「凡」（總提）的部分，為「夢中了了醉中醒」
三句，採「先因後果」的章結構加以呈現，指明自己的前生是陶淵明，
以統括下文。「目」（分應）的部分，自「走遍」句起至「都是斜川」
句止，採「先事後景」的章結構加以呈現，其中「走遍人間」五句，寫
自己「鳥倦飛而知還」，終於躬耕於東坡的情況，來證明「只淵明，是
前生」，這用以寫「事」，是「目一」的部分。「雪堂西畔暗泉鳴」六句，
寫自己「躬耕於東坡」（題目）之所見所聞，完全等於陶淵明當日「斜
川遊」（題目），進一步地證明「只淵明，是前生」，這用以寫「景」，
是「目二」的部分。後一個「凡」（總提）的部分，為結二句，採「先
因後果」的章結構，並引用陶淵明〈游斜川詩〉「開歲倏五十，吾生行
歸休」的句意，應起作收。

　　這樣以「凡（總提）、目（分應）、凡（總提）」的結構來寫，把作
者老來歸耕，一如淵明的旨意，表達得很清楚。尤其是「只淵明，是前
生」二句，更凸顯了他和淵明二而一、一而二的密切關係，這可說是全
詞的核心內容。而這種內容，和陶淵明的〈游斜川〉詩本身，也有著一
些關連。淵明之詩，是這樣寫的：

開歲倏五日，吾生行歸休；念之動中懷，及辰為茲游。氣和天惟
澄，班坐依遠流；弱湍馳文魴，閑谷矯鳴鷗。迴澤散游目，緬然
睇曾丘；雖微九重秀，顧瞻無匹儔。提壺接賓 ，引滿更獻酬。
未知從今去，當復如此不？不觴縱遙情，忘彼千載憂；且極今朝
樂，明日非所求。

全詩共分三個部分，開端四句，寫出遊斜川的動機，這相當於東坡詞的
頭一個「凡」（總提）；中間十二句，寫斜川的初春風物，這相當東坡
詞的二個「目」（分應）；最後四句，寫詩人遊後的感想，這相當於東
坡詞的後一個「凡」（總提）。而篇首所說的「吾生行歸休」和篇末所
說的「中觴縱遙情」四句，不就是東坡所謂的「醉中醒」、「吾老矣，
寄餘齡」的意思嗎？因此東坡說：「只淵明，是前生」，理由是非常充
分的。

這種「只淵明，是前生」的話，也體現於東坡另一首〈哨遍〉詞裡，
他將陶淵明〈歸去來辭〉的精華已整個納入這首詞裡，而所納入的豈只
是文辭而已，淵明的思想情意，也全融入了東坡之心中，陳桂芬《千古
風流蘇東坡》說：

東坡豈只是為了讓陶辭就聲律而已，實在是東坡胸中自有一個陶
淵明啊！

看法十分正確。

其實，東坡在此時，雖被貶，卻仍有官職在身，和陶淵明遊斜川之
際完全隱居的情況，是有所不同的。那為什麼他又說：「只淵明，是前
生」呢？這就要推原於東坡「隱於仕」的想法了。早在他知密州之日，
便有此念頭，此種念頭，來自於他「仕」與「隱」意識的協調。大家都

知道，打從東坡外調到杭州當通判起，朝廷就開始為「烏臺詩集」搜尋「莫須有」的證據。等到改官密州之後，此種搜證的工作，更變本加厲，使得他的弟弟（轍）大為著急，而勸東坡急流勇退。東坡作於熙寧十年（1077）的〈水調歌頭〉詞，其題序云：

> 余去歲在東武，作〈水調歌頭〉以寄子由。今年子由相從彭門百餘日，過中秋而去，作此曲以別。余以其語過悲，乃為和之。其意以不早退為戒，以退而相從之樂為慰云。

「東武」，指密州；「彭門」，在徐州。這時，東坡剛由密州改官徐州。所謂「以不早退為戒，以退而相從之樂為慰」，足以看出子由（轍）的心意。東坡這首詞，該是用來安慰他的弟弟，卻沒有馬上付諸行動的打算，這是因為他早已有了「隱於仕」的意識。他在密州時，曾作〈超然臺記〉，其中有一段為：

> 南望馬耳常山，出沒隱見，若近若遠，庶幾有隱君子乎？而其東則盧山，秦人盧敖之所從遁也。西望穆陵，隱然如城郭，師尚父齊桓公之遺列猶有存者。北俯濰水，慨然太息，思淮陰之功，而弔其不終。

這段文字，作者「先以『南望』、『而其東』，述及『隱君子』，並用了盧敖隱遁的典故，表達了歸隱的想法；再以『西望』用了姜太公與齊桓公輔佐天子，以建立不朽功業的史實，表達了輔佐天子、一靖天下的強烈意願；然後以『北俯』牽出淮陰侯建立了不朽功業，卻不得善終的故事，表達了對未來仕途的憂慮。而這種憂慮卻沒有使作者因而卻步，因為從這一段運材的秩序上可看出『仕』的意識最後還是掩蓋了『隱』的

念頭。這一點，也可從差不多作於同時的一首〈水調歌頭〉詞中看出端倪，他說：『吾欲乘風歸去，又恐瓊樓玉宇，高處不勝寒。起舞弄清影，何似在人間！』他在這裡，把自己視作謫仙，把月殿視作理想的歸隱所在。他所以會有歸隱的念頭，顯然與『烏臺詩案』之逐漸形成，加上他弟弟蘇轍又勸他急流勇退有關；而所謂『高處不勝寒』，卻透露了他無法適應這種歸隱生活的意思。於是在『起舞』兩句裡，進一步地表出了他『隱於仕途、自求多福』的義蘊，這和〈超然臺記〉中『南望』一段所含藏的義蘊是一致的。」（見拙作〈談辭章的義蘊與運材的關係〉）就是這種「隱於仕」的意識，使東坡在仕途上堅忍奮進，不到最後一秒絕不輕言後退。這大大地影響了東坡一生。而此種意識，與其說來自於《莊子》，不如說來自於陶淵明。淵明有〈飲酒〉詩二十首，其五為：

> 結廬在人境，而無車馬喧。問君何能爾，心遠地自偏。採菊東籬下，悠然見南山；山氣日夕佳，飛鳥相與還。此中有真意，欲辯已忘言。

此詩寫處於喧世，卻能閒遠自得的意趣。它「首先提明『心遠地自偏』的意思，再敘寫玩賞大自然的悠然心情，然後結出『得意而忘言』（《莊子‧齊物》）的真趣。其中起二句，寫自己雖處於世間，卻不受世俗應酬的困擾，以領出下面問答之辭。三、四兩句，先設問，再應答，寫精神超脫了世俗的束縛，則雖置身於喧境，也如同居於偏遠之地，由此拈出『心遠』作為一篇之骨，以貫穿全詩。五、六兩句，寫採菊之際，無意間舉首而見南山，一時曠遠自得，悠然超出於塵俗之外；這是作者『心遠』的自然結果。七、八兩句，寫山氣與飛鳥，將『一任自然，適性自足』的自然景象，作生動的描摹；這又是『心遠』的另一番體現。末二句，寫此時此地此境，無法用言語來形容；這更是造自『心遠』的

無上境界。」（見拙作《文章結構分析》）可知此詩寫的全是「心遠地自偏」的意思，東坡「隱於仕」的意識，不就是如此嗎？可見東坡在此詞中會說：「只淵明，是前生」，是很自然的事。

附篇章結構分析表供參考：

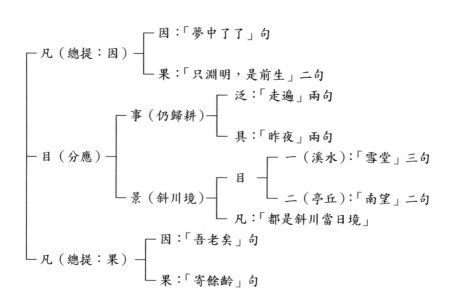

〈好事近〉

西湖夜歸

湖上雨晴時，秋水半篙初沒。朱檻俯窺寒鑑，照衰顏華髮。
醉中吹墮白綸巾，溪風漾流月。獨棹小舟歸去，任煙波搖兀。

這首詞是哲宗元祐五年（1090）重九日所作。當時作者知杭州。是用「景、事、景」的篇結構寫成的。

　　寫頭一個「景」的，是「湖上」二句，採「先大（底）後小（圖）」的章結構，來寫泛舟西湖時所見湖上雨霽（大：底）、秋水沒篙（小：圖）的景象。所謂「半篙初沒」，看似靜景，卻含有動意，因為「篙」（撐船的竹竿）既沒於「秋水」，就有「船行」的意思，不然船停在哪裡，「篙」無所施，那就不會沒於水中了。此外，陳邇冬《蘇軾詞選》說：

　　　半篙，寫秋水本淺；初沒，狀雨後水量新添。隱用杜甫〈南鄰〉
　　　「秋水才深四五尺」句意。

可見此二句，在平實中卻帶有曲折，頗堪玩味。而用以敘「事」的，是「朱檻」三句，採「先動（老）後靜（醉）」的章結構，依序以「朱檻」二句，透過清澈如鏡之湖水，照見自己的「衰顏華髮」，寫自己衰老之狀（動：老）；以「醉中」句，暗用晉朝孟嘉落帽的重九典實，寫自己失意之情（靜：醉）。其中孟嘉的故事，見於《晉書・孟嘉傳》：

　　　（嘉）後為征西桓溫參軍，溫甚重之。九月九日，溫宴龍山，寮
　　　佐畢集。時佐吏並著戎服，有風至，吹嘉帽墮落，嘉不之覺。溫
　　　使左右勿言，欲觀其舉止。嘉良久如廁，溫令取還之，命孫盛作
　　　文嘲嘉，著嘉坐處。嘉還見，即答之，其文甚美，四坐嗟歎。

東坡把這個故事用在這裡，雖用以寫醉態，但也像杜甫〈九日藍田崔氏莊〉詩「羞將短髮還吹帽」一樣，在「骨子裡透出一縷傷感、悲涼的意緒」（永端語，見《唐詩大觀》），以深化年華虛度的哀傷。

　　至於寫後一個「景」的，則為「溪風」三句，採「先大（底）後小（圖）」的章結構來寫。作者在此，先以「溪風」句，呼應起二句之「湖

上」、「秋水」，寫風動水面、波光蕩月的大景（大：底）；然後以「獨棹」
二句，呼應起二句之「半篙初沒」，寫自已在煙波搖兀中放舟歸去的小
景（小：圖）；將自然之景（大）與人事之景（小）結合，構成一幅「清
絕」的圖畫，並從中凸顯出作者遊心物外，不肯與世俗妥協的幽獨形
象，予人以清遠高峻的深刻感覺。

　　對這首詞，于培杰、孫言誠在《蘇東坡詞選》中說：

> 作者以輕盈鬆快的筆調寫遊賞西湖夜歸的情形。宋人張炎《詞
> 源》用「野雲孤飛，去留無跡」形容詞的「清空」之境，蘇軾
> 的這首詞，可以說達到了此種境界。……俯視水中，「照衰顏華
> 髮」，心中不免泛起一層淡淡的哀愁。但哀愁很快被「溪風漾流
> 月」的美景沖散了。末尾三句表現了作者泰然自適，隨遇而安的
> 生活態度。

可見這首詞如此實寫重九日在西湖之所見所為，呈現「清空」之境，卻
暗寓了年華虛度的失意感慨，所謂「意在言外」，是很讓人感動的。

　　附篇章結構分析表供參考：

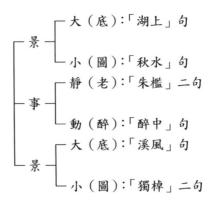

〈念奴嬌〉

赤壁懷古

大江東去，浪淘盡、千古風流人物。故壘西邊，人道是、三國周
郎赤壁。亂石崩雲，驚濤裂岸，捲起千堆雪。江山如畫，一時多
少豪傑。　　遙想公瑾當年，小喬出嫁了，雄姿英發。羽扇綸
巾，談笑間、檣櫓灰飛煙滅。故國神遊，多情應笑我，早生華
髮。人間如夢，一尊還酹江月。

此詞為神宗元豐五年（1082）作者謫居黃州時所作，是用「天（物
外）、人（物內）、天（物外）」的篇結構所寫成的。

頭一個「天（物外）」的部分，為起二句，從眼前東去的「大江」（長
江）想入，用江中的「浪」、「淘」作媒介，採「先空後時」的章結構，
作無限之推擴，回溯到「千古」，扣到無數被浪淘去的「風流人物」身
上，揉雜著宇宙人生之哲理，抒發了無限的興亡感慨。徐中玉在《蘇東
坡文集導讀》中說：

詞一開頭便氣勢豪邁，高唱入雲，包含無限興亡之感和宇宙永
恆、人生短暫的感嘆。

而顧易生在《詞林觀止》（上）也說：

詞的開端便氣勢浩瀚，前人評曰：「覺有萬里江濤，奔赴眼前，
千年興感，齊上心頭。」這裡還蘊藏著有關宇宙人生的無限與有
限的深層哲理。

如此由眼前之「有限」（物內）延伸到千古之「無限」（物外），營造出浩瀚的氣勢，既為後一個「天」（物外）將感慨昇華的部分作前導；又為轉入下個「人」（物內）將感慨深化的部分作鋪墊；充分發揮了強化全詞情意的作用。

「人」（物內）的部分，自「故壘西邊」句起至「早生華髮」句止，針對著當年「赤壁」之戰與眼前正在「懷古」的自己，是採「先底（背景）後圖（焦點）」的章結構加以呈現的。其中的「底（背景）」，成功地藉眼前赤壁周遭的江山勝景，帶出當年在赤壁之戰裡贏得勝利的一些英雄豪傑，而將重心置於「周郎（公瑾）」身上，有意凸顯他的年輕有為，以反襯出自己之年老與一事無成。在此，作者又用「先景（赤壁）後事（周郎）」的邏輯層次，來組合材料：即先以「故壘」二句，將空間定位，一面又藉一「故」字，扣緊了「懷古」（題目）之「古」，將時間倒回到「三國」時候，一面又藉「人道是」三字，將口吻略染存疑的成分，指出當年赤壁之所在，從而將主帥「周郎」帶出，為自己之借題發揮，找到一個最好的藉口。木齋在其《唐宋詞流變》中說：

> 一個「故」字，又輕輕引示出題目的「懷古」。但蘇軾元豐五年所在黃州之赤壁，到底不是歷史之真赤壁，東坡自己也未必真相信此地為三國大敗曹軍之赤壁，以他人之酒杯，澆自己胸中之塊壘，姑且信之吧！一個「人道是」三字，就巧妙地將這個問題留給歷史學家去考索吧！

這樣留下思索空間，不但不是個缺憾，反而增添了作品的文學情韻。再以「亂石」三句，就眼前的「赤壁」，寫它周圍的景物，特別突出山崖之險峻與濤浪之洶湧，呈現驚心動魄之氣勢，緊緊地和當年的赤壁大戰場接合。對此，臧恩鈺在其《宋詞三百首》中說：

將當年鏖戰的場所置於險峻礁岩及咆哮江濤布景下加以渲染，以驚心動魄的氣勢，激發人們對威武雄壯的歷史大潮的震撼。

布景如此，震撼力自然就大，足以為下片敘「周郎」的英雄形象與不朽事業，作有力的襯托。接著以「江山」二句，總括上敘江山勝景和風涼人物（含周郎），為下片「周郎」之「事」，提供最佳背景。木齋在《唐宋詞流變》中認為在此二句：

> 詞人與詞首一句呼應，江人合一，總括上片⋯⋯同時也就開了下片「懷古」撫今的具體內容。是上片的結束又是下片的開端，極妙！

這種束上起下的安排，的確很巧妙。以上是寫「景（赤壁）」的部分。然後以「遙想」五句，承上片之「景」（赤壁），鎖定周郎（公瑾），用「先點（時間定位）後染（內容描述）」的邏輯層次來寫。它由「遙想」句切入當年，為下面之敘寫作引，是「點」（時間定位）；而由「小喬」四句，具寫「懷古」內容，為「染」（內容描述）。就在「染」（內容描述）的四句裡，首以「小喬」句，用插敘手法，寫其年輕得意。劉乃昌、崔海正在《唐宋詞鑑賞集成》說：

> 在寫赤壁之戰前，忽插入「小喬出嫁了」一句，既從生活細事上烘托周瑜的年輕得意，同時也是在向人暗示：贏得這次抗曹戰爭的勝利，方能使東吳保有江東，發展勝利形勢，否則難免出現如詩人杜牧〈赤壁〉詩中所寫的「銅雀春深鎖二喬」的嚴重後果。

看法相當正確。次以「雄姿」兩句，成功地塑造出剛柔互濟的儒將形

象，一面既傾注了作者對「周郎」的無比追慕、嚮往之情，一面也和自己一事無成而「早生華髮」的衰頹樣子，作成強烈對比。常國武在其《新選宋詞三百首》中說：

> 將周瑜形象刻畫得愈是「雄姿英發」，就愈加反襯出自己遭到貶謫而不能為國為民有所作為的悲哀與憤懣。

這種「反襯」的作用，是非常顯著的。末以「談笑間」句，承上寫「周郎」從容破曹的儒將意態與英雄偉業。值得特別注意的是：在此緊緊抓住了這次火攻水戰的戰爭特點，用「檣櫓灰飛煙滅」六字，將曹軍慘敗之情景形容殆盡，有無比的概括力，以見「周郎」不朽之成就。鄒紀孟在《中國歷代詩歌名篇鑑賞辭典》中指出：

> 對於這一場大戰，作者僅以「強擄（檣櫓）」等六個字加以概括，而且那麼準確、傳神，作者之筆，也可謂有舉重若輕的非凡力量。

這是恰當的讚美。以上是「事（周郎）」的部分。如此便順勢地帶出「故國神遊」三句，以寫本詞核心的「圖（焦點：作者）」。在此，作者由「三國」回到眼前，「自笑年華老大，功業無成，而偏偏多情善感，早生華髮」（徐中玉《蘇東坡文集導讀》）。這所謂「多情」，有人以為是指「周郎」或作者亡妻，雖也說得通，但遠不如指作者自己來得好，因為「多情應笑我」，該是「應笑我多情」的倒裝句，而此「多情」，是說自己「感慨萬千」的意思。作者由「周郎」之年輕有為，反照自己「早生華髮」的衰頹失意，會湧生無限的悲憤之情（多情），是很自然的事。而「笑」，則帶著無奈與解嘲意味，為底下的「人間如夢」，築了

一座由「物內」（人）通向「物外」（天）的橋樑。作這樣的解讀，似乎會比較合理一些。

後一個「天（物外）」的部分，指「人間」二句，是採「先虛後實」的章結構加以呈現的。它的上句「人間如夢」，承上一句之「笑」，由實推向虛，由有限推向無限，以為人間只不過是一場夢而已。有了這種「如夢」的提升（虛），便使作者一下子從「多情」（無限悲憤）中脫身而出，趨於高曠，遂有下句「一尊還酹江月」的實際動作（實）；而作者透過這個動作，就自然而然地和開篇「天（物外）」部分互相呼應，而與天地合而為一了。葉嘉瑩在《靈谿詞說》中論蘇軾詞說：

> 如其「赤壁懷古」之一首〈念奴嬌〉，其開端數句「大江東去，浪淘盡、千古風流人物」，其氣象固然寫得極為高遠，結尾的「人間如夢，一尊還酹江月」兩句，語氣也表現得甚為曠達。但事實上則在「公瑾當年」之「談笑間、強虜（檣櫓）灰飛煙滅」，與自己今日之遷貶黃州，志意未酬而「早生華髮」的對比中，也蘊含著很多的悲慨。

見解極為精到。

由此看來，作者在這首詞裡，表達的雖是自己時不我與、英雄無用武之地的悲慨，但在悲慨之中，又蘊含著超曠的意致，所以如此的原因，固然很多，然而單就謀篇布局來說，則顯然和所用「天（物外）、人（物內）、天（物外）」的結構，有絕大關係。

附篇章結構分析表供參考：

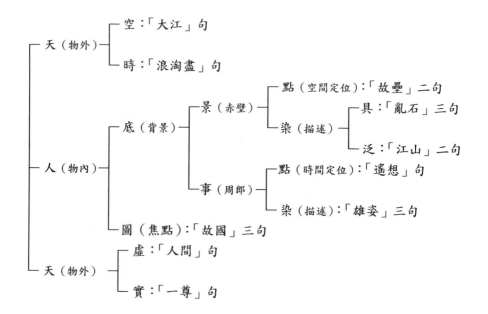

〈八聲甘州〉

寄參寥子

有情風、萬里卷潮來，無情送潮歸。問錢塘江上，西興浦口，幾度斜暉？不用思量今古，俯仰昔人非。誰似東坡老，白首忘機。記取西湖西畔，正春山好處，空翠煙霏。算詩人相得，如我與君稀。約他年東還海道，願謝公、雅志莫相違。西州路，不應回首，為我沾衣。

此詞題作作於元祐四年（1089），藉以抒發自己身世之感（含家國之思），並對參寥子表示絕不違早退之約，以深化對他的特殊友誼。時作

者正在杭州巽亭。對此，曾棗乾、吳洪澤《蘇辛詞選》考證說：

> 南宋傅幹《注坡詞》，題下有「時在巽亭」四字。《咸淳臨安志》：
> 「南園巽亭，在鳳凰山舊府治內，以在郡城東南，故名。」元祐
> 四年（1089）蘇軾知杭州，有〈次韻詹適宣德小飲巽亭〉詩，此
> 詞當作於同時。時參寥子住西湖孤山，與巽亭有一段距離，故
> 云「寄」。《苕溪漁隱叢話・後集》卷三九：「其詞石刻後，東坡
> 自題云：『元祐六年三月六日』。余以《東坡先生年譜》考之，
> 元祐四年知杭州，六年召為翰林學士承旨，則長短句蓋此時作
> 也。」其實，「元祐六年三月六日」只是刻石時間，從詞的內容
> 看，當作於自京城初到杭州時，而於離杭石刻石留念。上闋寫在
> 巽亭觀錢塘潮，感嘆神宗去世後的大好形勢為舊黨所斷送；下闋
> 寄西湖孤山的參寥子，表示自己絕不違背早退之約。

這種考證大致是可信的。另一說以為作於元祐六年，見朱靖華、饒學
剛、王文龍、饒曉明等《蘇軾詞新釋輯評》，也可參考。

它是用「先實（空）後虛（實）」的篇結構寫成的。

「實」（空）的部分，自開篇「有情風」句起至「如我與君希」句止，
採「先低（水）後高（山）」的章結構，寫登巽亭時所見西湖水山好景，
從而帶出所引生之身世（含家國）感觸和對參寥子的無限懷念。其中
「有情風」二句，寫的是黃昏時潮來去的空闊水景，用以領起下面抒情
的句子；「問錢塘」三句，是以眼前所面對「西興浦口」的斜暉作為引
渡，用回憶、激問之筆，寫過去自己與參寥子一起共度時光的情景；
「不用思量」四句，寫的是自己對人事變化、宦海浮沉的「忘機」態度，
從中抒發了身世（含家國）之感。對此上片，曾棗莊、吳洪澤《蘇辛詞
選》解釋說：

開頭二句以江潮為比興，實際描繪了元祐初年的整個政治形勢。「問錢塘江上」三句，抒發「夕陽無限好，只是近黃昏」（李商隱〈登樂遊原〉）的深沉感慨。……「不用思量今古」二句，化用王羲之〈蘭亭集序〉：「俯仰之間，已為陳跡。」兩句緊承「幾度斜暉」，表明他不僅是詠落日，也在感嘆人事。「誰似東坡老」二句，這是蘇軾表明對潮來潮去、日起日落以及宦海浮沉的態度。

這種解釋有助於深入作品之內蘊。進入了下片，乃以「記取」三句，呼應「幾度斜暉」之「幾度」，一樣用回憶之筆，將眼前所見西湖周遭之煙山美景與過去兩人所共度之時光打併在一起，以領出「算詩人」二句，表達出兩人深刻的友誼。

　　而「虛」（時）的部分，自「約他年東還海道」起至篇末，將時間推向未來，採「先因後果」的章結構，藉謝安（喻己）與羊曇（喻參寥子）的典故（見《晉書‧謝安傳》），呼應「白首忘機」，寫自己絕對守約隱退的心意，以推深兩人情誼。對這幾句，徐中玉《蘇東坡文集導讀》認為：

　　這幾句（「約他年」五句）與參寥子相約，日後退隱杭州，並期望付諸實現，使參寥子不致為作者遺憾。

足見兩人情誼。而由此推擴到整篇來著眼，則朱靖華、饒學剛、王文龍、饒曉明等《蘇軾詞新釋輯評》指出：

　　「雅志莫相違」，是全詞的主旨；而「誰似東坡老，白首忘機」，則是東坡終生追求「高風絕塵」審美人生觀的立足點。從這個視

角來觀察東坡，則可說東坡是以生命寫詞，故其詞能出人意表，感人心魄。從藝術表現看，此詞寄情高遠而語意天然，離情淒愴而辭隱意深，格調豪宕而渾然妥貼。又如（清）陳廷焯《白雨齋詞話》卷八評此詞云：「寄伊鬱於豪宕，坡老所以高。」

東坡此詞之高妙，由此可見。

附篇章結構分析表供參考：

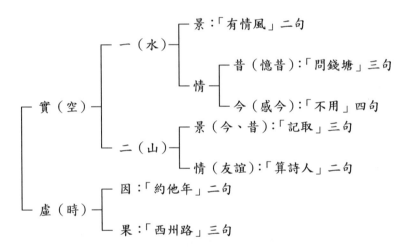

〈賀新郎〉

乳燕飛華屋。悄無人、桐陰轉午，晚涼新浴。手弄生綃白團扇，扇手一時似玉。漸困倚、孤眠清熟。簾外誰來推繡戶，枉教人、夢斷瑤臺曲。又卻是，風敲竹。　　石榴半吐紅巾蹙。待浮花、浪蕊都盡，伴君幽獨。穠艷一枝細看取，芳心千重似束。又恐被、西風驚綠。若待得君來，向此花前，對酒不忍觸。共粉淚，兩簌簌。

　　這闋詞不知作於何寺，旨在寫身世之感，是用「先實（現在）後虛（未來）」的篇結構寫成的。

　　自篇首起至「芳心」句止，為「實」（現在）的部分，採「先主後賓」的章結構來寫。其中「乳燕」十句，即整個上片，主要用於寫美人：首先以「乳燕」二句，藉「乳燕」、「華屋」、「桐陰」與「無人」，主要就空間寫美人所居處的「幽獨」環境；藉「轉午」，主要就時間寫它的推移、延續，以強化「幽獨」的況味。這種動中見靜、寂闃至極之居處背景，如同畫面的「底」（或稱「地」），成功地為底下所寫的「圖」（焦點），亦即「幽獨」的美人，造成了絕佳的烘托作用。顧易生在《詞林觀止》（上）說：

> 乳燕回飛，桐陰轉午，動中見靜，以展現出女主人居處的清夐絕
> 俗，其人可知。

所謂「其人可知」，指的就是這種烘托作用。其次以「晚涼」八句，依時間的先後，先以「晚涼」三句寫眠（夢）前，突出美人之「新浴」與「弄扇」，而用天氣之「晚涼」、扇手之「似玉」加以渲染，以極寫美人之高潔孤單，也就是「幽獨」，也暗示了作者自己的高潔（因）與孤單（果）。陳桂芬在其《千古風流蘇東坡》中說：

> 作者頗費心機的描寫一位如冰絕塵的美人，不時以「新浴」、「生
> 綃白團扇」、「扇手似玉」等意象來烘托美人是何等高潔，暗示
> 著自己冰清的操守，及出眾的才華。

這是很正確的看法。此外，值得一提的是，在此說「扇手一時似玉」，除了寫扇和手潔白如玉之外，也含有「妾身似秋扇」（班婕妤〈團扇歌〉）

的意思，所以高原在《唐宋詞鑑賞辭典》中說：

> 自從漢代班婕妤（漢成帝妃，為趙飛燕譖，失寵）作〈團扇歌〉
> 後，在古代詩人筆下，白團扇常常是紅顏薄命、佳人失時的象
> 徵。

可見這句詞是另有一層涵義的。又其次以「漸困倚」句，寫入眠（夢），
特別用「孤」（獨）字與「清」（幽）字，寫其「幽獨」，和上敘之「乳」、
「華」、「悄」、「陰」、「涼」、「新」、「白」、「玉」等字眼，前後連成
一串，強烈地烘托出美人的高潔與孤單來。因此劉乃昌在《歷代名篇賞
析集成》中說：

> 寫中庭曰「悄」，寫傍晚曰「涼」，寫睡眠曰「孤」曰「清」，這
> 都處處烘托出環境的幽悄清冷，表明佳人是被無人了解和支持的
> 一派寂寞氣氛包圍著。

而且這個「清」字，又預為下敘之「夢」鋪路，表示這個「夢」是美夢，
是遊仙夢，和「黯黯夢雲」（〈永遇樂〉）的濁夢，是有所不同的，這
就加重了「夢斷」後的懊惱與惆悵。再其次以「簾外」四句，寫夢醒，
暗用了唐李益〈竹窗聞風寄苗發司空曙〉「開門復動竹，疑是玉人來」
的詩句，充當橋樑，寫自己正遊「瑤臺」深處，卻誤以簾外「風動竹」
為「玉人來」而「夢斷」的懊惱與惆悵，以表達其失意情懷；尤其是用
了「枉」、「又」二字，更凸顯了這種惆悵。高原在《唐宋詞鑑賞辭典》
中說：

> 寫由夢而醒，由希望而失望的惆悵；「枉教人」、「卻又是」，將

　　　美人這種感情上的波折凸顯出來了。

體會很深刻。以上是「主（美人）」的部分。

　　而「石榴」五句，則主要用以寫榴花：先以「石榴」三句，化用白居易〈題孤山寺山石榴花示諸僧眾〉「山榴花似結紅巾」的詩句，寫不屑和「浮花浪蕊」爭春，卻專來陪伴「幽獨」美人，而樣子正好縐得像紅巾的半開石榴花。在這裡，作者特地拈出「幽獨」二字，作為一篇之綱領，以統一全詞；又用一「蹙」字，狀花的形神，十分耐人尋味。故顧易生在《詞林觀止》（上）說：

　　「半吐紅巾」加上一個「蹙」字，不僅把靜物寫生動了，而且更賦予深情。

如此兼顧形神來寫，自然就增強了感染力。接著以「穠艷」二句，承上寫盛開的石榴花。所謂「芳心千重似束」，是說石榴花束裡的千層花瓣，含著有無限的「幽獨」情意，這不但和美人的「幽獨」情意連接在一起，更與作者的孤高失時之悲結合為一了；這是「賓（榴花）」的部分。

　　至於「又恐被」六句，是「虛」的部分，採「先目（分應）後凡（總提）」的章結構來寫。其中「又恐被」句，透過設想，先虛寫石榴花和它的葉子被秋風摧殘的樣子，而以一「驚」字，既描繪了榴花受驚衰謝的神貌，也從而加重了美人（含作者）「幽獨」的悲哀。俞平伯在其《唐宋詞選釋》中說：

　　秋風搖落，不但千紅早盡，亦萬綠全消，是深一層寫法。

而劉乃昌、崔海正在《唐宋詞鑑賞集成》中則說：

> 這裡用一「驚」字，寫出了榴花也是佳人的沉重心緒。

這樣，作者孤高失意（幽獨）的沉重心緒，也一併帶出來了；這主要是就石榴花來寫的，為「目一（賓）」的部分。而「若待得」三句，透過假設，寫秋風「驚綠」時美人惜花醉酒的情形，所謂「不忍觸」，把愛惜之意，作了強烈的表達，也增添了「幽獨」之痛；這主要是就美人來寫的，為「目二（主）」的部分。至於結尾二句，則將人和花合在一起，同樣經由設想，承上寫美人粉淚和榴花花瓣一同紛紛下落的情狀，將美人、榴花和作者「幽獨」之情打成一片；這是「凡」（主和賓）的部分。

縱觀此詞，作者以榴花為「賓」，美人為「主」，用「先實後虛」的核心結構加以敘寫，把他「幽獨」（高潔孤單）之情，呈現得極為迷離深刻。艾治平在其《婉約詞派的流變》中說：

> 他以榴花比托「幽獨」的佳人，而佳人的處境，與自然孤獨抑鬱的情懷完全合拍，懷才不遇、遲暮之感，借物曲曲傳出，手法是很高明的。

由此看來，此詞被有些人目為蘇詞第一，是有原因的。

附篇章結構分析表供參考：

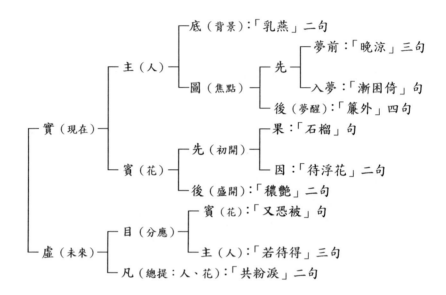

秦觀
（一〇四九～一一〇〇）

字少游，一字太虛，號淮海居士，揚州高郵人。元豐八年（1085）
進士，任定海主簿、蔡州教授。元祐初，以蘇軾之薦，除太學博士，兼
國史編修官。紹聖初，坐黨籍，出通判杭州，貶監處州酒稅。削秩，徙
郴州，繼編管橫州，又徙雷州。徽宗立，放還，道卒於藤州，年五十
三。觀工於詩文，有《淮海集》行世。詞集名《淮海詞》，亦稱《淮海居
士長短句》；傳本甚多，近人葉公綽取宋本兩種，影印行世，最稱善本。

〈桃源憶故人〉

玉樓深鎖薄情種，清夜悠悠誰共？羞見枕衾鴛鳳，悶則和衣擁。

　　無端畫角嚴城動，驚破一番新夢。窗外月華霜重，聽徹梅
花弄。

這是一首抒寫怨情的作品，用「先點（時空定位）後染（內容描寫）」
的篇結構寫成。其中開篇兩句為「點」、「羞見」句起至篇末為「染」；
而「染」的部分，又用「先昔（先）後今（後）」的章結構，依時間的
先後，由夢前寫到夢醒、夢後，將一位女子獨守空閨所觸生的無限怨
情，描摹得頗為生動。尤其是全詞末下一「怨」字，而「怨」卻從篇首
貫到篇末，就技巧而言，是相當高明的。

作者在開端兩句，即將這位女子的怨情作了初步的描寫。這兩句採
設問的形式，寫出了女主人翁設想薄情郎在漫漫清夜裡不知共誰深鎖玉

樓的情事，作時空定位（點）；而以「薄情」、「誰共」等語透出深深怨
情來。三、四兩句，則由「點」而「染」，由設想轉入現實，寫女子不
敢面對鴛衾鳳枕，愁悶地擁衣而臥的情景，這是「染」的第一部分，用
以寫「夢前」。由於枕衾上所繡的鴛鴦和鳳凰，都是成雙成對的，是美
滿的象徵，而自己則在「悠悠」「清夜」裡獨守空閨，那自然就會「羞見」
而「悶」而「和衣擁」了。經由這樣的具體描寫，把怨情又毫不費力地
推深了一層。

　　下片起首兩句，承著上片末句的「和衣擁」而寫，寫的是女子在一
大早被畫角驚斷「一番新夢」的情狀，這是「染」的第二部分，用以寫
「夢醒」，以進一步表出怨情。作者在此，把「和衣擁」後入夢的過程，
悉予省略，而直接寫夢醒，造成了藕斷絲連的效果，這在上下片的連接
上是最為得法的。「嚴城」，是戒備森嚴的城郭，大都用以指京城或邊
城。指京城的，如柳永詠京妓的〈長相思〉詞：

　　　畫鼓喧街，蘭燈滿市，皎月初照嚴城。

指邊城的，如秦觀的〈青門引〉詞：

　　　風起雲間，雁橫天末，嚴城畫角，梅花三奏（一本作弄）。塞草
　　　西風，凍雲籠月，窗外曉寒輕透。

由於後者所寫的，與本首詞，無論在內容或形式上，多所雷同，當係同
時或前後作，所以本詞的「嚴城」，說是指戒備森嚴的邊城，該是不成
問題的。

　　末兩句則是「染」的第三部分，用以寫女子夢醒之後，一面對著窗
外的晨霜曉月，一面聽著梅花三弄曲子的情景，將怨情作最後的烘托，

使得情遺言外，有著無盡的韻味。結句所謂的「梅花弄」，即梅花三弄，本是一笛曲，後改用琴來彈奏，也簡稱三弄。相傳始由晉代的桓伊以笛吹奏，原用以表現梅花高潔安詳或不畏嚴寒的品格，後來則有用以表現相思之情的，本詞即屬於後者。

　　本詞寫怨情所以有無盡的韻味，除篇章結構之安排妥當外，和選材是有密切關係的。就以「枕衾鴛鳳」來說，鴛鴦和鳳凰，常藉以喻指夫妻或情侶，用來反襯孤單，以寫怨情，是恰當不過的，如柳永〈彩雲歸〉詞說：

　　　算得伊、鴛衾鳳枕，夜永爭不思量。

又如〈臨江仙〉詞說：

　　　奈寒漏永，孤幃悄，淚燭空燒。無端處，是鳳衾鴛枕，閒過清宵。

再就「畫角」來說，為古樂器的一種，竹製或銅製，多用於軍中，以司晨昏、振士氣。因為城門藉以啟閉，便和人的離聚有了關聯，所以辭章家往往用以襯托離情。如張仙的〈迎春樂〉詞云：

　　　城頭畫角催夕宴，憶前時、小樓晚。殘虹數尺，雲中斷，愁送目、天涯遠。

又如〈青門引〉云：

　　　樓頭畫角風吹醒，入門重門靜。那堪更被明月，隔牆送過秋千影。

又就「月」來說，自古以來就用以象徵人的悲歡離合，其中藉以寄托相思的，可說最為普遍。如晏殊的〈訴衷情〉詞說：

　　人別後，月圓時。信遲遲，心心念、說盡無憑，只是相思。

又〈漁家傲〉詞說：

　　半夜月明珠露墜，多少意，紅腮點點相思淚。

末就「梅花」來說，它除了用以象徵貞潔的品格外，也常藉以襯托離情。相傳南北朝時，陸凱與范曄相友善。有一次，陸凱自江南寄一株梅花與范曄，並贈詩云：

　　折梅逢驛使，寄與隴頭人。江南無所有，聊贈一枝春。

從此梅花或梅花弄，便和離情結緣，散見於辭章。如歐陽修〈踏莎行〉詞云：

　　候館梅殘，溪橋柳細，草薰風暖搖征轡。離愁漸遠漸無窮，迢迢不斷如春水。

又〈清商怨〉詞云：

　　夜又永，枕孤人遠。夢未成歸，梅花聞塞管。

作者用了這些足以象徵或襯托離情的材料來詠怨情，那就無怪怨情特濃了。

張叔夏《詞源》說：

> 秦少游詞，體制淡雅，氣骨不衰，清麗中不斷意脈，咀嚼無滓，
> 久而知味。

這首詞是個很好的例證。

附篇章結構分析表供參考：

```
      ┌── 點（時空定位）：「玉樓深鎖」二句
      │                    ┌── 昔（先：夢前）：「羞見枕衾」二句
      └── 染（內容描述）──┤            ┌── 先（夢醒）：「無端」二句
                           └── 今（後）─┤
                                        └── 後（醒後）：「窗外」二句
```

賀鑄

（一〇五二～一一二五）

　　字方回，衛州人。長七尺，貌奇醜，人稱賀鬼頭。喜談當世事，可否不少假借；雖貴要權傾一時，少不中意，即極口詆之無遺辭。又博學強記，工文辭，深婉麗密，如次組繡；尤長於度曲，掇拾人所遺棄，少加櫽括，皆成新奇。元祐中，曾任泗州、太平州通判，晚年退居蘇州，有《東山詞》行世。

〈青玉案〉

　　凌波不過橫塘路。但目送、芳塵去。錦瑟華年誰與度。月橋花院，瑣窗朱戶，惟有春知處。　　碧雲冉冉蘅皋暮。彩筆新題斷腸句。試問閒愁都幾許。一川煙草，滿城風絮。梅子黃時雨。

這是首懷人之作，是用「先因後果」的篇結構寫成的。

　　「因」的部分，自篇首至「彩筆」句止，也採「先因後果」的章結構加以呈現。其中開端兩句，敘明自己所處的地方，寫自己候「美人不來，竟日凝佇」的惆悵。「凌波」，喻美人輕盈之步履。語出曹植〈洛神賦〉：

　　凌波微步，羅襪生塵。

「橫塘」，地名，在蘇州城外。《中吳紀聞》載：

賀方回本山陰人，徙姑蘇之醋坊橋，有小築在盤門之南十餘里，地名橫塘，方回往來其間。

「錦瑟」四句，以一問一答，寫美人不來，無人共度良辰，只有春花相慰藉的哀愁。「錦瑟華年」，喻青春年華。語出李商隱〈無題〉詩：

錦瑟無端五十絃，一絃一柱思華年。

孤單之情，成功地由此襯出。以上是「因中因」。

下片開頭二句，寫美人不來，惟有自題自解、滿紙憂傷的情事。「碧雲」句，典出江淹〈休上人怨別〉詩：

日暮碧雲合，佳人殊未來。

在此用藏詞技巧，蘊含「佳人未來」之意。「冉冉」，緩動貌。「蘅皋」，指水邊風景區，蘅，香草；皋，澤岸。「彩筆」，典出《南史・江淹傳》：

淹少以文章顯，嘗宿於冶亭，夢一丈夫，自稱郭璞，謂淹曰：「吾有筆在卿處多年，可以見還！」淹乃探懷中，得五色筆一以授之。爾後為詩，絕無美句，時人謂之才盡。

對這個典，沈祖棻在其《宋詞欣賞》中說：

「彩筆」一句，承上久立蘅皋，伊人不見而來。由於此情難遣，故雖才情富豔，有如江淹之曾得郭璞在夢中所傳之彩筆，而所能

題的，也不過令人傷感的詩句罷了。

把用這個典的用意說得很清楚。以上是「因中果」。

「果」的部分，為結尾四句，採一問三疊答的章結構，將滿身的「閑情」（即愁懷恨緒），依所見順序，譬作煙草（一、二月）、風絮（三、四月）與梅雨（五月），加以呈現。這樣透過譬喻的方式「以景結情」，使得「閑情」更趨深長。對此，唐規璋《唐宋詞簡釋》認為：

> 「試問」一句，又藉問喚起，以下三句，以景作結，寫江南景色如畫，真絕唱也。作法亦自後主「問君能有幾多愁」來，但後主純用賦體，盡情吐露。此則含蓄不盡，意味更長。

可見此詞收結之美妙。

這首詞寫因美人不來而為之斷腸，內容雖簡單，卻感人異常，受到相當多人的重視。鍾振振在《詞林觀止》（上）說：

> 詞的內容原很簡單，只是寫一場單相思。但卻那樣痴情、執著，纏綿悱惻，一唱三嘆，盪氣迴腸。它一問世，便在當時文壇上引起了轟動效應：「人皆服其工，士大夫謂之『賀梅子』。」（宋周紫芝《竹坡詩話》）宋、金兩朝，和者凡二十七人（其中包括黃庭堅、張元幹、張孝祥、陳亮、元好問等名家）、三十首之多，而無能出其右者，誠如清萬樹所言：「似此絕作，難為和耳。」（《詞律》）

此詞迴響之大，由此可見一斑。

附篇章結構分析表供參考：

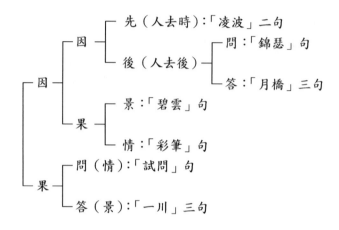

〈點絳唇〉

一幅霜綃，麝煤熏膩紋絲縷。掩妝無語，的是清凝處。　　薄暮
蘭撓，漾下苹花渚。風留住，綠楊歸路，燕子西飛去。

　　賀鑄的詞，深婉而密麗。本詞雖不是他的代表作，但也有這種特
色。此詞頗為含蓄，用「先內（室內）後外（室外）」的篇結構來寫一
位女子的相思之情。其中上片寫「室內」、下片寫「室外」，依序用「先
底（襯景）後圖（主人）」、「先圖（主人）後底（襯景）」的章結構寫成。
　　上片一、二句，作者首先展現一幅霜白的絲絹，在它的帶紋絲縷上
薰染點點墨痕，很成功地藉這點點的墨痕，形成「底」（襯景），以透
出無限的相思之意來。「麝煤」，本為製墨的顏料，後來卻多借以指墨。
韓偓〈橫塘〉詩說：

　　蜀紙麝煤添筆媚，越甌犀液發茶香。

又，黃庭堅〈謝景文惠浩所作廷珪墨〉詩說：

廷珪膚墨出蘇家，麝煤添澤紋烏鶄。

詩裡的「麝煤」，即指墨而言。這兩句和柳永〈西施〉詞所寫的「將憔
悴，寫霜綃。更添錦字，字字說情慘」，雖有一藏一露的不同，但意思
卻是相近的。而三、四兩句，則為「圖」（主人），寫的是女子見絹上
墨痕後，神凝魂銷的情景。「掩妝無語」，是女子見「霜綃」後的反應，
預為下句的「消凝」作了具體的描寫。「的是」，等於說「確是」。「消
凝」，也作「銷凝」，多用以形容癡心懷想的樣子。柳永〈引駕行〉詞
云：

消凝，花朝月夕，最苦冷落銀屏。想媚容，耿耿無眠。

又，張鎡〈水調歌頭〉詞云：

平生感慨，況逢佳處輒銷凝。

很明顯地，無論作「消凝」或「銷凝」，其意義與用法是相同的。

　　到了下片，作者在首二句，寫女子在黃昏時分，由於「消凝」，不
得不弄舟排遣的情事，承上片寫「圖」（主人）。「蘭橈」，本指木蘭樹
所製成的船槳，後則多用以代指舟、船。如宋祁的〈浪淘沙〉詞云：

倚蘭橈，望水遠，天遠，人遠。

又如晏幾道〈武陵春〉詞云：

秋水無情天共遠，秋送木蘭橈。

這種例子，隨處可見。「蘋」，是水生蕨類植物，夏秋之間有花，色白，故又稱白蘋，俗以為是萍的一種，即大萍。由於自來被看作是大萍，因此辭章家便常用以喻指飄泊，抒寫離情。如溫庭筠〈憶江南〉詞云：

過盡千帆皆不是，斜暉脈脈水悠悠。腸斷白蘋洲。

又如張先〈卜算子〉詞云：

溪山別意，煙樹去程，日落采蘋春晚。

無疑地，詞裡所謂的「白蘋洲」、「采蘋」，都是特地用以烘托離情別意的。而「風留住」三句，則為後一個「底」（襯景），先承「漾下」而寫，將「風」擬人化，使「蘭橈」留住，不再下漾，以領出結尾兩句來，進一層的藉「歸程」所見，具寫「消凝」之情。然後寫到「楊」和「燕」，它們自古以來都是被用以烘托別情的，如張先的〈南鄉子〉詞說：

不管離心千疊恨，滔滔：催促行人動去橈。記得舊江皋，綠楊輕絮幾條條！

又，〈蝶戀花〉詞說：

燕子雙來去，明月不諳離恨苦，斜光到曉穿朱戶。

類似的例子，在各詩歌集裡，可說俯拾皆是，是極其普遍的。

　　這闋詞委婉地敘寫了一位女子的相思消凝之情。消凝之情是抽象的，本身並不能產生多少感染力，因此作者在開端以一幅霜綃的墨跡，交代了消凝的根由後，即由女子本身「掩妝無語」、「弄舟」的情態，以及弄舟所見蘋花、綠楊與燕子西飛的景物將「消凝」之情具象化，使得外景與內情臻於交融的境地。周濟《宋四家詞選・緒論》說：

　　　方回鎔景入情，故穠麗。

證以此詞，是說得一點也不錯的。
　　附篇章結構分析表供參考：

周邦彥

（一○五七～一一二一）

　　字美成，自號清真居士，錢塘人。元豐初，遊京師，獻〈汴都賦〉萬餘言，多古文奇字，為神宗所賞，自太學諸生一命為太學正。後出為溧水令。徽宗時，入拜祕書監，進徽猷閣待制，提舉大晟府。未幾，知順昌府，徙處州。卒年六十六。邦彥好音樂，能自度曲，詞集名《清真集》，又稱《片玉詞》。

〈瑞龍吟〉

　　章臺路。還見褪粉梅梢，試花桃樹。愔愔坊陌人家，定巢燕子，歸來舊處。　　黯凝佇。因念箇人癡小，乍窺門戶。侵晨淺約宮黃，障風映袖，盈盈笑語。　　前度劉郎重到，訪鄰尋里，同時歌舞，惟有舊家秋娘，聲價如故。吟牋賦筆，猶記燕臺句。知誰伴、名園露飲，東城閒步。事與孤鴻去。探春盡是，傷離意緒。官柳低金縷，歸騎晚、纖纖池塘飛雨。斷腸院落，一簾風絮。

這是篇感懷詞，寫的是作者重返舊地「探春」的「傷離意緒」。

　　全詞共分三疊，在首疊裡，作者藉「歸來舊處」、「探春」所見的景物，來指明地方、時序，並蘊含「人面不知何處去，桃花依舊笑春風」的情思，預為後二疊進一層的抒寫鋪路。其中「章臺路」，漢長安街名，為歌樓妓館聚集之所，後世遂以為歌樓妓館之代稱。「愔愔坊陌」，愔愔，深靜貌。坊陌，又作「坊曲」，妓女之所聚居；在此，呼應篇首之「章臺路」，指汴京鬧市。對此疊，唐圭璋《唐宋詞簡釋》釋

云：

> 第一片記地，「章臺路」三字，籠罩全篇。「還見」二字，貫下
> 五句，寫梅桃景物依稀，燕子歸來，而人則不知何在，但徘徊於
> 章臺故路、惜惜坊陌，其惆悵之情為何如耶！

不直寫「悵惘之情」，而將它寓於景、事之中，耐人尋味。

　　而次疊則以「黯凝佇」承上啟下，引出「因念」兩字，與上疊的「還
見」呼應，並藉以啟引下文，以追敘當年初見「箇人」的情景，把「箇
人」的妝扮、舉止和神態都刻畫得極為逼真生動，大力的為末疊蓄勢。
其中「箇人癡小」，箇人，猶言伊人，對所歡之暱稱。癡小，指癡情少
女。白居易〈井底引銀瓶〉詩：

> 寄言癡小人家女，慎勿將身輕許人。

語蓋出於此。「宮黃」，即額黃，塗黃於額。一說點黃於面頰。對此，
王雙啟在《唐宋詞鑑賞辭典》認為：

> 「淺約宮黃」，言施妝並不濃艷，蓋妙齡女子自有顏色，毋須借
> 重脂粉。再加上「障風映袖，盈盈笑語」兩句，把「箇人」寫活，
> 簡直呼之欲出了。

這樣描繪「箇人」，筆墨的確極生動。

　　至於末疊，乃總括的部分，為全詞之重心所在；作者在此，先以六
句，應首疊，順次用直筆與側筆寫自己如當年「劉郎」歸來舊處的失意
與「人面不知何處去」的悲哀。「前度劉郎」句，用劉禹錫有〈再遊玄

都觀〉詩：

> 種桃道士歸何處，前度劉郎今又來。

作者在此蓋借劉郎以自喻。唐代歌妓多以秋為名，如杜牧有〈杜秋娘〉詩、李德裕有〈悼謝秋娘〉詞；所以在此用「舊家秋娘」來指與「簡人」同時的歌妓。再以五句，應次疊，借李商隱和柳枝、杜牧和張好好的韻事，以見初見「簡人」後彼此交往的情形。李商隱和柳枝的故事，見於李商隱〈柳枝詩序〉，謂李商隱有〈燕臺〉詩春夏秋冬四首，洛中里娘名柳枝者，年十七，見而甚為喜愛。杜牧和張好好的故事，見於杜牧〈張好好詩序〉：

> 牧大和三年，佐故吏部沈公江西幕，好好年十三，始以善歌舞來樂籍中。後一歲，公移鎮宣城，復置好好於宣城籍中。後二歲，為沈著作述師以雙鬟納之。後二歲，於洛陽東城，重覩好好，感舊傷懷。

作者藉這兩個故事來喻指自己和「簡人」之關係，甚為貼切。而這些事皆「事與孤鴻去」，這用杜牧〈題安州浮雲寺樓寄湖州張郎中〉詩：

> 恨如春草多，事與孤鴻去。

連結從前事與眼前景，起了承前啟下之作用。然後以「探春盡是，傷離意緒」一句把上意作個總結，落入本題，點出主旨；終以「官柳」五句，寫在「歸騎」上所見暮春寂寥的黃昏景物來襯托出「傷離意緒」；所謂「以景結情」，令人讀後倍覺淒切黯然。

　　從內容來看是如此。若從篇章邏輯切入，則顯然這首詞是用「實
（景、事）、虛（情）、實（景）」之篇結構寫成的。它的頭一個「實」，
景中含事，自篇首起至「事與孤鴻去」句止，採「由先而後」的章結構，
始終用「今昔對照」的方式來呈現。而中間的「虛（情）」，僅「探春」
兩句，將一篇之主旨拈出。至於後一個「實（景）」則自「官柳低金縷」
句起至篇末，採「先近後遠」之章結構，寫歸時所見，借景結情，呼應
「傷離意緒」，以收拾全篇。而其中最值得注意的是：它的敘次，應是
「重到」（末疊）、「還見」（首疊）而「因念」（次疊），卻將「今（後）
昔（先）倒置」，作了調整，使作品產生了秩序中有變化、變化中有秩
序的藝術效果。

　　因此，雖然周濟說：「此不過桃花人面，舊曲翻新耳」（《宋四家詞
選》），但其藝術的技巧是極為高明的。這點，沈祖棻《宋詞賞析》即
指出：

> 這首詞首寫舊地重遊所見所感，次寫當年舊人舊事，末寫撫今追
> 昔之情。雖然層次分明，但曲折盤旋，不肯用一直筆，在藝術結
> 構上煞費苦心，所以周濟要我們看它的「層層脫換，筆筆往復
> 處」。

很能凸顯此詞之藝術特色。

附篇章結構分析表供參考：

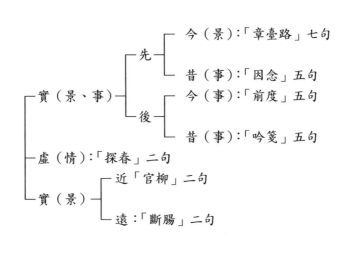

〈蘇幕遮〉

燎沈香，消溽暑。鳥雀呼晴，侵曉窺簷語。葉上初陽乾宿雨，水面清圓，一一風荷舉。　　故鄉遙，何日去？家住吳門，久作長安旅。五月漁郎相憶否？小楫輕舟，夢入芙蓉浦。

這首詞旨在寫鄉愁，是用「先實（景）後虛（情）」的篇結構所寫成的。

「實」（景）的部分，即上半闋，寫夏日清晨室內外的景致，採「先內（室內）後外（室外）」的章結構來寫，而「外」（室外）又以「先近後遠」的又一層章結構加以呈現。其中寫最近的，是起二句，寫的是夏晨室內的小景。「燎」，本指小火煨炙，在此作「燃燒」解。「沈香」，一名水沈，為香氣極濃的一種名貴香料，常置於獸爐中燃燒，以除溼去臭。它所以名為「沈香」，是因為它「置水中則沈」（《南史・夷貊傳上・林邑國》），李白〈楊叛兒〉詩云：

　　博山爐中沈香火，雙煙一氣凌紫霞。

寫的就是這種用沈香木製成的香。「溽暑」，是潮溼悶熱的夏日天氣。
這位主人翁如此焚香消暑，除了在肉體上會感到清涼一些外，在精神上
也會不再煩燥不寧。金啟華在《唐宋詞鑑賞集成》中說：

　　一起寫靜境，焚香消暑，取心定自然涼之意，或暗示在熱鬧場中
　　服一副清涼劑，兩句寫境靜，心也靜。

心不再煩燥，自然就使視覺和聽覺變得特別敏銳，能傾全心去聽鳥雀、
看風荷，而由此引生的無限鄉愁也格外明晰了。
　　而寫「次近」的，是「鳥雀呼晴」二句，寫的是檐間的鳥雀聲態。
說「呼晴」、「侵曉」，便知昨夜下過了雨，使空氣裡增加了水分，而令
人感到悶熱難耐，主人翁之所以焚香消暑，由此作了交代。而說
「呼」、「窺」、「語」，將鳥雀在屋檐上活蹦亂跳、吱吱喳喳地鬧個不休
的動態，予以擬人化，產生了十分生動的效果。劉揚忠在《歷代名篇賞
析集成》中說：

　　作者文心特細，下字運意極有法度。特別是對小鳥的描寫，更顯
　　出作者言情體物的高明技巧。先用「呼」字，狀寫鳥雀對雨後復
　　晴的歡欣；次用「窺」字，形容牠們與房主人相處極熟，毫無畏
　　懼，探頭探腦地向屋檐下張望的頑皮神態；末用「語」字將牠們
　　擬人化，似乎牠們真是在熱烈地談論晴天的種種好處。真是聲態
　　畢具，形神俱全，呼之欲出。

作者言情體物的巧妙，由此可見一斑。

　　至於寫「遠」的，是「葉上初陽乾宿雨」三句，寫的是池中風荷的清新景色，乃此詞實寫景物的重心所在。作者在此，先就「低」寫荷葉，再就「高」寫荷花。在寫荷葉時，用「初陽」和「宿雨」，上應「海」和「呼晴」；並以「乾」和「清圓」，將荷葉在初晴的晨光下，清潤而圓圓地平鋪在池面上的形狀，描繪得真切而活潑。而在寫荷花時，則用「風」和「舉」字，將荷花一一拔出水面而迎風搖曳的姿態，摹寫得更為傳神。錢仲聯在《唐宋詞鑑賞辭典》裡說：

> 全首突出動人之處，全在「葉上初陽乾宿雨，水面清圓，一一風荷舉」三句所寫荷花的神態。試想，當宿雨初收，曉風吹過水面，在紅艷的初日照耀下，圓潤的荷葉，綠淨如拭，亭亭玉立的荷花，隨風一一顫動起來。這樣一個活潑清遠的詞境，要把它作十分生動的素描，再現於讀者面前，卻頗非容易。作者只用寥寥幾筆，就達到了這種境地，只一個「舉」字，更刻畫出荷花的動態。王國維《人間詞話》贊揚它為「真能得荷之神理者」，是一點也不錯的。

這不是溢美之詞。

　　「虛」（情）的部分，為下半闋，採「先因後果」的章結構，來寫歸思（因）與歸夢（果）。由於作者本身客居汴京多年，見了荷花而思鄉，是極自然的事。因為作者是錢塘（即吳門）人，而錢塘的荷花，是早就出了名的。柳永的〈望海潮〉詞詠錢塘云：

> 重湖疊巘清嘉，有三秋桂子，十里荷花。

錢塘荷花之盛，由此可見。所以作者在「長安」（實指汴京），見了滿

池風荷，便聯想到家鄉的「十里荷花」，而有「故鄉遙」四句，以表達強烈的思鄉之情。在此，作者先以「故鄉遙，何日去」二句設問，特為自己欲歸無期的悲傷心情，增添遠離的情致。接著以「家住吳門，久作長安旅」二句，寫自己離鄉已久，暗含不得志的意思，以強化思鄉之情。他在另一首〈蘭陵王〉詞云：

> 登臨望故國，誰識京華倦客。

這裡所謂的「故國」，指的就是錢塘；而「京華」就是汴京。很明顯地，所寫的同樣是這種雜有身世之感的思鄉之情。對這種寫法，劉揚忠在《歷代名篇賞析辭典》裡說：

> 在過片處，他先不陳述自己是由汴京之荷想起了家鄉之荷，也不直說思鄉，而選用了跌宕生姿的問句：「故鄉遙，何日去？」這看似簡單明瞭的平常語，卻因採用了揉直使曲的手法，而有引人遐想之勝。下接以「家住吳門，久作長安旅」二句，意轉沈鬱，抒情氣氛更加濃厚了。

看法很正確。

　　本來寫到這裡，意思已表達得很清楚了，但作者卻更進一步地用「五月漁郎相憶否」三句寫歸夢，以推深鄉愁。這三句以盛夏五月為橋梁，由今而昔，與過去結合，帶出了那一串青春歲月的夏遊之樂。而這一串「五月」之樂，有「漁郎」、「輕舟」，更有「芙蓉」（即荷花），於是作者在面對「一一風荷舉」的同時，又經由「夢」，和「漁郎」一起乘上「輕舟」，搖著「小楫」，駛入那開滿荷花的水灣。這種優美的境界，是多麼令人神往啊！但夢終歸是夢，卻無法實現，這就使鄉愁更

趨濃烈了。作者有「憶錢塘」的〈滿庭芳〉詞云：

> 夢魂迢遞，長到吳門。

又〈隔浦蓮近拍〉詞云：

> 因臥北窗清曉，屏裡吳山夢自到。驚覺，依然身在江表。

都一樣透過「夢吳山（吳門）」來加強自己的鄉愁，卻沒有本篇寫得那樣細膩生動、饒有韻味。

可見本篇下半闋，雖用以抒寫常見的鄉情，卻能巧作布置，寫得迴環曲折，真切感人；而且又和上半闋，兩兩呼應，連成一體，達於「思與境偕」的至美之境。曹明綱在《詞林觀止》（上）說：

> 下片以「故鄉遙，何日去」直入思鄉的主題，乍看似覺突兀，實際不然：詞人家在錢塘（今浙江杭州），而錢塘早以「十里荷花」著稱於世，他面對如此風姿綽約的池荷，又怎能不因此觸發強烈的思鄉之情？正因為有此一層內在的聯繫，這就不僅使上文對池荷的描繪有了畫面之外的深意，而且下文的五月漁郎、小楫輕舟、夢入芙蓉浦，也一併有了依托其鋪墊之巧妙、轉折之自然、推進之順理、挽合之天成，均堪稱精絕。從燃香消暑到夢回故鄉，這是一個完整的過程，而用「風荷」穿插其間、呼應首尾，尤見詞人獨運之匠心。

這種體會是相當深入的。

附篇章結構分析表供參考：

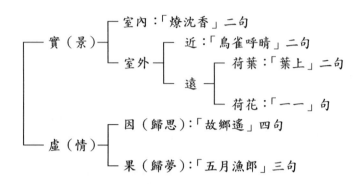

南宋編

岳飛
（一一〇三～一一四一）

　　字鵬舉，相州湯陰人。少負氣節，家貧力學，好《左氏春秋》、孫吳兵法。宣和中，以敢戰士應募，隸留守宗澤部下。以屢破金兵，高宗手書「精忠岳飛」四字，製旗以賜之。後大破金兵於朱仙鎮，欲指日渡河，時秦檜力主和議，乃一日降十二金字牌召飛還，復諷万俟卨等劾之，被捕下獄死，時年三十九。孝宗立，詔復飛官，以禮改葬，諡武穆。寧宗時，追封鄂王，改諡忠武。飛兼工詩詞，自抒懷抱，惜傳作不多。

〈滿江紅〉

怒髮衝冠，憑闌處、瀟瀟雨歇。擡望眼、仰天長嘯，壯懷激烈。三十功名塵與土，八千里路雲和月。莫等閒、白了少年頭，空悲切。　　靖康恥，猶未雪。臣子恨，何時滅。駕長車、踏破賀蘭山缺。壯志饑餐胡虜肉，笑談渴飲匈奴血。待從頭、收拾舊山河，朝天闕。

　　此詞氣勢浩瀚，用「先實後虛」之篇結構寫成，寫出了作者的滿腔忠憤。

　　「實」的部分，自篇首至「八千里路」句止，採「果、因、果」的章結構來寫。首先以開端四句，藉憑欄所見「瀟瀟雨歇」的外在景致與當時「怒髮衝冠」、「仰天長嘯」的本身形態，以具寫壯懷之激烈。其中「怒髮衝冠」，指悲憤至極，使髮皆上指，欲衝去帽冠。語出《史

記‧廉頗藺相如傳》：

　　王授璧，相如因持璧，卻立倚柱，怒，髮上衝冠。

如此以「怒髮衝冠」來形容悲憤之狀，極其生動。然後以「三十」兩句，由果而因，就過去，分敘「壯懷激烈」的頭一個原因在於征戰南北，勛業未成。鄭世賢在《詞林觀止》（上）釋云：

　　「三十功名」兩句：謂已年屆而立，功名事業（指抗及外族侵略）
　　卻微不足道；連年南北征戰，披星戴月縱橫數千里。塵與土，喻
　　微不足道。雲和月，形容日夜、陰晴的變換。

這樣用回顧之筆，寫自己之抗金事業未成功，以收拾「實」的部分，而領起下文之「虛」。
　　「虛」的部分，自「莫等閒」句起至篇末，採「目一（分應）、凡（總提）、目二（分應）」的章結構來寫。首先以「莫等閒」兩句，承上兩句，就未來，分敘「壯懷激烈」的另一個原因在於時日已無多，深悲自己會「等閒白了少年頭」。「莫等閒」，指不虛度。等閒，猶言輕易、隨便。皮日休〈襄州春遊〉詩：

　　等閒遇事成歌詠，取次衝筵隱姓名。

即用此意。以上是「目（分應）一」的部分。其次以換頭四句，承上片的「壯懷激烈」，總括了上兩個分敘的部分，寫國恥未雪的憾恨，拈明一篇主旨，大力地將一片壯懷，噴薄傾吐，這是「凡」（總提）的部分。「靖康恥」，宋欽宗靖康二年（1127，金兵寇中原，破汴京，虜徽、欽

二帝北去，囚於五國城，此乃宋之奇恥大辱。作者筆涉此事，其深切憾恨可想而知。對此，周汝昌在《唐宋詞鑑賞辭典》中說：

> 詞到過片，一片壯懷，噴薄傾吐：靖康之恥，實指徽欽被擄，猶不得還；故下聯接言臣子抱恨無窮。……此恨何時得解？功名已委於塵土，三十已過，至此，將軍自將上片歇拍處「莫等閒、白了少年頭，空悲切」之痛語，說與天下人體會。沉痛之筆，字字擲地有聲。

這幾句涉及主旨，那就難怪「沉痛之筆，字字擲地有聲」了。接著以「駕長車」三句，則由實而轉虛，透過設想，虛寫驅車滅敵、湔雪國恥的情景，真可謂「氣欲凌雲，聲可裂石」。「賀蘭山」，在今寧夏省寧夏縣西，時為金人所佔領。《元和郡縣志》：

> 賀蘭山，樹木青白，望如駮馬，北人呼駮馬曰賀蘭，故以此名。

此處用以借指失土。收復失土，正是作者一生之事業。然後以結尾兩句，依然以虛寫的手法，進一層寫雪恥後朝見天子的理想結局，以反襯主旨作收。詠來真可令人起頑振懦。「朝天闕」，謂朝覲帝都。天闕，指天子所居。朝愈有〈贈刑部馬侍郎〉詩云：

> 暫從相公平小寇，便歸天闕致康時。

將「歸天闕」之「歸」換為「朝」，強烈地表達了作者畢生之志願。而作者這種「踏破賀蘭山缺」以「朝天闕」之志願，卻因「莫須有」之罪名被害而不能達成，不禁令人為之惋惜不止！以上是「目（分應）二」

的部分。

　　這首詞內容、結構既如此，陳廷焯《白雨齋詞話》便說此詞：

　　　　千載後讀之，凜凜有生氣焉。

作者之一腔忠憤，確實可由此讀出。而葉麗琳在《中國歷代詩歌名篇鑑
賞辭典》中則說：

　　　　過去注家們較多地強調了〈滿江紅〉詞激昂壯烈的一面，這自然
　　　　是對的，但對詞中孕含著的悲憤以至怨恨的另一面有所忽視，則
　　　　是不妥的。

這是很正確的看法。

　　附篇章結構分析表供參考：

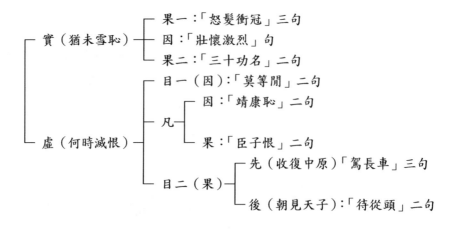

陸游

（一一二五～一二一〇）

　　字務觀，自號放翁，越州山陰（今浙江紹興）人。年十二，能詩文，蔭補登仕郎。二十九歲赴臨安，試禮部，應舉進士，名列秦檜、孫秦塤之前，為檜所嫉而顯黜之。檜死，始為福建寧德主簿。孝宗即位，遷樞密院編修官，賜進士出身。曾通判建康府、隆興府、夔州。王炎撫川陝，辟為幹辦公事。范成大帥蜀，任參議官，以文字交，不拘禮法。紹熙元年，遷禮部郎中，後以寶章閣待制致仕。游才氣超逸，尤長於詩，為南宋著名詩人。其詩清新刻露，而出於圓潤，且愛國之心，至死不渝，後世目之為愛國詩人。有《劍南詩稿》、《渭南文集》傳世。

〈釵頭鳳〉

紅酥手，黃縢酒，滿城春色宮牆柳。東風惡，歡情薄。一懷愁緒，幾年離索。錯！錯！錯！　　春如舊，人空瘦，淚痕紅浥鮫綃透。桃花落，閒池閣。山盟雖在，錦書難託。莫！莫！莫！

　　根據周密《齊東野語》和陳鵠《耆舊續聞》等書的記載，陸游初娶表妹唐琬，雖伉儷情篤，卻因得不到陸母的歡心而離異。後陸游另娶，而唐琬也改嫁趙士程。有一年春天，陸游與唐琬不期在紹興禹跡寺南的沈氏園見面，唐琬徵得趙士程之同意，遣致酒餚，陸游因而悵然不已，為賦一詞，題於園壁，相傳即此〈釵頭鳳〉詞。有人以為這是訛傳，見楊鍾賢、張燕瑾《唐宋詞鑑賞辭典‧釵頭鳳》附記，可供參考。

　　此詞歷來以為作於宋紹興乙亥年（1155），時作者三十一歲。它體現作者對前妻唐琬的無比深情，是用「先昔後今」的篇結構寫成的。

　　「昔」的部分，為上片十句，採「先景後情」的章結構來寫。它先以「紅酥手」二句，寫唐琬當年勸酒的情景；紅酥手，謂手紅潤細嫩。黃滕酒，酒名，即黃封酒，為官酒之一種。一說即藤黃，狀酒之顏色，與「紅酥」形成對偶。再以「滿城」句，寫當年沈氏園的春色；然後以「東風惡」七句，由景轉情，寫出對當年美滿婚姻不能維持長久的悔恨，以及對唐琬的無盡思戀。其中「東風惡」二句，寫婚姻遭到破壞；「一懷」句，寫分離後之相思與傷痛；而「錯！錯！錯！」則強烈地表達了悔恨情緒。對此「錯」字，王雙啟《陸游詞新釋輯評》注釋說：

> 此處可以有兩種解釋，一是其本意，即錯誤；二是把「錯莫」一詞分開來使用，上片結尾疊用「錯」字，下片結尾疊用「莫」字。「錯莫」是疊用連綿詞，猶言「落寞」，抑鬱無聊的意思。杜甫〈瘦馬行〉有「失主錯莫無晶光」句，李白〈贈別從甥高五〉有「三朝空錯莫」句，其用法、詞意與此全同。

兩說皆可通，可供參考。

　　「今」的部分，為下片十句，也採「先景後情」的章結構來寫。它先以「春如舊」三句，寫眼前之人，說春雖依舊，而人卻不僅消瘦，並且也流著眼淚，就連手巾都沾濕了。其中「空」，徒然之意，楊鍾賢、張燕瑾在《唐宋詞鑑賞辭典》說：

> 瘦則瘦矣，句間何以著一「空」字？「使君自有婦，羅敷自有夫。」（《古詩・陌上桑》）從婚姻關係說，兩人早已各不相干了，事已至此，不是白白為相思而折磨自己嗎？著此一字，就把詞人

那種憐惜之情、撫慰之意、傷痛之感等等，全都表現出來。

雖僅一字，蘊意卻很深長。「浥」，沾濕。「鮫綃」，絲織之手帕。接著以「桃花落」二句，寫花落閣閒之春日殘景，恰與當年「滿城春色」之春日盛景，作成強烈對比，以鮮明地反映出人事之變遷，將傷痛推深一層。最後以「山盟」三句，寫雖有愛情不渝之盟誓，卻因如今已各另有婚配，無法互通書信，因此只有忍痛作罷，所謂「莫！莫！莫！」表達了無限的傷痛與絕望之情。「山盟」，指舊日之誓約。古人重信義，凡盟誓，乃指如山岳之不可移易，故云「山盟」。「錦書」，用「織錦回文」的典故（見王雙啟《陸游詞新釋輯評》注釋）。《晉書·竇滔妻蘇氏傳》載：

> 竇滔妻蘇氏，始平人也，名蕙，字若蘭，善屬文。滔，苻堅時為秦州刺史，被徙流沙。蘇氏思之，織錦為回文璇圖詩以贈滔，宛轉循環以讀之，詞甚淒惋，凡八百四十字。

在此指一般書信。而「莫」字，王雙啟《陸游詞新釋輯評》呼應上片之「錯」字注釋云：

> 此處亦有二解，一是如本字作「不要」講，即「算了吧」、「莫再提起」的意思；另一解釋是與上文「錯」字合看，組成「錯莫」一詞的重文。

兩說一樣可通，可供參考。

整體看來，這首詞以今昔對比的方式，寫出了作者無比的愛戀與悔恨，十分感人。耿百鳴在《詞林觀止》（上）說：

　　銘心刻骨的愛戀和被這離異的悔恨是貫穿全詞的感情基調。往日
　　夫妻歡會的甜蜜回憶更映襯出今日邂逅的惆悵難堪,從「紅酥
　　手」到「人空瘦」,鮮明的形象對比揭示出感情的創痛與折磨,
　　從「滿城春色」到「桃花落」,景色的變化又絕好地反映出了人
　　事的變遷。映襯對比的手法,配合著激憤跌宕的情感、緊促急切
　　的節奏,營造出一種深沉慨歎的氣氛,是詩人感情歷程的實錄。

把這種特點說明得很清楚。

　　相傳唐琬當時曾予唱和,《歷代詩餘》卷一百十八引夸娥主人:

　　陸放翁娶婦,琴瑟甚和,而不當母夫人意,遂至解褵。然猶餽遺
　　殷勤,嘗貯酒贈陸,陸謝以詞,有「東風惡,歡情薄」之句,蓋
　　寄聲〈釵頭鳳〉也。婦亦答詞云:「世情薄,人情惡,雨送黃昏
　　花易落。曉風乾,淚痕殘。欲箋心事,獨語斜闌。難!難!難!
　　人成各,今非昨,病魂常似千秋索。角聲寒,夜闌珊。怕人尋
　　問,咽淚裝歡。瞞!瞞!瞞!」未幾,以愁怨死。

這個傳說可為放翁此作增添悲劇色彩與餘韻,故特引於於此供天下有情
人為之一掬同情之淚。

附篇章結構分析表供參考：

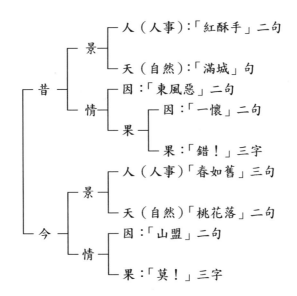

辛棄疾
（一一四〇～一二〇七）

　　字幼安，自號稼軒居士，齊之歷城人。少師亳州劉瞻老，與黨懷英同學，並有文才，號辛黨。紹興三十二年（一一六二）歸宋，授承務郎。孝宗時，歷任江西、湖北、湖南等路安撫使，屢以平盜、賑災立功。後以言者論列落職。寧宗時，起知紹興府，改鎮江，整頓鹽政、農政，皆著有成效。後詔除樞密都承旨，未受命，大呼殺敵數聲而卒，享年六十八歲。棄疾志切國讎，耿耿精忠，白首不衰；然以讒擯銷沮，在南渡後，強半閒廢，不為時用，於是自詭林泉，將一腔忠憤全寄於詞上，悲壯激烈，於剪紅刻翠外，別立一宗。有《稼軒詞》傳世。

〈水龍吟〉
登建康賞心亭

　　楚天千里清秋，水隨天去秋無際。遙岑遠目，獻愁供恨，玉簪螺髻。落日樓頭，斷鴻聲裡，江南遊子。把吳鉤看了，欄干拍遍，無人會，登臨意。　　休說鱸魚堪膾，儘西風、季鷹歸未？求田問舍，怕應羞見，劉郎才氣。可惜流年，憂愁風雨，樹猶如此！倩何人、喚取紅巾翠袖，搵英雄淚？

　　此詞當作於宋孝宗淳熙元年（1174），旨在寫「無人會登臨意」（請纓無路）的愁緒，是用「果、因、果」的篇結構寫成的。建康，即今南

京。賞心亭，據《景定建康志》卷二十二載：

　　賞心亭在下水門之城上，下臨秦淮，盡觀覽之勝，丁晉公謂建。

登臨於此，環視遠近，自然能觸目興感。

　　它首先以「楚天」五句，寫登亭所見景物，依序是天、水、山，而將愁恨寓於其中；接著以「落日」五句，用落日與斷鴻為媒介，把流落江南的自己（遊子）帶出來，以交代題目，並進而寫自己久看吳鉤、遍拍闌干的無奈；這可說是請纓無路的結果；為前一個「果」的部分，是採「先天（自然）後人（人事）」的章結構加以呈現的。其中「遙岑遠目」，謂極目遙山，化用了韓愈有〈城南聯句〉詩：

　　遙岑出寸碧，遠目增雙明。

用得自然妥貼。而「玉簪螺髻」，謂尖形之山如玉簪、圓形之山如螺髻。韓愈另有〈送桂州嚴大夫〉詩云：

　　水作青羅帶，山如碧玉笛。

這裡所謂的「笛」，即簪。又皮日休有〈縹緲峰〉詩云：

　　似將青螺髻，撒在月明中。

要了解稼軒用語，這些都值得參考。至於「吳鉤」，是刀名，似劍而曲。杜甫有〈後出塞〉詩云：

　　少年別有贈，含笑看吳鉤。

稼軒視「吳鉤」為英雄之報國利器，是一點也不突兀的。

　　其次以「無人會」二句，正面寫「請纓無路」的痛苦，這是一篇主旨所在，為「因」中「主」的部分。又其次以「休說」九句，藉張翰、許汜與桓溫的故事，依次寫自己有家歸不得，求田不成與時不我予的困窘。從旁將請纓無路的痛苦推深一層，為「因」中「賓」的部分。這樣就形成了「先主後賓」的章結構。在此，連續用典是一大特色。其中張翰的故事，見於《世說新語・識鑒》：

　　張季鷹（翰）辟齊王東曹掾，在洛見秋風起，因思吳中菰菜羹，鱸魚膾，曰：「人生貴得適意爾，何能羈宦數千里以要名爵？」遂命駕便歸。俄而齊王敗，時人皆謂為見機。

許汜的故事，見於《三國志・魏書・陳登傳》：

　　許汜與劉備共在荊州牧劉表坐，表與備共論天下人，汜曰：「陳元龍湖海之士，豪氣不除。」備問汜：「君言豪，寧有事耶？」汜曰：「昔遭亂，過下邳，見元龍，元龍無客主之意，久不相與語，自上大榻臥，使客臥下榻。」備曰：「君有國士之名，今天下大亂，帝王失所，望君憂國忘家，有救世之意；而君求田問舍，言無可采，是元龍所諱也，何緣與君語！如小人，欲臥百尺樓上，臥君於地，何但上下榻之間耶！」

桓溫的故事，見於《世說新語・言語》：

> 桓公（溫）北征，經金城，見前為琅邪時種柳，皆已十圍，然
> 曰：「木猶如此，人何以堪？」攀枝執條，泫然流涕。

稼軒這樣借古喻今，造成的是「以有限（文字）表現無限（意涵）」的效果。

最後以「倩何人」三句，由實轉虛，表達請纓的強烈願望，以收拾全詞，這是後一個「果」的部分。

作者透過這種「果、因、果」的篇結構，便將自己胸中的積鬱傾洩而出了。梁啟超《辛稼軒先生年譜》說：

> 詞中「落日樓頭，斷鴻聲裡，江南遊子。把吳鉤看了，欄干拍
> 遍，無人會，登臨意」及「倩何人、喚取紅巾翠袖，搵英雄淚」
> 等語，確是滿腹經綸在羈旅落拓或下僚沉滯中勃鬱一吐情狀。

稼軒這種「滿腹經綸在羈旅落拓或下僚沉滯中勃鬱一吐情狀」，是十分感人的。而對此詞之主要特點，朱德才、薛祥生、鄧紅梅等《辛棄疾詞新釋輯評》評論說：

> 這首詞的主要特點，一是在風格上，於豪放中兼融沉鬱。一是在
> 手法上，採用含蓄曲折的抒情方法。其表現之一是在抒情時移情
> 入景並借用典故，增加詞情的曲折含蓄性；表現之二是詞作寫情
> 層層推進，而寫到情極處時，卻只以「樹猶如此」半句咽住，讓
> 讀者去細細體會，因而顯得含蓄雋永。……它就成了稼軒早期詞
> 中最負盛名的一首，也是「稼軒風」的一篇代表作品。

評論得很切當，可供參考。

附篇章結構分析表供參考：

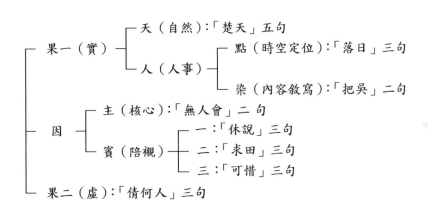

〈滿江紅〉

中秋寄遠

快上西樓，怕天放浮雲遮月。但平聲喚取、玉纖橫管，一聲吹裂。誰做冰壺涼世界，最憐玉斧修時節。問嫦娥、孤令有愁無？應華髮。　雲液滿，瓊杯滑。長袖舞，清歌咽。歎十常八九，欲磨還缺。但願長圓如此夜，人情未必看承別。把從前、離恨總成歡，歸時說。

在稼軒今存的六首中秋詞中，純粹是賦以「寄遠」的，僅一見，即此〈滿江紅〉詞。此詞用「先時（現在、過去）後虛（未來）」的篇結構，寫出了作者於某年中秋夜晚，客居異地，見月懷人所引起的悠悠「離恨」。

「實」（現在、過去）的部分，自篇首起至「欲磨還缺」句止，是

採「先今後昔」（第二層）與「具（敘事）、泛（抒情）、具（敘事）」（第三層）的章結構加以呈現的。起筆兩句，為一果一因的關係，各以「快」字、「怕」字領出，朱德才、薛祥生、鄧紅梅等《辛棄疾詞新釋輯評》認為：

> 起韻即激情噴涌，以一「快」字為催促，表達要上西樓賞月的酣暢興致。而一「怕」字，又洩漏他擔心中秋月不夠明亮的心思。

這樣表達了作者一抒相思的心情，是很生動的。接著是「但喚取」兩句，緊承「怕天放浮雲遮月」句，用宋初晏元獻喚取美人橫笛吹開浮雲的故事，來寫月出。晏元獻的故事，據《石林詩話》卷上的記載，是這個樣子的：當晏元獻留守南都時，有個叫王君玉的人，做他府裡的簽判；賓主兩人，日以飲酒賦詩為樂，相處得極為融洽。有一年中秋，湊巧陰晦不開，到了夜裡，君玉見元獻已寢，便趕忙吟著詩走入，說：「只在浮雲最深處，試憑絃管一吹開」，元獻聽了大喜，便召客治具、大合樂，不久，果然月出，於是歡飲到天亮。藉著這個故事，「浮雲」既被「吹裂」了，呈現在眼前的自是一片澄澈清涼的月世界，因此底下便接以「誰做冰壺涼世界」兩句，以詰問的手法引用了玉斧修月的故事，藉以寫中秋月亮的團圓皎潔。以上是頭一個「具（敘事）」的部分。玉斧修月的故事，出於《酉陽雜俎》一書的〈天咫門〉，據它的記載：從前有個叫鄭仁本的表弟去遊嵩山，見到有人枕著一包「幪物」（用頭巾包裹的東西）正在睡眠，便向前叫醒他，並問他是從那裡來的？那人笑著說：「你可曉得月亮是由七寶合成的嗎？算來經常有八萬二千戶在那兒修月，我就是其中的一個。」於是打開頭巾，赫然有斧鑿等器具擺在裡頭。根據這個神話，月亮既是合七寶而成的，則經玉斧修過以後，當然就圓滿無缺，特別光彩奪目，這就難怪作者要說「最憐玉斧修時

節」了。而「問嫦娥」二句，則一樣採詰問的手法，藉嫦娥奔月的神話故事，以抒發作者自身的孤零與哀愁；這是「泛（抒情）」的部分。此嫦娥奔月的的故事，可說家喻戶曉，毋庸在此贅述。

換頭「雲液滿」四句，乃承上半闋「孤令有愁無」的「愁」字來寫，由此數句可知作者本是想藉著酒和歌舞來遣去哀愁的，結果卻沒有收到任何的效果，這可從「清歌」後下一個「咽」字看出來。為什麼會這樣呢？這當然是由於往日離多會少的緣故，若移就月亮而言，那就是指圓少缺多了，所以作者便說：「歡十常八九，欲磨還缺」。劉坎龍《辛棄疾詞全集詳注》說：

> 「歡十常八九，欲磨還缺」兩句，明寫月亮圓時少、缺時多，實際上比喻人們也是相聚少而離別多。

如此近應「咽」字，並遠應上片「最憐玉斧修時節」之句，意脈當然就清晰無比。以上是後一個「具（敘事）」的部分。

「虛」（未來）的部分，是「但願長圓如此夜」兩句，採「先因後果」的章結構加以呈現。在此，文勢突然一轉，而時間也由過去、現在（實）而伸向未來（虛），暗含著蘇東坡〈水調歌頭〉詞「但願人長久，千里共嬋娟」和孔平仲〈八月十六夜翫月〉詩「只恐月光無顯晦，只緣人意有盈虧」的意思，表出自己對人月長圓的強烈願望，認為能這樣，人意對月是不會有別樣的看待的；這是「因」。最後作者用「把從前、離恨總成歡，歸時說」兩句，道出了自己殷切期待著歸時化離恨為歡聚的心理，以收束全詞，韻致是頗為深沈的；這是「果」。

縱觀此詞，以時間而言，由現在寫到過去（實），再寫到未來（虛）；以月亮而言，由盈寫到虧，再寫到盈；以情緒而言，由怕寫到愁，再寫到歡；而從頭到尾，無論是一般的描寫或用典，沒有一處不是

針對著月亮來寫，以流露出懷遠的濃摯情思，其章法之密，手法之高，
是不得不讓人歎服的。

附篇章結構分析表供參考：

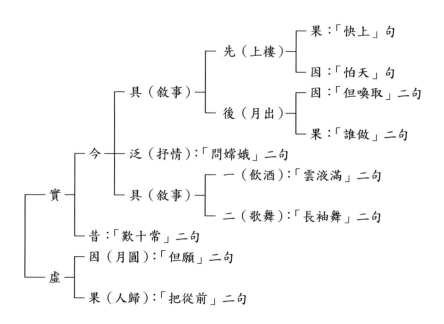

〈水調歌頭〉

淳熙丁酉，自江陵移師隆興，到官之三月被召，司馬監、趙卿、
王漕餞別。司馬賦〈水調歌頭〉，席間次韻。時王公明樞密薨，
坐客終夕為興門戶之歎，故前章及之。

我飲不須勸，正怕酒尊空。別離亦復何恨，此別恨匆匆。頭上貂
蟬貴客，苑外麒麟高塚，人世竟誰雄。一笑出門去，千里落花
風。　　孫劉輩，能使我，不為公。余髮種種如是，此事付渠
儂。但覺平生湖海，除了醉吟風月，此外百無功。毫髮皆帝力，
更乞鑑湖東。

　　這闋詞作於宋孝宗淳熙五年（1178），從其題序可看出辛棄疾此作，除了抒發別離之恨（賓）外，最主要的還是在抒發身世之痛（主）。對這種作意，常國武在《辛稼軒詞集導讀》中說明說：

　　這首詞由別離起興，反映了作者不滿於朝中權貴的黨同伐異，也不願對他們阿諛逢迎，而寧可棄官歸隱的思想感情。作者寫作此詞的第二年，曾奏進〈論盜賊札子〉，中有「但臣生平則剛拙自信，年來不為眾人所容，顧恐言未脫口而禍不旋踵」等語，可見詞中「孫劉輩，能使我，不為公」云云，必有種種難以具言的背景和隱痛。急流勇退思想的萌發，同時宦海風波的險惡，也有很大的關係。

而這種痛、這種恨，作者就特別安排在篇腹加以「醒出」，而形成「果、因、果」的篇結構。這個「因」部分，自「別離」句起至「不為公」句止，採「先賓後主」的章結構來呈現：其中「別離」二句，呼應題序所稱「到官之三月被召」（舊制通常以三年為一任），寫匆匆別離之恨。「頭上」三句，呼應題序「時王公明樞密薨，坐客終夕為興門戶之歎，故前章及之」，寫門戶之歎；其中「頭上貂蟬」，代指王公大臣，在此即稱王炎（公明）樞密。據《宋史・輿服志》載：

　　貂蟬冠一名籠巾，織藤，漆之，形正方如平巾幘，飾以銀，前有銀花，上綴玳瑁蟬，左右為三小蟬，銜玉鼻，左插貂尾。三公親王侍祠、大朝會，則加於進賢冠而服之。

這樣用修辭之借代方式來呈現，有化抽象為具體之作用。而「麒麟高塚」，則用杜甫〈曲江〉詩：

　　　　江上小堂巢翡翠，苑邊高塚臥麒麟。

用以哀悼王炎之薨，意思十分明顯。接著以「一笑」二句，用虛景加以
渲染，以上都屬於「賓」；李白有〈南陵別兒童入京〉詩云：

　　　　仰天大笑出門去，我輩豈是蓬蒿人。

一樣是「笑出門去」，兩人心情卻大不相同。而「孫劉輩」三句，是說
此次離去寧可不媚事權貴而做三公，典出《三國志‧辛毗傳》：

　　　　時中樞監劉放、令孫資見信於主，而制斷時政，大臣莫不交好，
　　　　而毗不與往來。毗子敞諫曰：「今孫劉用事，眾皆影附，大人宜
　　　　小降意，和光同塵，不然必有謗言。」毗正色曰：「主上雖未稱
　　　　聰明，不為闇劣；吾之立身，自有本末，就與劉孫不平，不過令
　　　　吾不作三公而已，何危害之有焉。」

藉此說到自己不見信於主而受到排斥，失意悲憤之情，不言而喻；這可
說是「主」，而一篇之主意便在這裡。如弄清這個「因」，則置於篇首
和篇末的「果」，就全部可以一目了然。
　　以前一個「果」而言，為開篇二句，採「先果後因」的章結構，寫
醉酒，這正是感身世（含傷別離）的結果。以後一個「果」來看，採「先
因後主」的章結構來寫。它先以「余髮」二句，說自己已衰老；《左傳‧
昭公三年》載：

　　　　齊侯田於莒，盧蒲嫳見，泣且請曰：「余髮如此種種，余奚能
　　　　為。」

「余髮種種」之典即出自於此。接著以「但覺」三句，寫自己醉風月；
這是「因」。然後以「毫髮」二句，說自己乞歸隱；這是「果」。在此，
又先後涉及兩個典實，先是《漢書・張耳陳餘傳》：

> 耳子敖嗣立，高祖過趙，趙王體甚卑，高祖甚慢之，趙相貫高怒
> 曰：「請為殺之。」敖曰：「君何言之誤！先王亡國，賴皇帝得
> 復國，德流子孫，秋毫皆帝力也。」

後是《新唐書・隱逸傳》：

> 賀知章天寶初病，夢遊帝居，乃請為道士，還鄉里，詔許之，以
> 宅為千秋觀而居。又請周公湖數頃為放生池，有詔賜鏡湖剡川一
> 曲。

稼軒善於用典，以有限來表現無限，這又是一個著例。而他會這樣藉此
典故乞歸隱，又何嘗不是感身世（懷才不遇）的結果呢？朱德才、薛祥
生、鄧紅梅等在《辛棄疾詞新釋輯評》中即指出：

> （稼軒）由於生在這樣一個不給機會的時代，處處受人掣肘……
> 既然自己隻手難挽狂瀾，倒不如歸隱林泉，以免受人傾軋。這是
> 對理想受阻的再一次抒憤是對朝廷政治氣氛的辛辣諷刺。

體會得十分深刻。

附篇章結構分析表供參考：

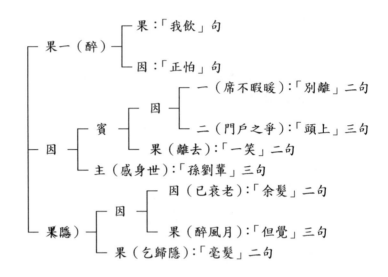

〈沁園春〉

帶湖新居將成

三徑初成，鶴怨猿驚，稼軒未來。甚雲山自許，平生意氣；衣冠人笑，抵死塵埃。意倦須還，身閒貴早，豈為蓴羹鱸膾哉。秋江上，看驚弦雁避，駭浪船回。　　　東岡更葺茅齋。好都把、軒窗臨水開。要小舟行釣，先應種柳；疏離護竹，莫礙觀梅。秋菊堪餐，春蘭可佩，留待先生手自栽。沉吟久，怕君恩未許，此意徘徊。

這闋詞作於宋孝宗淳熙八年（1181）。此「帶湖新居」，在江西上饒縣北郊北靈山下，經始於作者第二次帥江西時（1180），題曰稼軒，並以為號。

　　此詞用「先虛（空）後實（時）」的篇結構寫成。時作者因正在江
西帥任內，故一開篇即由虛空間切入，以絕大篇幅（自篇首至「留待」
句止）繞著「新居」，採「先點（時空定位）後染（內容敘寫）」的章
結構來寫。它先以「三徑」句，突出將成之整個「帶湖新居」，交代好
題目；這是「點」；自「鶴怨猿驚」起至「留待先生」句止，為「染」。
其中「三徑」，語出陶潛〈歸去來辭〉：

　　　　三徑就荒，松菊猶存。

用以代指即將歸隱於此之「新居」。再以「鶴怨猿驚」二句，交代自己
「未來」。「鶴怨猿驚」，語出孔稚圭〈北山移文〉：

　　　　蕙帳空兮夜鶴怨，山人去兮曉猿驚。

用猿鶴之嘲笑曲折交代自己「未來」的原因。其次以「甚雲山」四句，
承上述「稼軒未來」，寫該來而未來的無奈。其中「衣冠」二句，語出
白居易〈遊悟寺〉詩：

　　　　斗擻塵埃衣，禮拜冰雪顏。

用以寫自己「老是廁身於齷齪的官場，受到那些衣冠楚楚的俗人的嘲
笑」（朱德才、薛祥生、鄧紅梅等在《辛棄疾詞新釋輯評》），藉自嘲來
表明失意。接著以「意倦須還」六句，就主觀與客觀兩層，表出自己該
來、欲來的的原因；這是著眼於「全」（新居之整體）來寫的。其中「蓴
羹鱸膾」，用張翰的故事，見於《世說新語·識鑒》，已見上選〈水龍
引〉（楚天千里清秋）闋；而「驚弦雁避」，化用庾信文句，庾信於其

〈周大將軍襄城公鄭偉墓誌銘〉云：

> 靡興麗前，雁落驚弦。

技巧地反映了作者憂讒畏譏的心態。然後以「東岡」九句（自「東岡」句起至「留待」句止），針對「帶湖新居」，仍不離虛空間（含虛時間），依序寫要在它適當的地點葺茅齋、栽花木的一些打算；這是著眼於「偏」（新居之局部）來寫的。其中「秋菊」二句，語出屈原〈離騷〉：

> 扈江離與辟芷兮，紉秋蘭以為佩。

又：

> 朝飲木蘭之墜露兮，夕餐秋菊之落英。

對此，朱德才、薛祥生、鄧紅梅等在《辛棄疾詞新釋輯評》解釋說：

> 「秋菊」一韻，雖然是仍是借猿鶴之語來寫自己對帶湖風景的籌劃，但卻忍不住在其中注入了屈原〈離騷〉式的情感，顯示出遭受排擠而理想成幻的詞人，以餐秋菊而佩香蘭的方式，曲折表達其政治批判的用心。

解釋得很深入，而稼軒詞作「注入屈原〈離騷〉式情感」，是十分常見的。

至於「沉吟久」三句，則為「實（時）」的部分，由此轉虛為實，寫此刻此地在仕隱之間，猶豫不決、難以言宣的心意，呼應篇首的「未

來」作收；這主要是就實時間來寫的。對此三句，常國武《辛稼軒詞集導讀》認為：

> 這首詞的寫法比較別致。除末三句「顯其志」外，其餘絕大部分篇幅皆是反覆申述謂什麼要退隱，以及退隱後的打算和樂趣。……「沉吟久」三字，寫自己左思右想，在去留之間，心情仍然十分矛盾。「怕君恩未許」，說明對孝宗還存有幻想，對仕宦仍有所留戀。

所謂「在去留之間，心情仍然十分矛盾」，體會相當深切。梁啟超《辛稼軒先生年譜》就針對這點呼應全詞說：

> 詞云：「鶴怨猿驚，稼軒未來。」又云：「沉吟久，怕君恩未許，此意徘徊。」可知時正服官在外，欲歸未得。又云：「秋江上，看驚弦雁避，駭浪船回。」亦可見謠諑正盛，亟欲潔身而去也。

而喻朝剛《辛棄疾及其作品》也說：

> 此詞通篇寫心理活動，從不同側面表現用世與退隱的矛盾。

稼軒這種心情之矛盾，的確在此詞中表現得十分強烈。

就這樣在「先虛（空）後實（時）」的框架下，作者將自己矛盾的心理活動作了生動的呈現。

附篇章結構分析表供參考：

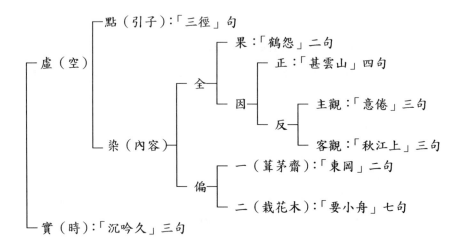

〈賀新郎〉

別茂嘉十二弟。鵜鴂、鵙鴂、杜鵑實兩種，見《離騷補注》。

綠樹聽鵜鴂。更那堪、鵙鴂聲住，杜鵑聲切。啼到春歸無尋處，苦恨芳菲都歇。算未抵、人間離別。馬上琵琶關塞黑，更長門、翠輦辭金闕。看燕燕，送歸妾。　　　將軍百戰身名裂。向河梁、回頭萬里，故人長絕。易水蕭蕭西風冷，滿座衣冠似雪。正壯士、悲歌未徹。啼鳥還知如許恨，料不啼、清淚長啼血。誰共我，醉明月？

此詞為贈別之作，用「先賓後主」的篇結構寫成。

首先就「賓」（抒家國之恨）的部分來看，極寫啼鳥的苦恨與人間之別恨，是以「先目（分應）後凡（總提）」的章結構所寫成的。在寫啼鳥之苦恨時，作者特舉三種鳥來寫，其中鵜鴂，即鵙，一名伯勞，因

為善鳴，時入離人之耳，所以自來詩詞中多用以表示別離之情，如賈島〈送路〉詩說：

> 別我就蓬蒿，日斜飛伯勞。

又如蘇軾〈和子由寒食〉詩云：

> 忽聞啼鴂驚羈旅。

可見作者寫鵜鴂，是與「別茂嘉十二弟」有關的。而鷓鴣，古人諧其鳴聲為「行不得也哥哥」，更與離情相涉，如李涉〈鷓鴣詞〉說：

> 惟有鷓鴣啼，獨傷行客心。

此類例子，俯拾皆是。至於杜鵑，又名子規，相傳為望帝之冤魂所化成，據《蜀王本紀》載：望帝以鱉靈為相，卻與其妻相通，於是自感慚愧，禪位於鱉靈而去。對這種說法，袁珂在其《古神話選釋》中作了如下之說明：

> 唐代詩人詠杜鵑，多疑其有冤。李商隱的名句「望帝春心託杜鵑鳴」，已透露出這一點意思。至於如杜牧詩：「杜宇竟何冤，年年叫蜀門」；顧況詩：「杜宇冤亡積有時，年年啼血動人悲」；羅隱詩：「一種有冤猶可報，不如銜石疊滄溟」；吳融詩：「年年春恨化冤魂，血染枝紅壓疊繁」……等，則已明言其有冤而無可申，故為恨也深。那麼所謂杜宇和鱉靈妻私通的說法，其中當包括一場嚴重的政治鬥爭，或者竟是他的政敵們造作出來，故意貶

　　　低他，以使繼承他的鱉靈的開明氏王朝得到肯定的罷。《說郛合刊》卷六十輯闕名《寰宇記》說：「望帝自逃之後，欲復位不得，死化為鵑」，這才是杜宇真正的冤恨。「逃」，當然是出於被逼；「欲復位不得」，是政治鬥爭徹底失敗。既失敗了，還被蒙上莫須有的誣辭，此其所以為「冤」，為值得令人同情。

這樣說來，作者在此寫「杜鵑聲切」，除藉其「不如歸」的鳴聲以增添送別之恨外，和南宋主和派打擊主戰派、自己被誣陷落職，甚至釀成慶元偽學黨禍之事，不無牽連，不然作者「別茂嘉十二弟」竟如此冤憤，就無法理解了。以上寫啼鳥的苦恨，由篇首起至「苦恨芳菲都歇」句止，為「目（分應）一」的部分。

　　　「目（分應）一」的部分終了，作者以「算未抵人間離別」一句作接榫，帶出「目（分應）二」的部分。在這裡，作者又臚列了四件人間離別之恨事，來表達難言之痛，從而推深送別之情。其一為漢王昭君別帝闕出塞，含「馬上」兩句，其中「更長門」句，雖用陳皇后事，但「仍承上句意，謂王昭君自冷宮出而辭別漢闕」（鄧廣銘《稼軒詞編年箋注》），不必看成另一恨事；其二為衛莊姜送妾歸陳國，含「看燕燕」兩句；其三是漢李陵送蘇武回中原，含「將軍百戰」三句；其四為戰國末荊軻別燕太子丹入秦刺秦王，含「易水蕭蕭」兩句。以上四件送別之恨事，前二者的主角為女子，後二者的主角為男子。這樣分開列舉，所謂「悲歌未徹」，一定和當日時事有所關連。如進一步加以推敲，前二者該與當時和番聯敵的政策相涉，用以表示痛心之意；而後二者，則與滯留或喪生於淪陷地區的愛國志士相關，用以抒發關切與哀悼之情，不是這樣，怎麼會恨到「不啼清淚長啼血」呢？這麼說，第一、三、四等件恨事，都不會有多大問題，必須作一番說明的是第二件恨事。大家都知道，衛莊公大入莊姜無子，以陳女戴媯所生子完為己子，莊公死後，

完繼立為桓公，卻被其弟州吁所殺，於是莊姜送陳女戴媯歸陳，並由石
碏居間謀計，終於執州吁於濮（陳地）而殺了他。這件事，據《詩·邶
風·燕燕·詩序》說：

> 莊姜無子，陳女戴媯生子，名完，莊姜以為己子。莊公薨，完立
> 而州吁殺之，戴媯於是大歸，莊姜遠送之于野，作詩見己志。

又《史記·衛世家》說：

> 州吁新立，好兵，弒桓公，衛人皆不愛。石碏乃因桓公母家於
> 陳，佯為善州吁。至鄭郊，石碏與陳侯共謀，使右宰醜進食，因
> 殺州吁于濮。

可見這件事，從某個角度來看，跟當日聯敵的作法是有著一些關係的。
由此說來，作者用這四件事來寫，除了用以襯托「別茂嘉十二弟」之情
外，是別有一番「言外之意」的。

為了將上兩個目（分應）的部分作一總括，作者在列舉人間恨事之
後，又特地安排了「正壯士悲歌未徹」兩句，合人與鳥來寫。它的上
句，用側注以回繳整體的技巧，上收人間的別恨；而下句，則用以上收
啼鳥的苦恨；而由此表示這種苦恨與別恨的悲劇依然繼續上演，並沒有
結束，以抒發作者滿腔悲憤。這是「凡（總提）」的部分。

其次就「主」（別茂嘉弟）的部分來看，它僅含結尾的「誰共我」
二句。作者在「賓」的部分裡寫鳥寫古人，寫了那麼多，到這裡才正式
切入題目，點出惜別之意作結。所謂「有恨無人省」，作者之恨，在
「茂嘉十二弟」離開後，便要變得更綿綿不盡了。

作者如此採散文布局的手法，極力驅策啼鳥古恨的物材與人間別恨

的事材，大聲鏜鞳地暗扣時事來寫，使作品在別恨之外，寄寓了身世之感與家國之痛，讀來令人也為之恨恨不止。鄧小軍〈辛棄疾〈賀新郎‧別茂嘉弟〉詞的古典與今典〉一文指出辛棄疾此詞的主要結構：

> 乃是古典字面，今典實指。即借用古典，以指靖康之恥、岳飛之死之當代史。從而亦寄託了稼軒自己遭受南宋政權排斥之悲憤，及對南宋政權對金妥協投降政策之判斷。

看法極正確。此詞之所以受世人重視，應該與此有關。陳廷焯《白雨齋詞話》說：

> 稼軒詞自以〈賀新郎〉一篇為冠；沈鬱蒼涼，跳躍動盪，古今無此筆力。

這絕不是溢美之詞。

　　附篇章結構分析表供參考：

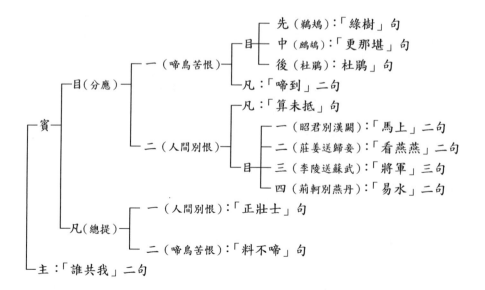

〈蘭陵王〉

己未八月二十日夜，夢有人以石研屏見饗者，其色如玉，光潤可愛。中有一牛，磨角作鬥狀。云：「湘潭里中有張其姓者，多力善鬥，號張難敵。一日，與人搏，偶敗，忿赴河而死。居三日，其家人來視之。浮水上，則牛耳。自後並水之山往往有此石，或得之，里中輒不利。」夢中異之，為作詩數百言，大抵皆取古之怨憤變化異物等事，覺而忘其言，後三日，賦詞以識其異。

恨之極，恨極銷磨不得。萇弘事，人道後來，其血三年化為碧。鄭人緩也泣：「吾父，攻儒助墨。十年夢，沈痛化余，秋柏之間既為實。」　相思重相憶。被怨結中腸，潛動精魄。望夫江上巖巖立。嗟一念中變，後期長絕。君看啟母憤所激。又俄頃為石。　難敵。最多力。甚一念沉淵，精氣為物。依然困 牛磨角。便影入山骨，至今雕琢。尋思人世，只合化，夢中蝶。

這首詞作於宋孝宗慶元五年（1199），是首抒發冤憤之情的作品，用「先因後果」的篇結構寫成。自篇手起至「至今雕琢」句止，為「因」；「尋思人世」起至篇末，為「果」。

「因」的部分，又採「先凡（總提）後目（分應）」的章結構加以呈現。其開篇三句，拈出「恨極」作為一篇綱領，必貫穿全詞，這是「凡」（總提）的部分。而自「萇弘事」起至「至今雕琢」句止，全用以列舉人世「恨極」之事，其中「萇弘事」三句，敘萇弘恨事，為「目（分應）一」的部分。《莊子・外物》載：

萇弘死於蜀，藏其血，三年化而為碧。

注云：

> 成云：萇弘放歸蜀，自恨忠而遭譖，刳腸而死，蜀人感之，以匱盛其血，三年化而為碧玉。

稼軒在此用此典，所謂「借古喻今」，是另有所指的，說見下文。「鄭人緩也泣」六句，敘鄭緩恨事，為「目（分應）二」的部分。《莊子・列禦寇》載：

> 鄭人緩也，呻吟裘氏之地，祇三年而緩為儒。河潤九里，澤及三族。使其弟墨。儒墨相與辯，其附助翟，十年而緩自殺。其父夢之，曰：「使而子為墨者予也，闔胡視其良，既為秋柏之實矣。」

注云：

> 緩見夢其父，言弟之為墨，是我之力，何不試視我家上，所種秋柏已結實矣。冤魂告語，深致其怨。

所謂「儒墨相與辯」、「冤魂告語，深致其怨」，可看出稼軒對當時殘酷之政爭表達了怨憤之情。「相思重相憶」六句，敘望夫石恨事，為「目（分應）三」的部分。《幽明錄》載：

> 武昌北山上有望夫石，相傳昔有貞女，攜子餞夫從役，立望而死，形化為石。

稼軒用此故事，對政爭之怨憤，起了陪襯的作用。「君看啟母憤所激」二句，敘啟母石恨事，為「目（分應）四」的部分。《漢書‧武帝本紀》載：

> 朕用事華山，至於中岳，見夏后啟母石。（注：啟生而母化為石）

這個故事的陪襯作用，也是很明顯的。「難敵」七句，敘張難敵恨事（詳見題序），為「目（分應）五」部分。

「果」的部分，為「尋思人世」三句，用莊子夢蝶之意，從反面回應篇首之「恨極」作結。因為「恨極」如此，只有「夢蝶」來提升自己了。

此詞最值得注意的是用萇弘事，顯然涉及了偽學黨首領趙汝愚之死。《續資治通鑑‧慶元元年》有記事云：

> 十一月丙午，竄故相趙汝愚於永州。初，韓侂胄忌汝愚，必欲寘之死。既罷宮觀，監察御史胡紘遂上言汝愚倡引其徒，謀為不軌，乘龍授鼎，假夢為符，因條奏其十不遜，且及徐誼。詔責汝愚永州安置，誼南安軍安置。汝愚怡然就道，謂諸子曰：「觀侂胄之意，必欲殺我，我死，汝曹或可免也。」

二年有記事云：

> 正月庚寅，趙汝愚行至衡州、病作；衡守錢鍪承韓侂胄風旨，窘辱百端。庚子，汝愚暴卒，天下冤之。十二月，有沈繼祖者，論（朱）熹資本回邪，加以怗忍，剽竊張載、程頤之餘緒，寓以喫

菜事魔之妖術。詔熹落職罷祠。

三年有記事云：

十二月丁酉，知綿州王抗疏請置偽學之籍，並令省部籍記姓名，
與閒慢差遣；從之。於是偽學逆黨得罪著籍者，共五十九人。

四年有記事云：

五月己酉，姚愈復上言：「近世行險僥倖之徒，但為道學之名，
竊取程頤、張載之說，張而大之，聲聾愚俗。權臣力主其說，結
為死黨，陛下取罪魁之顯然者，止從竄免，餘悉不問，所以存全
之意，可謂至矣；奈習之深者，怙惡不悛，日懷怨望，反以元祐
黨籍自比。願特奉明詔，播告天下，使中外曉然知邪正之實，庶
姦偽之徒不至假借疑似，以盜名欺世。」於是命直學士院高文虎
草詔。

凡此均可見慶元以來黨禁之嚴，實有令人不堪忍者。稼軒感於故交之零
落、宵小之得勢，當不無隱痛。計自汝愚含冤而卒，至於己未，恰為三
年，此詞云：「萇弘事，人道後來，其血三年化為碧。」雖套用古事，
豈是偶然巧合而已？對此，沈曾植《稼軒長短句小箋》云：

〈蘭陵王〉己未八月二十日。按：己未為慶元五年，是時侂冑方
嚴偽學之禁，趙忠定（汝愚）卒於貶所。萇弘血碧，儒墨相爭，
托意甚微，非偶然涉筆也。

而鄭騫《稼軒詞校注》（姜林洙《辛棄疾傳》引）亦云：

> 侂胄禁偽學，朱晦菴首當其衝。晦菴為稼軒故交，與趙汝愚皆稼
> 軒素所敬服者，俱遭斥逐，而稼軒則方被延攬，出處不齊，隱痛
> 難言，宜其詞之恢詭冤憤也。

這樣看來，稼軒此詞會寫得如此「恢詭冤憤」而「恨之極」，是有其原
因的。當然稼軒也藉此對朝中媚敵的權貴提出控訴。針對這一點，喻朝
剛在其《辛棄疾及其作品》中說：

> 詞人借題發揮，通過夢中軼聞和古代的一些怨憤變化異物之事，
> 對萎靡不振的社會風氣和甘心曲己求和的投降派，進行了深刻的
> 諷刺和批判。

這種「諷刺和批判」，深刻且犀利，令人動容。

附篇章結構分析表供參考：

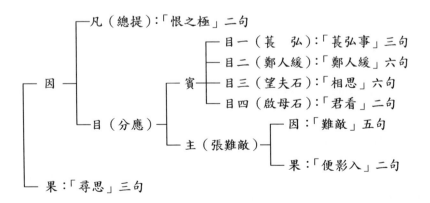

〈永遇樂〉

京口北固亭懷古

千古江山，英雄無覓，孫仲謀處。舞榭歌臺，風流總被，雨打風
吹去。斜陽草樹，尋常巷陌，人道寄奴曾住。想當年、金戈鐵
馬，氣吞萬里如虎。　　　元嘉草草，封狼居胥，贏得倉皇北顧。
四十三年，望中猶記，烽火揚州路。可堪回首，佛狸祠下，一片
神鴉社鼓。憑誰問，廉頗老矣，尚能飯否？

此詞作於寧宗開禧元年（1205），是一首懷古傷今的作品，用「先
實（真實）後虛（設想）」的篇結構寫成。京口，即今江蘇鎮江。北固
亭在鎮江東北北固山上，面臨長江；亦名北顧亭。

「實」（真實）的部分，採「先正後反」的章結構來呈現。其中「正」
指上片。作者在此，先以開篇六句，藉發跡於此的首位英雄孫仲謀的典
實，以發出如今抗敵無人的慨歎；孫仲謀，即孫權，三國時吳帝，都建
業，始於丹徒縣置京口鎮。再以「斜陽」五句，藉發跡於此的另一英雄
寄奴的典實，以抒寫如今無人北伐的悲哀；寄奴，南朝宋武帝劉裕之小
字，裕自高祖隨晉渡江，即居於晉陵郡丹徒縣之京口里。曾領兵北伐，
馳騁於中原萬里之地，以其強兵壯馬，先後滅南燕、後秦，光復洛陽、
長安，氣吞胡虜，壯如猛虎。

而「反」則指下片開端八句。作者自此，先以「元嘉」三句，藉宋
文帝草草北伐，致引進敵軍，倉皇北顧的典實，向朝廷提出不能草草用
兵北伐的警告；據載：宋文帝劉義隆不能繼承父業，徒然好大喜功，以
致北伐慘敗，見北方之追兵而慌張失色。元嘉，南朝宋文帝年號。草
草，草率之意。封狼居胥，用漢霍去病追擊匈奴，至狼居胥，封山而還
事，以喻北伐。倉皇，匆促驚慌貌。北顧，北望。據《宋書‧王玄謨

傳》載：

> 玄謨每陳北侵之策，上謂殷景仁曰：「聞玄謨陳說，使人有封狼居胥意。」

而《宋書・索虜傳》亦載：

> （元嘉八年）上以滑臺戰守彌時，遂至陷沒，乃作詩曰：「惆悵懼遷逝，北顧涕交流。」

可以想見宋文帝北伐失敗之「狼狽」情狀。再以「四十」三句，藉親自目睹四十三年前金兵火焚揚州城的事例，為上三句的警告，提出有力的證據；稼軒於紹興三十二年（1162）率眾南歸，正值金主亮大舉南侵，烽火瀰漫揚州一帶，至開禧元年（1205）出守京口，恰為四十三年。然後以「可堪」三句，藉魏太武帝在瓜步山建立行宮（即佛貍祠）的故實，進一層地指明敵勢未衰，不可輕侮，由「知彼」上見出不能草草用兵北伐的原因；據載：後魏太武帝小字佛貍，於敗王玄謨後，引兵南下，直抵長江，且在瓜步山上建立行宮，即後之佛貍祠。陸游《入蜀記》：

> 瓜步山蜿延蟠伏，臨江起小峰，頗巉峻，絕頂有元魏（即後魏）太武廟。

據此，果然香火一直旺盛至南宋。

「虛」（設想）的部分，為「憑誰問」三句，藉戰國趙將廉頗的故實，把自己譬作廉頗，表示自己雖老，卻還可以大用，假以時日必能收復中原的意思。據《史記・廉頗傳》載：

廉頗居梁，久之，魏不能信用。趙以數困於秦兵，趙王思復得廉
頗，廉頗亦思復用於趙。趙王使使者視廉頗尚可用否，廉頗之仇
郭開多與使者金，令毀之。趙使者既見廉頗。廉頗為之一飯斗
米，肉十斤，被甲上馬，以示尚可用。趙使還報王曰：「廉將軍
雖老，尚善飯，然與臣坐頃之，三遺矢矣。」趙王以為老，遂不
召。

稼軒這個典實，以表示自己還堪大用，真所謂「忠憤之氣，拂拂指端」
（卓人月《詞統》），讀來感人異常。

　　對這首詞，鄭騫在其《詞選》中曾解釋說：

　　據岳珂《桯史》，知此詞作於宋寧宗開禧元年稼軒守鎮江時。其
　　年稼軒六十六歲。上距高宗紹興三十一年辛巳自山東率義兵七、
　　八千人渡江歸宋，洽為四十三年。登北固可望揚州，揚州為稼軒
　　率兵渡江處，時金主亮南下侵宋，隔江對峙，揚州正在烽火中
　　也。京口英雄，仲謀而後當推宋武，宋武一生事業自以北伐為
　　首；稼軒亦主恢復之議者，且自信有恢復之才，特始終未得大用
　　耳。故前章專寫孫劉二人而以劉為主，望古遙集，聲情激越。宋
　　文帝元嘉中，用王玄謨諸人之議，出師北伐，而國力未集，致遭
　　敗衄；魏太武帝遂引兵南下，直抵長江，飲馬瓜渡。文帝登石頭
　　城，北望敵軍甚盛，頗有懼色。事詳南史及通鑑。稼軒守鎮江
　　時，韓侂冑當國，力主北伐；而用人失當，措置乖方，其後草草
　　出兵，卒致大敗。稼軒此時已隱憂事之不濟，故敘元嘉往事，以
　　劉宋喻趙宋，諷喻當道不可輕舉妄動。文氣則仍承上金戈鐵馬氣
　　吞萬里而來。「四十三」年以下，純是個人身世之感而仍與國事
　　有關。此時金邦雖漸趨衰亂，餘勢尚盛，故有佛狸祠下，神鴉社

鼓之語。宋則主和者泄沓，主戰者鹵莽，軍事財政，毫無準備。
老成謀國之士，覩此情形，中心鬱悶，可以想見。然稼軒非反對
北伐者，特主慎重從事，備而後動耳；故末二句有據鞍顧盼，以
示可用之意，其所謂烈士暮年，壯心未已乎。羅大經鶴林玉露
云，此詞為寄丘崈者。丘此時方為重臣，見《宋史》丘傳；然則
末二句蓋求自試表之意也。顧炎武云：幼安久宦南朝，未得大
用，晚年多有淪落之感，亦廉頗思用趙人之意爾（《日知錄》十
三）。殊違知人論世之義。

解析詳盡而深入，足資參考。
　　附篇章結構分析表供參考：

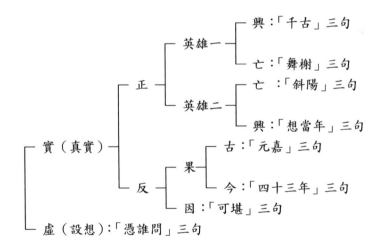

姜夔
（一一五五～一二三五）

　　字堯章，號白石道人，鄱陽人。少孤貧，喜讀書，苦吟《知音》，通陰陽律呂，古今南北樂部，凡管絃雜調，皆能以詞譜其音。善言論，工翰墨，與范成大、樓鑰、吳潛諸人友善。其詩高朗疏秀，於諸大家外自成一格，有《白石集》行世。詞集名《白石道人歌曲》，凡自度曲皆附有旁譜，為今日研究詞樂最重要之資料。

〈暗香〉、〈疏影〉

辛亥之冬，余載雪詣石湖。止既月，授簡索句，且徵新聲，作此兩曲。石湖把玩不已。使工妓隸習之，音節諧婉，乃名之曰〈暗香〉、〈疏影〉。

舊時月色。算幾番照我，梅邊吹笛。喚起玉人，不管清寒與攀摘。何遜而今漸老，都忘卻、春風詞筆。但怪得、竹外疏花，香冷入瑤席。　　江國、正寂寂。歎寄與路遙，夜雪初積。翠尊易泣，紅萼無言耿相憶。長記曾攜手處，千樹壓、西湖寒碧。又片片、吹盡也，幾時見得。（〈暗香〉）

苔枝綴玉。有翠禽小小，枝上同宿。客裡相逢，籬角黃昏，無言自倚修竹。昭君不慣胡沙遠，但暗憶、江南江北。想佩環、月夜歸來，化作此花幽獨。　　猶記深宮舊事，那人正睡裡，飛近蛾綠。莫似春風，不管盈盈，早與安排金屋。還教一片隨波去，

又卻怨、玉龍哀曲。等恁時、重覓幽香，已入小窗橫幅。（〈疏
影〉）

這兩首詞作於宋光宗紹熙二年（1191），皆用於詠梅花，林逋有
〈山園小梅〉詩云：「疏影橫斜水清淺，暗香浮動月黃昏」，詞牌名即源
此而來。由其題序看來，這兩首詞「不妨稱之為『連環體』，兩環相
連，似合似分，以其合者觀之為一，以其分者觀之為二」（王雙啟評
析，見唐圭璋、繆鉞、葉嘉瑩等《唐宋詞鑑賞辭典》下）。其中「石
湖」，指范成大。成大晚年築別業於蘇州城南之石湖，因自號石湖居
士。

上一闋詞是詠紅梅之作，用「先實（昔、今）後虛（未來）」的篇
結構寫成。「實」（昔、今）的部分，自篇首起至「又片片、吹盡也」
句止，採「先因後果」的章結構來寫。其中先以起首五句，初就梅花之
盛，寫當年梅邊吹笛、喚人攀摘的雅事。其中「喚起」二句，化用賀鑄
〈浣溪沙〉「玉人和月梅摘花」之詞意。再以「何遜」四句，再就梅花
之衰，寫如今人老花盡、無笛無詩的境況；「何遜」，南朝梁人，有〈詠
早梅〉詩。杜甫有〈和裴迪客逢早梅〉詩云：

東閣官梅動詩興，還如何遜在揚州。

作者在此以何遜自況。接著以「江國」六句，承「何遜」四句，仍就梅
花之衰，反用陸凱贈范曄詩的詩意，陸凱原詩是：

折梅逢驛使，寄與隴頭人；江南無所有，聊贈一枝春。

藉此寫路遙雪深、無從寄梅的惆悵。以上是「因」的部分。然後以「長

記」兩句，承篇首五句，又就梅花之盛，藉當年攜遊西湖孤山所見梅紅與水碧相映成趣的景致，以抒發無限懷舊之情；其中「千樹」句，指千樹紅梅與萬頃湖碧相映成趣。宋時杭州西湖之孤山梅花成林，故云千樹。蘇軾有〈和秦太虛梅花〉詩云：

> 江頭千樹春欲闇，竹外一枝斜更好。

可見西湖梅林之勝。以「又片片、吹盡」句，就梅花之衰，寫梅花落盡、舊歡難再的悲哀。這是「果」的部分。

「虛」（未來）的部分，僅結尾「幾時見得」一句，藉此將時間推向未來，以強化梅花落盡、舊歡難再的悲哀，產生無限的餘韻。

作者這樣以「一盛一衰」、「一昔一今（未來）」作成強烈對比，以形成「同構」加以敘寫，將自己滿懷的今昔之感、懷舊之情，表達得極為宛轉回環，有著無盡的韻味。潘善祺於《詞林觀止》（上）以為：

> 此詞「雖為憶友，然贈梅、觀梅、落梅，始終貫穿全詞，環繞本題……此詞由昔而今，又由今而昔，憶盛嘆衰，樂聚哀散。回環往復，如蛟龍盤舞，曲盡情意，確是大家手筆。

幾句話就指出了本詞的特色與成就。

附篇章結構分析表供參考：

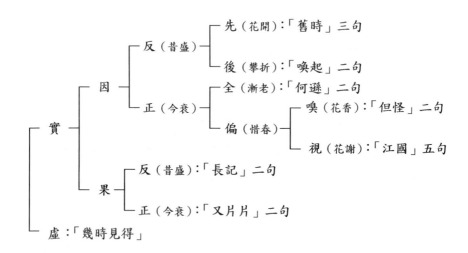

下一闋詞為詠白梅之作，用「由先而後」（上層）的篇結構寫成。

「先」的部分，自篇首起至「早與安排金屋」止，採「由先而後」（次層）與「染、點、染」（三層）的章結構來寫。它的起首三句，以小小的「翠禽」作陪襯（賓），寫梅花的「幽獨」形貌（主）；這是「染」（實）。「客裡」三句，採擬人的手法，取杜甫〈佳人〉（天寒翠袖薄，日暮倚修竹）詩意，將時空加以定位，寫梅花的「幽獨」境況；這是「點」。「昭君」四句，依序用王建〈塞上詠梅〉詩：

> 天山路旁一株梅，年年花發黃雲下；昭君已沒漢使回，前後征人誰繫馬。

與杜甫〈詠懷古跡〉詩：

> 群山萬壑赴荊門，生長明妃尚有村；一去紫臺連朔漠，獨留青塚

向黃昏。

畫圖省識春風面，環珮空歸月夜魂；千載瑟琶作胡語，分明怨恨
曲中論。

藉兩詩的意思，進一層地從梅花「幽獨」的形神上設想，將梅花擬作昭
君，使「幽獨」的梅花含蘊昭君歸魂的無盡怨恨；這是「染」（虛）。
以上是「先」（次層）的部分。

換頭三句，用南朝壽陽公主的故事，《太平御覽》引《雜五行書》載：

> 宋武帝女壽陽公主，人日臥於含章殿簷下，梅花落公主額上，成
> 五出花，拂之不去。皇后留之，看得幾時，經三日，洗之乃落。
> 宮女奇其異，竟效之，今梅花妝是也。

作者在此用以寫「幽獨」梅花的飄落；這是「後」（次層）的部分。

「後」（上層）的部分，為「莫似春風」七句，採「先實（如今）
後虛（未來）」的章結構來寫「幽獨」梅花的歸宿。在這裡，作者先以
「莫似」三句，用漢武、阿嬌的故事來寫，據《漢武故事》載：

> 長公主末指其女問曰：「阿嬌好否？」於是乃笑對曰：「好！若
> 得阿嬌作婦，當作金屋貯之也。」

寫的是梅花委於塵土的一種歸宿。再以「還教」二句，用「玉龍哀笛」
襯托怨情，所謂「玉龍哀曲」，指笛曲〈梅花落〉。玉龍，笛名。李白
有〈與史郎中欽聽黃鶴樓上吹笛〉詩云：

> 黃鶴樓中吹玉笛，江城五月落梅花。

寫的是梅花隨波逐流的另一種歸宿；這是「實」（如今）。然後以結尾
兩句，化實為虛，寫梅花空入「橫幅」的末一種歸宿，這是「虛」（未
來）。以上是「後」（上層）的部分。

　　通觀此詞，由梅花的形神寫到它的飄落、歸宿，而一貫之以「幽
獨」，形成「同構」，使作者的幽獨懷抱流貫於字裡行間，其鎔鑄之妙，
可說無與倫比。唐圭璋《唐宋詞簡釋》說：

　　　「昭君」兩句，用王建〈詠梅〉詩意，抒寄懷二帝之情。

以為此詞與「二帝蒙塵」有關，是相當合理的。
　　附篇章結構分析表供參考：

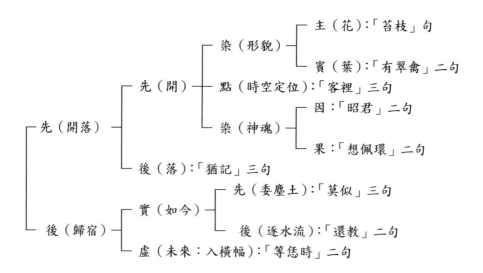

　　由此看來，這兩首詠梅的作品，前一首抒寫的主要是懷舊之情，卻
蘊含了身世之感；而後一首則主要抒發了「幽獨」情懷，卻潛藏了隱逸

之思、身世之感與家國之悲。所謂「一象多意」，其意象內涵是十分豐富的。

　　如此詠梅，格調自然趨於「清空」。周振甫《文學風格例話》說：

　　　　借梅花來懷念伊人，表達了無限深情。句句不離梅花，但又在表
　　　　達對伊人深切懷念的深情，所以是清空之作，這種感情清雅而富
　　　　有詩意，所以又是騷雅的。

這種「清空」、「騷雅」之說，源於張炎之《詞源》：

　　　　詞要清空，不要質實。清空則古雅峭拔，質實則凝澀晦昧。……
　　　　白石詞如〈疏影〉、〈暗香〉、〈揚州慢〉……等曲，不惟清空，
　　　　又且騷雅，讀之使人神觀飛越。

這裡所謂「清空」，主要是指風格；而「騷雅」，主要是說「另有寄託」。而劉揚忠《唐宋詞流派史》指出：

　　　　白石詞同詞史上柔婉豔麗與雄放豪壯兩大類型皆有不同，他一洗
　　　　華靡而屏除粗豪，別創一種清疏飄逸、幽潔瘦勁之體，用以抒發
　　　　自己作 濁世之清客、出塵之高士的幽懷雅韻與身世家國之感。

　　他所說的「清疏飄逸、幽潔瘦勁」，當等同於「清空」，是指介於婉約與豪放之間的一種風格。而姜白石的這種「清空」風格，與其說是屬「剛柔互濟」，不如說是「柔中寓剛」的。

吳文英
（約在一二○○～一二六○間）

　　字君特，號夢窗、覺翁，四明人。本姓翁氏。紹定中，入蘇州倉幕。景定時，為榮王府中門客，受知於丞相吳潛，與史宅之、賈似道等皆有交誼。常往來於蘇、杭兩州，題詠甚多。著有《夢窗詞》甲乙丙丁四稿。

〈八聲甘州〉

靈巖陪庾幕諸公遊

　　渺空煙四遠，是何年、青天墜長星？幻蒼崖雲樹，名娃金屋，殘霸宮城。箭徑酸風射眼，膩水染花腥。時靸雙鴛響，廊葉秋聲。
　　　宮裡吳王沉醉，倩五湖倦客，獨釣醒醒。問蒼波無語，華髮奈山青！水涵空、闌干高處，送亂鴉，斜日落漁汀。連呼酒，上琴臺去，秋與雲平。

　　這篇是夢窗游靈巖所作。靈巖，指靈巖山，即古之石鼓山。在吳縣西三十里，上有吳館娃宮、琴臺、響屧廊；山前十里有采香徑。《吳郡志》載：

　　靈巖山前有采香徑，橫斜如臥箭。

庾幕，指提舉常平倉司的幕僚，常平倉司設於蘇州，時作者亦任職於此

（見趙慧文、徐育民《吳文英詞新釋輯評》）。此作為《夢窗集》中名篇。《絕妙好詞》選十六調，以此為首。

　　此詞用「今（景）、昔（是）、今（景、事）」之篇結構寫成。其上片全為頭一個「今」，今中含古，採「先視覺後聽覺」的章結構加以呈現。換頭起三句為「古」，古中含今，採「並列（一、二）」的章結構加以呈現。自「問蒼波無語」句起至篇末為後一個「今」，今中又含古，採「景、事、景」的章結構加以呈現。

　　頭一個「今」（景）的部分，為上片，它的起頭兩句，破空而來，幻寫山的由來，似太白詩，又像東坡詞。第三句以「幻」字點醒。「名娃」兩句，是說此地吳宮故址、英雄美人，同歸冥漠。山下有箭徑、劍水，用射、腥形容，皆荒寒驚人；這寫的是「視覺」。響屧廊以秋聲興懷古之情，領起下片；這寫的是「聽覺」。其中「箭徑」，即采香徑，《蘇州府志》：

> 采香徑在香山之旁，小溪也。吳王種香於香山，使美人泛舟於溪以采香，今自靈巖山望之，一水直如矢，故俗名箭徑。

可見它是靈巖山上著名之古蹟。碧山涉筆及此，是很自然的。「酸風射眼」，指冷風刺眼。李賀〈金銅仙人辭漢歌〉：

> 魏官牽車指千里，東關酸風射眸子。

語蓋出於此。「膩水」，脂水，指香水溪。《吳郡志》載：

> 香水溪，在吳故宮中，俗云西施浴處，人呼為脂粉塘，吳王宮人濯妝於此。溪上延至今馨香。

香水溪如此「馨香」，自然引人注意。「染花腥」，指水既香又染花香。
李賀〈綠章封事〉詩云：

> 石榴花發滿溪津，溪女洗花染白雲。

碧山「染花腥」之語，顯然就由此化出。「廊」，指響屧廊。《吳郡志》
載：

> 響屧廊在靈巖寺。相傳吳王令西施輩步屧（木底鞋），廊虛而
> 響，故名。

這樣在視覺之「實」外，又多了聽覺之「虛」，一真一幻，使作品生動
不少。
　　「昔」（事）的部分，為換頭三句，以「並列」方式突出吳王、范
蠡。「五湖倦客」，指范蠡。據《吳越春秋》載：

> 范蠡乘扁舟，出三江，入五湖，人莫知其所適。（韋昭注：「胥
> 湖、蠡湖、洮湖、河湖、就太湖而五。」）

而《楚辭·漁父》云：

> 眾人皆醉我獨醒。

這樣寫范蠡「眾最獨醒」之孤單寂寞，以寓自己傷今之嘆、江山興亡之
恨，有著無限含蓄，耐人尋味。
　　後一個「今」（景、事）的部分，為「問蒼波無語」句起至篇末止。

在此，先寫眼前景，以「問蒼波」三句，寫水、山；以「送亂鴉」句，寫「亂鴉」；以「斜日」句，寫「漁汀」。這樣，前片所言館娃宮、采香徑、響屧廊，俱已化為烏有，今則山自青，水自碧，亂鴉盤空而已。再以「連呼酒」二句，寫「呼酒」、「上臺」之眼前事。然後又寫眼前景：秋空高朗，人與雲平。王維有〈觀獵〉詩云：

> 回看射鵰處，千里暮雲平。

藉此收結，收得又遠又高，極富感染力。

　　對此全篇，吳熊和、吳蓓在《詞林觀止》（上）認為：

> 這首詞無論是煉字還是立意，風格都明顯受到李賀樂府的影響。以「箭徑酸風射眼，膩水染花腥」而言，不但「酸風射眼」來自李賀詩句，「染花腥」也是從李賀「溪女洗花染白雲」中化出。而詞中用非現實乃至超現實的幻覺來詠懷古事，也承自李賀〈金銅仙人辭漢歌〉這類詩作。這種奇譎、誇誕、冷雋的風格，在詞中原甚少見，至吳文英此風始暢。

而趙慧文、徐育民《吳文英詞新釋輯評》也指出：

> 這首詞將古史前塵和目中時境幻而為一，不知為古還是今，古亦今，今亦古，詞尾將一切幻境神思，悉環現實，感慨繫之，不禁憬然，百端交集。此詞真是構思奇特，運筆空靈動宕，用意深遠，用比幽邃，煉字煉句，迥不猶人。

都凸顯了碧山此作之特色，很有參考價值。

附篇章結構分析表供參考：

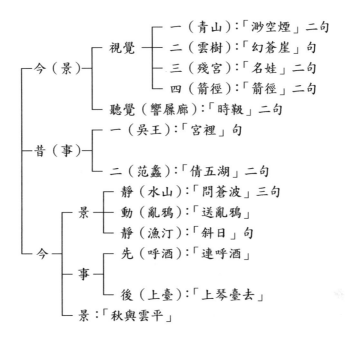

王沂孫

字聖與，號碧山、中仙，會稽人。宋亡入元，為慶元路學正。與張炎、周密等互相唱和。詞集名《碧山樂府》，又名《花外集》。

〈眉嫵〉
新月

漸新痕懸柳，澹彩穿花，依約破初暝。便有團圓意，深深拜，相逢誰在香徑？畫眉未穩，料素娥、猶帶離恨。最堪愛、一曲銀鉤小，寶簾掛秋冷。千古盈虧休問！　歎慢磨玉斧，難補金鏡。太液池猶在，淒涼處、何人重賦清景？故山夜永，試待他窺戶端正。看雲外山河，還老桂花舊影。

此詞藉詠新月以寓亡國之痛、故國之思，是用「先實（如今）後虛（未來）」的篇結構寫成的。

「實（如今）」的部分，自篇首至「何人」句止，採「先景後情」（次層）與「先客觀後主觀」（三層）的章結構，針對著「新月」，即景抒感。「即景」一截，自「漸新痕」句起至「寶簾」句止，它首先以「漸新痕」三句，寫新月初生的動態，寫得極其細緻；其次以「便有」三句，寫拜新月，而唐代婦女有拜新月之風俗。李端〈新月〉詩云：

開簾見新月，即便下階拜；細語人不聞，北風吹裙帶。

作者就用這種動作傳達的是殷切的期待，充滿著希望，但加上了「相逢誰在香徑」後，卻蒙上了一份離人的惆悵，預為下面的「離恨」鋪路；以上是偏就「客觀」一面來寫的。又其次以「畫眉」二句，透過料想，指月中嫦娥有著離恨，這顯然化用了古詩詩意，李商隱有〈嫦娥〉詩云：

> 嫦娥應悔偷靈藥，碧海青天夜夜心。

而且也和杜甫之〈新月〉詩有關，關於這點，常國武〈讀《花外集》卮言〉說：

> 讀碧山〈眉嫵・新月〉「畫眉未穩，料素娥、猶帶離恨」之句，頗嘆作者構思新穎，並未疑其別有出處。偶憶杜甫〈新月〉有「光細弦初上，影斜輪未安」之句，王詞蓋由此而來。杜詩逕直寫月，而王詞則用形象化的擬人手法出之，前者以精煉勝，後者以韻味勝，一是詩句，一是詞句，涇渭分明，各擅勝場。

見解十分精到。作者就由此牽出國仇家恨；然後以「最堪愛」二句，將新月比喻成一彎小小的銀色簾鉤，掛在高寒的秋空裡，既愛其美，又憐其高寒，隱約地從「愛」中生出「恨」來，以上是偏就「主觀」一面來寫的。「抒感」一截，自「千古」句起至「何人」句止，它首先以「千古」句，寫山河已破碎的悲憤。對此，陳廷焯《白雨齋詞話》說：

> 忽將上半闋意，一筆撇去，有龍跳虎臥之奇。

指出了運筆之曲折。接著以「歎慢磨」二句，用玉斧修月故事，見段成

式《酉陽雜俎・天咫門》：

> 鄭仁本表弟遊嵩山，見一人枕一幞物，方眠熟，即呼之，且問
> 其所自，其人笑曰：「君知月乃七寶合成乎？常有八萬二千戶修
> 之，予即一數。」因開幞，有斤鑿數事。

用此典以帶出「金鏡」；而「金鏡」，即喻月之圓明。作者就這樣寫缺
月難圓的傷今之情；然後以「太液池」二句，寫誰人賦月的弔古之悲；
暗暗透露山河已破碎的意思，以交代「盈虧休問」的原因，將今昔盛衰
之感寫得極深沈。所謂「太液池」，本漢唐宮中池名。此用以借指南宋
宮苑。宋盧多遜〈詠月〉詩：

> 太液池頭月上時，晚風吹動萬年枝；何人玉匣開清鏡，露出清光
> 些子兒。

寫的正是南宋宮苑。

　　而「虛」（未來）的部分，則自「故山」句起至篇末，採「由先而後」
的章結構來寫。它先以「故山」二句，寫等待月圓；這裡的「端正」，
指中秋月。韓愈有〈和崔舍人詠月二十韻〉詩云：

> 三秋端正月，今夜出東溟。

寫的就是中秋之夜。再以「看雲外」二句，寫圓月下破碎的山河與衰老
的月桂；所謂「樹猶如此，人何以堪」（《世說新語・言語》），表達了
自己已衰老，將無法目睹祖國重光的哀痛。

　　從內容看來，這首詞借物抒情，寄託之意很突出，該是宋亡後所

作。謝桃坊《宋詞概論》說：

> 詞的上闋描繪新月的形態，穿插了佳人拜月的祝願，詞情是幽雅
> 閑淡的；下闋借物抒情，詞情嚴峻悲涼，提出啟人深思的一些問
> 題，寄託之意是較為突出的。……如果從下闋寄意的故國之思來
> 看，這首詞是應作於宋亡之後的，因而不能片面地理解「難補金
> 鏡」為半壁河山之意而斷定是宋末作的。

看法很正確。而王筱芸在其《唐宋詞鑑賞集成》中，另從悲劇角度看這
首詞說：

> 由於作者準確地把握了月亮盈虧的自然規律與人世盛衰的社會規
> 律的相類之處，故能言在此而意在彼，借詠新月寓托故國淪亡的
> 沉痛感情；而思路則是由月之圓缺聯想到人之悲歡離合，再由人
> 之悲歡離合進一步衍伸到國家的興亡。故譚獻《復堂詞話》云：
> 「蹊徑顯然。」這首詞又將新月和拜月之俗置於今昔盛衰的不同
> 背景上，由望新月而及拜月，由拜月而盼望月圓，從而形成強烈
> 的對比，使新月成為興衰盛亡的見證者，具有深刻的悲劇意味，
> 很有典型意義。

體會十分深入。可供參考。

附篇章結構分析表供參考：

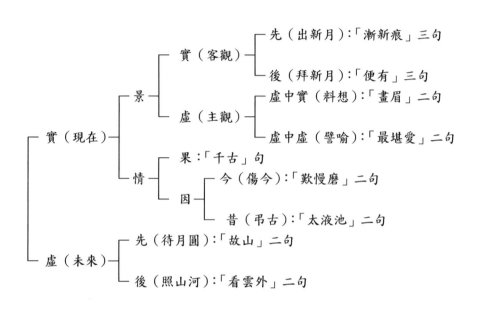

張炎
（一二四八～一三二〇）

字叔夏，號玉田、樂笑翁，原西秦人，張俊之孫，後居臨安。宋亡，在四明設卜市，又曾居燕京。工於音律，有《詞源》二卷，為論詞要籍。常與同時詞家吳文英、王沂孫、周密等往來，故多酬唱之作，大抵即景抒情，借寫家國身世之感，蒼涼激楚，非徒以剪紅刻翠為工也。有《山中白雲集》傳世。

〈高陽臺〉
西湖春感

接葉巢鶯，平波卷絮，斷橋斜日歸船。能幾番游？看花又是明年。東風且伴薔薇住，到薔薇、春已堪憐。更悽然，萬綠西泠，一抹荒煙。　　當年燕子知何處？但苔深葦曲，草暗斜川。見說新愁，如今也到鷗邊。無心再續笙歌夢，掩重門、淺醉閒眠。莫開簾！怕見飛花，怕聽啼鵑。

這闋詞藉詠西湖來抒發亡國之痛，是用「先因後果」的篇結構寫成的。

「因」的部分，自篇首至「如今」句止，採「景、情、景」的章結構，寫作者「無心再續笙歌夢」的原因。它首先以「接葉」三句，引用了杜甫〈陪鄭廣文遊何將軍山林〉詩：

卑枝低結子，接葉暗巢鶯。

寫自己回船經過斷橋時所見暮春殘景。斷橋在西湖白沙隄東。據《方輿勝覽》載：

> 西湖在州西，周迴三十里，山川秀發，四時畫舫遨游，歌鼓之聲不絕；好事者嘗命十題，有曰：平湖秋月，蘇隄春晚、斷橋殘雪。

可見斷橋是以殘景出名的。其次以「能幾番遊」四句，由景及情，感歎花期已過，要再賞花只有等待明春了，強烈地流露出一份春逝而無可挽住的哀愁；接著以「更悽然」三句，由情而景，寫歸船經過西泠橋（在西湖白沙隄西，為裡湖、外湖分界處。又名西林橋）時所見暮春殘景，進一層地襯托出這種春逝的哀愁；然後以「當年」五句，藉當年杜甫韋曲、陶潛斜川，喻寫文士當年遊覽西湖的盛況，和眼前所見西湖苔深、草暗、鷗驚的冷落景象，作成鮮明對比，以深化春逝之愁。其中韋曲，在長安城南明德門外，唐韋氏世居此，與杜曲同為都城名勝；而斜川，則在江西星子縣南湖渚中，陶潛有〈遊斜川詩並序〉敘寫與友同遊之樂。針對此「當年」五句，沈祖棻《宋詞賞析》賞析說：

> 換頭假燕子之失故居，以見山河之改變，暗用劉禹錫〈烏衣巷〉詩意。「韋曲」，唐長安勝地，諸韋所世居；「斜川」，則晉陶潛所嘗游而為之賦詩者。蓋一指貴游之所棲宅，一指隱淪之所盤桓，而今則苔深草暗，一例荒蕪，雖燕子重來，更無定巢之處。夫燕本依人，故屋毀則燕亦不知何處，若鷗則托跡煙波，忘機世外，而亦不得不為新愁所苦，益見天翻地覆，至此皆無所逃矣。

燕乃一般泛說，兼貴賤仕隱，鷗則自喻，以見興亡盛衰之感，無不相同。

賞析極深入，足資參考。

而「果」的部分，則自「無心」句起至篇末，採「先果後因」的章結構來寫。由於在「因」的篇結構部分，已交代了遊西湖時之所見、所感，便順勢地寫到篇結構的「果」。在此，先以「無心」三句，直接表示唯有借酒來澆除連「笙歌夢」都「無心續」的哀愁；這是章結構的「果」。再以「莫開簾」三句，由飛花、啼鵑回應前面之「巢鶯」、「看花」，進一步地將春逝之愁推深到極處，很技巧地表現出亡國的無限哀痛；這是章結構的「因」。

對這首詞，劉文忠在《唐宋詞鑑賞集成》中說：

張炎的這首詞，從內容上看當寫於宋亡之後，作者北遊燕、薊，補被南歸，重遊杭州西湖時所作。詞人借題詠西湖，抒發自己亡國破家的哀感，全詞內容淒涼幽怨，風格婉麗、空靈，是張炎的代表作。

又說：

因詞題為〈西湖春感〉，詠物賦景，緊扣西湖暮春之景，又善於選擇苔深、草暗的慘景，來增加景物的荒寒氣氛。作者對景物，不作純客觀的描繪，處處注意突出一個「感」字，其中有惜春、傷春之感，今昔之感，家國興亡之感。

很簡要地說出了本詞的義蘊與寫作特點。

附篇章結構分析表供參考：

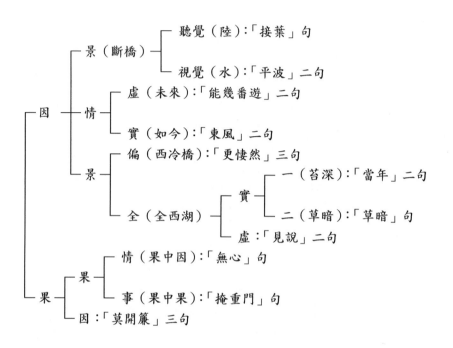

〈解連環〉

孤雁

楚江空晚，悵離群萬里，怳然驚散。自顧影、欲下寒塘，正沙淨
草枯，水平天遠。寫不成書，只寄得、相思一點。料因循誤了，
殘氈擁雪，故人心眼。　　誰憐旅愁荏苒，謾長門夜悄，錦箏彈
怨。想伴侶、猶宿蘆花，也曾念春前，去程應轉。暮雨相呼，怕
蓦地玉關重見。未羞他、雙燕歸來，畫簾半捲。

此詞藉詠孤雁以抒發作者國破家亡、到處流浪的哀痛，是用「先實
（如今）後虛（未來）」的篇結構寫成的。

　　「實」（如今）的部分，自篇首至「錦箏」句止，寫孤雁因失群而孤單而流浪的情事。其中「楚江」三句，用以寫「失群」。「自顧影」句起至「故人」句止，用以寫「孤單」，在此，採「先因後果」的章結構來寫，首先以「自顧影」三句，透過無盡的水天之間那種「沙淨草枯」的淒涼景物，成功地襯托孤雁身影之孤單；其中「欲下寒塘」句，承上「悅然驚散」句，用崔塗〈孤雁〉詩：

　　　暮雨相呼失，寒塘欲下遲。

用得非常貼切。接著以「寫不成書」二句，說孤雁排不成字，無法完整地藉以寄相思，以交代「誤故人心眼」的原因。大家都知道，群雁飛行，隊形如字，孤雁排不成字，故云寫不成書；而雁是可傳書的，孤雁只有「一點」而已，故云「只寄得相思一點」。然後由因而果地以「料因循」三句，藉蘇武雁足繫書的故事，說孤雁耽誤了傳遞音訊的工作，以致久困北地的故人沒有傳來任何的信息；蘇武使匈奴事，載於《漢書・蘇武傳》：

　　　幽武，置大窖中，絕不飲食。天雨雪，武臥，齧雪與氈毛并咽之，數日不死。

這個故事盡人皆知。而「誰憐」三句，則用以寫「流浪」，很有技巧地藉漢武帝將陳皇后幽閉於長門宮的故事，來寫被棄而流浪的哀愁；相傳在漢武帝時，陳皇后失寵，退居長門宮，愁悶悲思；乃奉黃金百斤，得司馬相如為作〈長門賦〉，以悟主上。事見《漢書・司馬相如傳》。杜牧有〈早雁〉詩云：

仙掌月明孤影過，長門燈暗數聲來。

即用長門故事來詠孤雁，一樣有巧思。而「錦箏彈怨」，謂以箏聲宣洩哀怨，箏有十三柱，斜列如雁字橫空，哀悽如雁唳高寒，故云。對此三句，沈祖棻《宋詞賞析》即指出：

> 換頭三句，亦雁亦人，杜牧〈早雁〉云：「長門燈案數聲來。」李商隱〈昨日〉云：「十三弦柱雁行斜。」故得以錦箏雁柱與長門雁聲相綰合，將人、雁之怨，一齊寫出。

如此「綰合」，人之「怨」自然就如同雁行之斜、雁聲之長了。

至於「虛」（未來）的部分，自「想伴侶」句至篇末，採「先因後果」的章結構，分三層來寫：首層為「想伴侶」三句，說孤雁想到從前的伙伴們，在來春也將飛回北方。次層為「暮雨」二句，說彼此在暮雨中將相呼而重逢；這是「因」。其中「玉關」，即玉門關，在今甘肅省敦煌縣西，陽關在其東南。二者並為古時通西域之要道。《後漢書·班超傳》：

> 臣不敢望到酒泉郡，但願生入玉門關。

在此泛指北方。末層為「未羞他」二句，說這樣一來，當雙燕飛歸舊樓前窗簾時，將不再為形單影隻而感傷不已了；這是「果」。由於這些設想終歸是虛幻的，所以反而使孤雁眼前的孤單之情更趨深濃了。

整體說來，對這首詞涉及個人與家、國，蘊意深長，曹濟平在《詞林觀止》（上）評說：

這首詞的主要特色是，不單寫孤雁的形與神，而是巧妙地把雁與人融合為一體，全篇始終緊扣住「孤」字，層層展開，烘托渲染，而用事如「雁足傳書」，又非常貼切。作者從地域背景、旅愁、長夜、錦箏以及以雙燕相形來描述雁的孤單，不僅使孤雁的形象生動，而且借以比喻自己的飄泊生涯，蘊含著國破家亡的無限哀傷。

評析得很精當。

附篇章結構分析表供參考：

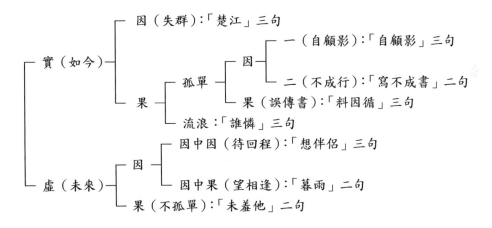

附錄一
章法類型

　　章法處理的是篇章中內容材料的邏輯關係[1]。而目前所發現的章法約四十種，如今昔法、久暫法、遠近法、內外法、左右法、高低法、大小法、視角變換法、時空交錯法、狀態變換法、知覺轉換法、本末法、淺深法、因果法、眾寡法、並列法、情景法、論敘法、泛具法、空間的虛實法、時間的虛實法、假設與事實法、凡目法、詳略法、賓主法、正反法、立破法、抑揚法、問答法、平側法、縱收法、張弛法、插敘法、補敘法、偏全法、點染法、天人法、圖底法、敲擊法等[2]。茲概介各主要章法之「定義」和「美感與特色」於後：

一　今昔法

定義：將時間中的「今」（現在）與「昔」（過去），依篇章需求作適當安排的一種章法。

美感與特色：「由昔而今」的順敘方式，是最為常見的敘述方式，也是最符合事物本身的發展規律的，而合乎規律的東西就是真的，就是美的。至於「由今而昔」地逆敘，是將美感情緒波動最急促、最密集的部

1　陳滿銘：〈論章法與邏輯思維〉，《第四屆中國修辭學國際學術研討會論文集》（臺北縣：中國修辭學會、輔仁大學中文系，2002 年 5 月），頁 1-32。

2　陳滿銘：〈談辭章章法的主要內容〉，《章法學新裁》（臺北市：萬卷樓圖書公司，2001 年 1 月初版），頁 319-360。又見〈論幾種特殊的章法〉，臺灣師大《國文學報》31 期（2002 年 6 月），頁 193-222。另見仇小屏：《文章章法論》（臺北市：萬卷樓圖書公司，1998 年 11 月初版），頁 1-510、《篇章結構類型論》上、下（臺北市：萬卷樓圖書公司，2000 年 2 月初版），頁 1-620。

分先呈現出來，非常醒目。而「今、昔、今」的結構方式，會將激烈的美感情緒再次重現，形成呼應，有餘韻不絕的感受，是僅次於順敘結構外，最為常見的結構類型。還有其他「今昔迭用」的結構，「今」與「昔」之間會形成一再的、強烈的呼應，美感也因此而產生。[3]

二　久暫法

定義：將文學作品中的長、短時間作適當安排的一種章法。

美感與特色：久、暫的時間安排，是配合情感的波動，所形成的長時與瞬時的對照。當文學作品呈現「由暫而久」的時間設計，則「暫」會更強調出「久」，而時間的悠久本身即會產生美感，而且最有利於歷史感的帶出。至於「由久而暫」的設計類型，則是強調出「暫」，選取情意量最為豐富的一剎那，來作特寫的呈現。[4]

三　遠近法

定義：將空間遠、近變化記錄下來而形成的一種章法。

美感與特色：「由近而遠」的空間變化中，距離由近而遠地拉開，附著於空間的景物也漸次的呈現在讀者眼前，造成一種「漸層」的效果；而且空間若向遠方無限延伸時，常會使人湧起一股崇高感，並使其中醞釀的情緒得到最大的加強。而「由遠而近」則會將空間拉近，並讓近處的景物得到最大的注意。此外尚有多種「遠近迭用」的空間結構，這一方面可以滿足愛好新奇變化的審美心理，而且也合乎中國傳統遠近往還的

3　《篇章結構類型論》上，頁 40-42。又參見其《古典詩詞時空設計美學》（臺北市：文津出版社，2002 年 11 月初版一刷），頁 169-183。

4　仇小屏：《篇章結構類型論》上，頁 50-51。又，《古典詩詞時空設計美學》，頁 183-190。

遊賞方式。[5]

四　內外法

定義：將文學作品中所出現建築物內、外的空間轉換表達出來的一種章法。

美感與特色：因為有建築物（門、窗、帷、牆……）在「隔」，因此這種內外空間造成的「漸層」效果最好，也因此而特別有一種幽深曲折的美感，最適合用來醞釀幽邃的境界。[6]

五　左右法

定義：將空間在左、右之間移動，而造成的橫向變化紀錄下來的一種章法。

美感與特色：向左、右延展的空間，最能傳達出「均衡」的美感，而且特別容易造成遼闊的空間感，也因此而產生安定靜穆的感受。此外，這種空間很容易凸顯出在左、右造成均衡的物（或人），這也是特色之一。[7]

六　高低法

定義：記載文學作品中空間高、低變化的一種章法。

美感與特色：在「由低而高」的空間中，方向是往上的，因此給人一種輕鬆、自由的感受；而且當它創造出一個高偉的空間時，容易使審美主體由靜觀而融合，終於達致崇高的情境。至於「由高而低」的置景法，則方向是往下的，因此沉重、密集、束縛，可是力量也因此而非常驚

5　《篇章結構類型論》上，頁 67-69。又，《古典詩詞時空設計美學》，頁 54-66。
6　《篇章結構類型論》上，頁 82-83。又，其《古典詩詞時空設計美學》，頁 66-74。
7　《篇章結構類型論》上，頁 89-90。又，《古典詩詞時空設計美學》，頁 77-83。

人。而「高低迭用」的空間，則可靈活的收納上上下下的景物，以烘托出作者的主觀情感。[8]

七　大小法

定義：將空間中大的面與小的面之間，擴張、凝聚的種種變化記錄下來的一種章法。

美感與特色：大小空間展現的是平面美。形成的若是「由大而小」的包孕式空間，則最後會凝聚在小小的一「點」上，具有最強大的集中效果。「由小而大」的輻射式空間剛好相反，會有擴大、奔放的效果，是平面美的極致。而「大小迭用」的空間，則會形成「大者更擴散、小者更集中」的效果。[9]

八　視角轉換法

定義：不從單一的角度去描摹景物，而是將空間三維——長、寬、高互相搭配，造成視角的移動，並將此種變化體現在文學作品中的一種章法。

美感與特色：中國傳統的觀照方式即是仰觀俯察、遠近遊目，因此特別容易形成視角變化的空間。這樣的空間結構方式，一方面可以自由的收羅不同空間的不同景物；而且空間的轉換，會造成「躍動性的空間美」，十分靈動。[10]

九　時空交錯法

定義：在文學作品中，分別關注了時間的流逝，以及空間的呈現，使

8　《篇章結構類型論》上，頁 102-103。又，《古典詩詞時空設計美學》，頁 83-91。
9　《篇章結構類型論》上，頁 120-121。又，《古典詩詞時空設計美學》，頁 91-97。
10　《篇章結構類型論》上，頁 133-134。又，《古典詩詞時空設計美學》，頁 100-104。

兩者之間相輔相成，以求篇章內容完整、美感多元的一種章法。

美感與特色：人處在四維時空中，都有空間知覺與時間知覺，體現在作品中，會形成空間時間的混和美；這種美，美在同時掌握流動的時間與廣延的空間，因而更凸顯出人處在宇宙的一點中，種種作為、感受的意義，營造出一個專屬於作者個人的「小宇宙」。[11]

十　狀態變化法

定義：將外在世界中，萬事萬物某一狀態本身的變化，呈現在文章中的一種章法。

美感與特色：由於人對某一對象的某種特徵的注意越集中，在大腦皮層的相應部位就越能引起優勢興奮中心，這就是「有意注意優勢」，藉助於此，人們可以達到非常有效的觀察。創作者對觀察的結果感覺到美，便會用文字準確地傳達出來，於是出現對狀態變化的刻畫；但這與其說是對事物形態的模擬，還不如說是對美感情緒波動的模擬。[12]

十一　知覺轉換法

定義：在篇章中描摹不只一種的知覺，藉此展現創作者對大千世界多面認識的一種章法。

美感與特色：人的任何一種知覺活動，都離不開感覺；因此人的感覺器官接收客觀世界的訊息，經過審美心理的運作後，就產生了種種的知覺美。在這之中，視覺和聽覺出現的次數最頻繁，與美的關係也最密切，因此這兩種知覺特稱為「美的知覺」；不過，各種知覺之間，都是彼此輔助的；而且最終都會匯歸為「心覺」，在心覺中獲得內在統一，

11　《篇章結構類型論》上，頁 145-146。又，《古典詩詞時空設計美學》，頁 237-255。
12　《篇章結構類型論》上，頁 179-180。

這才是目的與極致。[13]

十二　因果法

定義：由一因一果所組合而成的一種章法。「因為……所以……」的構句方式是十分常見的；相反地，由「所以」至「因為」的情形也有；甚至「因為」與「所以」多次交互出現的情況也屢見不鮮。因此，這樣的思維方式，其應用範圍擴大到篇章時，那就形成因果法了。

美感與特色：因果邏輯的應用十分廣泛，所以因果法在文學作品中也就相當的常見。其中最常出現的型態是「由因及果」，這樣可以因順推而產生規律美，也可以全面地弄清楚事情的前因後果。而「由果溯因」的結構，因為「果」一開始就出現，很能夠挑起讀者的「期待欲」。而其他的變化類型，除了變化的美感外，也藉助「因」與「果」的多次呈現，來更深入內容。[14]

十三　眾寡法

定義：將多數與少數形成相應成趣的一種章法。

美感與特色：「由眾而寡」的結構，會突出一個焦點，是為「寡」；而「由寡而眾」的結構，則會因涵蓋範圍的擴大，而有一種放大的作用。而且眾、寡的變化也可以打破沉悶，造成新鮮感。[15]

十四　情景法

定義：是借重具體的景物（實），來襯托抽象的情意（虛），以增強詩

13　同前註，頁 160-161。
14　陳滿銘：〈論「因果」章法的母性〉，《國文天地》18 卷 7 期（2002 年 12 月），頁 94-101。又，《篇章結構類型論》上，頁 223-224。
15　《篇章結構類型論》上，頁 234。

文的情味力量的一種章法。

美感與特色：在主客關係中，主體佔了主導的位置；主體依據其特殊的情意，揀擇適合的景象，此即所謂的「知覺定勢」。因此景與情的關係是相應相生的，所以可以產生一種「調和」的美感；所給予人的是欣賞而不是推理，是領悟而不是說教。[16]

十五　論敘法

定義：將抽象的道理與具體的事件結合起來，使之相輔相成的一種章法。

美感與特色：作者依據其特殊的需要，去揀擇適合的事件來表達主觀的情意，然後體現在篇章，因此「敘」與「論」必然是可以相適應的；而且從具體的事物中提煉出抽象的理論，揭示了客觀真理，這個過程本身即會產生美感。[17]

十六　泛具法

定義：將泛泛的敘寫和具體的敘寫結合在同一篇章中的一種章法。本來它的涵蓋面很廣，可涵蓋「情景」、「敘論」、「凡目」、「虛實」等章法，卻由於「情景」、「敘論」、「凡目」、「虛實」等章法，十分常見，必須抽離出去，各自獨立，以顯現其特色，因此在此僅存「事」與「情」、「景」與「理」之兩種類型。

美感與特色：在這種情形下，「抽象」和「具象」一方面會分別形成抽象美和具象美，一方面也會因為互相適應而達成調和的美感。[18]

16　《篇章結構類型論》上，頁 261-264。又，陳佳君：《虛實章法析論》（臺北市：文津出版社，2002 年 11 月一版一刷），頁 47-67。
17　《篇章結構類型論》上，頁 285-286。又，《虛實章法析論》，頁 68-90。
18　《篇章結構類型論》上，頁 295。又，《虛實章法析論》，頁 34-46。

十七　空間的虛實法

定義：將眼前所見的實空間，以及設想得來的虛空間揉雜於篇中，使空間處理靈活而有彈性的一種章法。

美感與特色：在想像力的奔放縱馳下，虛、實空間轉換自如，是最能展現空間變化之美的；而且「實」與「虛」之間的相生相濟，為文學作品增添了靈活調和的美感。[19]

十八　時間的虛實法

定義：是將「實」時間〔昔、今〕與「虛」時間〔未來〕揉雜於篇章中，以求敘事〔寫景〕、抒情〔議論〕的最好效果的一種章法。

美感與特色：時間的虛實法能掌握過去、現在、未來，是其他章法所沒有的優勢。而且「實」與「虛」之間互相聯繫、滲透、轉化，而生生不窮，也就是由局部性的交流所產生的靈動美，趨向整體統一的和諧美。[20]

十九　假設與事實法

定義：將假設與事實作對應安排的一種章法。此處的「假設」，指的是虛構的事物；而「事實」，指的是現實世界中已發生的一切；兩兩對映、結合，組織成文學作品。

美感與特色：所謂的「事實」是指從現實世界中提煉出來的真實；而「假設」在文學中更佔有特別的地位，是人類心理的直接投射，是出乎

19　《篇章結構類型論》上，頁 318。又《古典詩詞時空設計美學》，頁 154-162。又，《虛實章法析論》，頁 159-174。

20　《篇章結構類型論》上，頁 318。又，《古典詩詞時空設計美學》，頁 228-235。又，《虛實章法析論》，頁 145-158。

現實而超乎現實，可以說是比真實更真實。而當此二者在作品中相互呼應時，輝耀出的是客觀世界與主觀世界所共同彰顯的真實。[21]

二十　凡目法

定義：在敘述同一類事、景、情、理時，運用了「總提」與「分應」來組織篇章的一種方章法。

美感與特色：凡目法的形成，基本上是運用了歸納、演繹的邏輯思考；也就是說歸納式的思考會形成「先目後凡」的結構，演繹式的思考會形成「先凡後目」的結構，而「凡、目、凡」、「目、凡、目」的結構，則是綜合運用了歸納、演繹的推理方式而形成的。所以「凡」是總提，具有統括的力量；「目」則是分應，由於分應的項目是並列的，因而有一種整齊美。而且「凡、目、凡」和「目、凡、目」結構還有一個特點，那就是具有對稱（均衡）與統一的美感。[22]

二十一　詳略法

定義：是將詳寫、略寫的筆法在篇章中相互為用，以突出主旨的一種章法。

美感與特色：美感的一個很大的來源是「比例」，「比例」指的就是兩部分配稱或不配稱。而詳寫、略寫都必須以突出主旨為第一考量，所以這就涉及了部分與全體的比例是不是很適當的問題；不只如此，詳寫與略寫之間也要配合得恰到好處，這就是部分與部分的比例協調。當部分

---

21 《篇章結構類型論》下，頁 331-332。又，《虛實章法析論》，頁 189-205。

22 陳滿銘：〈談見於詩詞裡的凡目結構〉，《第一屆中國修辭學學術研討會論文集》（臺北市：中國修辭學會、臺灣師大國文系，1999 年 6 月），頁 95-116。又，《篇章結構類型論》下，頁 355-356。又，《虛實章法析論》，頁 91-118。又，涂碧霞：《凡目章法析論》（臺北市：臺灣師範大學國研所碩士論文，2003 年 7 月），頁 1-190。

與全體、部分與部分之間都配置得十分亭勻時，自然會給予人極大的審美享受。[23]

二十二　賓主法

定義：運用輔助材料〔賓〕，來凸顯主要材料〔主〕，從而有力地傳達出主旨的一種章法。

美感與特色：根據「相似」聯想，去尋找輔助的「賓」，以烘托出「主」，因而產生調和之美；而且有主有從，都是為了托出主旨而服務，這就會形成繁多的統一，因此而產生映襯與和諧美。[24]

二十三　正反法

定義：將極度不同的兩種〔或兩種以上〕的材料並列起來，作成強烈的對比，藉反面的材料襯托出正面的意思，以增強主旨的說服力與感染力的一種章法。

美感與特色：正反法是在「對比」的原理上產生的，對比因為具有極大的差異性，因而有鮮明、醒目、活躍、振奮的強烈感受。而且有「相對立的形態」出現在篇章中，反而能使主體〔正〕的特點更突出、姿態更優美。除此之外，還可以增強主旨的感染力，這又再一次證明了「繁多的統一」這一美學至理。[25]

二十四　立破法

定義：將「立」與「破」之間形成針鋒相對，使得所欲探討的主題更加

23　《篇章結構類型論》下，頁 371-372。又，陳佳君：《虛實章法析論》，頁 119-144。
24　《篇章結構類型論》下，頁 398-401。又，夏薇薇：《賓主章法析論》（臺北市：文津出版社，2002 年 11 月初版一刷），頁 391-402。
25　《篇章結構類型論》下，頁 432-434。

是非分明的一種章法。

美感與特色：立破法是根據對比的原理而成立的，但是因為強調「針鋒相對」，所以效果更加的強烈。而且「立」通常是積非成是的成見，也就是「心理的惰性」，當它被「破」推翻時，自然會促成讀者理解上的飛躍，效果極為突出。[26]

二十五　問答法

定義：是藉著「問」與「答」來組織篇章的一種章法。不過，「連問不答」既有組織的效果，而且「對話」也應包括在其中。

美感與特色：語言具有「刺激」與「反應」的雙重屬性，前者會形成「問」，後者會形成「答」，而且一般的對話也會形成「刺激─反應」的關係，因此可以將兩個不同的部分連結起來。並且「問」有懸疑的效果，「答」則會帶來撥雲見日的輕鬆感。至於「連問不答」則因意脈的流貫而連結為一個整體，而且因為一直沒有回答，於是造成了懸宕的特別效果。[27]

二十六　平側法

定義：平提數項的部分，和側注其中一、二項的部分，兩者結合起來所形成的一種章法。

美感與特色：平側法最大的優點，就是很容易藉著側注，凸顯出重心來。而且平提的部分也同時具有收束和拓開的作用，這也會帶來美感。[28]

---

26 同前註，頁 455-456。
27 同前註，頁 501。
28 陳滿銘：〈談平提側收的篇章結構〉《第二屆中國修辭學學術研討會論文集》（高雄市：高雄師範大學國文系，2000 年 6 月），頁 193-214。又，《篇章結構類型論》下，頁

二十七　縱收法

定義：是將「縱離主軸」、「拍回主軸」的手段交錯為用的一種章法。

美感與特色：「縱」就是放開，「收」就是拉回。當美感情緒四處流溢時，其表現出來的形態就是「縱」，但這其實是為了收束美感情緒，使之集中到一點上，也就是「收」。放開、收束的交互作用，可以藉著因落差而產生的力量，來推深作品中的情意，增強美感。[29]

二十八　張弛法

定義：造成文章中緊張與鬆弛的不同節奏，並使之互相配合的一種章法。

美感與特色：審美情緒波動大時，產生「張」的節奏；波動小時，產生「弛」的節奏。前者予人緊張感，後者則是舒緩的；張、弛節奏若作更多次不同的搭配，會有起伏呼應的效果，韻律感會更強。[30]

二十九　偏全法

定義：將局部或特例與整體或通則兩相搭配起來的一種章法。這裡所謂的「偏」，是指局部或特例；而「全」，是指整體或通則。

美感與特色：作者在創作詩文之際，往往會用「局部」與「整體」、「特例」與「通則」的相應條理來組合情意材料。這種作法可以兼顧「整體」與「通則」，以及「局部」與「特例」，而且兩兩對照之下，更能顯出

527-528。又，高敏馨：〈平側章法析論〉（臺北市：臺灣師範大學國研所碩士論文，2004 年 5 月），頁 1-172。

29　傅更生：《中國文學欣賞舉隅》（臺北市：萬卷樓圖書公司，2002 年 11 月初版），頁80-88。又，《篇章結構類型論》下，頁 547-548。

30　《篇章結構類型論》下，頁 566-567。

深長的情味。[31]

三十　天人法

定義：將「自然」與「人事」形成層次來描寫的一種章法。所謂「天」，指的是「自然」；所謂「人」，指的是「人事」。

美感與特色：如就寫景來說，「天」就是自然之景，「人」就是人事之景；若就說理而言，則「天」就屬於天道，「人」就屬於人道。當同一篇作品中出現「天」與「人」時，則兩者之間產生交流，自然界因而增添情味，人事界也獲得開展，因此產生了溫潤自由的美感。[32]

三十一　圖底法

定義：是組合焦點與背景而形成的一種章法。在篇章中出現的材料，有一些是焦點所在的「圖」，有一些是充當背景的「底」，兩兩配合起來，就形成邏輯層次。

美感與特色：「底」相對於「圖」而言，能起著烘托的作用，「圖」相對於「底」而言，卻有著聚焦的功能，因此一烘托、一聚焦，篇章就會顯得豐富有層次，而且焦點突出。[33]

三十二　敲擊法

定義：用正寫與側寫來安排篇章的一種章法。「敲」專指側寫，「擊」專指正寫，所以敲擊法就是側寫、正寫兼用的。

美感與特色：側寫、正寫兼用時，會造成「旁敲正擊」的效果，所以一

31　〈論幾種特殊的章法〉，頁 176-181。

32　同前註，頁 187-191。

33　〈論幾種特殊的章法〉，頁 191-196。又，仇小屏：〈論「圖底」章法的空間結構——以幾首唐詩為例〉，《國文天地》17 卷 5 期（2001 年 10 月），頁 100-104。

方面具有側寫帶來的橫宕、流溢的美感，一方面又具有正寫所造成的痛
快淋漓的感受，所以是一種非常具有美感的章法。[34]

三十三　點染法

定義：本用於繪畫，指基本技巧。而移用以專稱辭章作法的，則始於
清劉熙載[35]。但由於他的所謂的「點染」，指的，乃是「情」（點）與「景」
（染），和「虛實」此一章法大家族中的「情景」法，恰巧相重疊，所
以就特地借用此「點染」一詞，來稱呼類似畫法的一種章法：其中
「點」，指時、空的一個落足點，僅僅用作敘事、寫景、抒情或說理的
引子、橋樑或收尾；而「染」，則指真正用來敘事、寫景、抒情或說理
的主體。也就是說，「點」只是一個切入或定位點，而「染」則是各種
內容本身。

美感與特色：「點」與「染」相互為用，不可分割，產生秩序、變化、
聯貫，統一之作用，而形成「部分」與「整體」的呼應與調和美。

　　以上三十三種章法，是比較常見的。其中每種章法，又至少可形成
四種（如「凡目」法可形成「先凡後目」、「先目後凡」、「凡、目、凡」、
「目、凡、目」）結構。換句話說：在已發現的約四十種章法，就可以
形成約一百六十種的結構。而這種章法與結構，也會繼續增加[36]。因為

---

34 〈論幾種特殊的章法〉，頁 196-202。

35 劉熙載：《藝概·詞曲概》，《劉熙載文集》（南京市：江蘇古籍出版社，2000 年 12
月一版一刷），頁 147。

36 王希杰：「陳教授的章法系統是開放的，不是封閉的。他並沒有宣稱他已經窮盡了章
法現象，而是再繼續發現、繼續尋找新的章法現象。一來已經存在的文章中有我們
還沒有發現的章法問題，二來，文章本身在發展著，新的文章將創造出新的章法現
象，所以這一發現和尋找的過程將永遠也不會結束。」見〈章法學門外閒談〉，《國
文天地》18 卷 5 期（2002 年 10 月），頁 97。

章法是「客觀的存在」，只要有作者將這種「客觀的存在」的邏輯條理新用於辭章之創作上，即可被發現，而增加新的章法與結構。這樣就將經由「發現章法現象，以求得通則」的研究方式，持續下去，就會更豐富章法與其結構的內容。

而章法與章法之間，是原本就存在著一些藕斷絲連之關係的，因此如就宏觀的角度，來歸納某些章法一般性的共同特色，也就是從通則來作大致的分類，則可製成章法家族分類表如下[37]：

家族	章法			美感
圖底家族	（一）時間類	1.今昔法　2.久暫法　3.問答法		立體美
	（二）空間類	1.遠近法　2.大小法　3.內外法 4.高低法　5.視角變換法　6.知覺轉換法 7.狀態變化法		
因果家族	1.本末法　2.淺深法　3.因果法　4.縱收法			層次美
虛實家族	（一）具體與抽象類	1.泛具法　2.點染法　3.凡目法 4.情景法　5.敘論法　6.詳略法		變化美
	（二）時空類	1.時間的虛實法 2.空間的虛實法 3.時空交錯的虛實法		
	（三）真實與虛假類	1.設想與事實的虛實法 2.願望與實際的虛實法 3.夢境與現實的虛實法 4.虛構與真實的虛實法		
映襯家族	（一）映照類	1.正反法　2.立破法　3.抑揚法 4.眾寡法　5.張弛法		映襯美
	（二）襯托類	1.賓主法　2.平側（平提側注）法 3.天人法　4.偏全法　5.敲擊法 6.並列法		

37 陳佳君：〈論章法的族性〉，《修辭論叢》（福州市：海潮攝影藝術出版社，2002年12月一版一刷），頁145-163。

　　以上章法的四大家族，都包含了「調和」與「對比」的兩種類型。如果由此切入，則近四十種章法，則顯然又可以用「調和」與「對比」加以統合。也就是說，在「（0）一、二、多」邏輯原理的涵蓋下，章法結構所體現的正是取「二」為中，以徹上徹下的現象，因此必然會呈現二元對待的情形，所以從二元對待的角度切入，突出「調和」與「對比」，最能掌握章法結構在徹上、徹下時所起的關鍵的聯貫作用。

　　因此，近四十種章法所形成的二元對待的結構，雖看似型態紛繁，而實則可以用「對比」與「調和」加以統括[38]。將此種「對比」與「調和」的觀念，落實到章法上，則意味著章法的二元結構不是以對比的方式、就是以調和的方式來造成對待；所以從這個角度，掌握了「二」（「調和」與「對比」），對章法加以分類，當然就容易往下統合各種章法結構所形成之「多」，並且往上貫通章法二元對待的「一（0）」源頭，以凸顯主旨，從而探求出所造成的美感效果來。

　　基於上述的推論，章法除上述四大家族外，又可依此大致分作三類：對比類、調和類、中性類。運用前二類章法時，在材料的選取上，就必然會選用對比或調和的材料，因此毫無疑問地會造成對比美或調和美；而且在此二類之下，針對材料的來源，還可再分成三類，即同一事物造成對待者、不同事物造成對待者，以及皆有可能者。至於第三類章法則是二元所造成的對待關係尚未確立，可能是對比、也可能是調和，必須進一步檢視所選用的材料，才可以確定造成的是對比或是調和的關係，因此稱作中性類；而且此類所涵蓋的章法甚多，其中又以用「底」來襯托「圖」者最多，因此可以區分出圖底類[39]，無法歸入此類者，皆

38　夏方：《美學：苦惱的追求》（福州市：海峽文藝出版社，1988 年 5 月一版一刷），
　　頁 108。
39　「圖底類」與「圖底法」並不等同。若以「集合」的觀念來說明，則圖底類是一個
　　大集合，圖底法是一個小集合，圖底法從屬於圖底類之下，因此其相同點在於都是

歸入其他類。

　　不過需要說明的是：插敘法、補敘法無法列入此三類中。那是因為
此二種章法是與文章的主體產生對待關係，無法單獨明確地抓出對比或
調和的關係，所以不加以分類。關於各個章法詳細的歸類，可以參看下
表[40]：

對比類	1. 同一事物：立破法、抑揚法、縱收法
	2. 不同事物：正反法
	3. 皆可：張弛法
調和類	1. 同一事物：本末法、淺深法、因果法、泛具法、凡目法、平側法、點染法、偏全法
	2. 不同事物：賓主法、並列法、情景法、論敘法、敲擊法
	3. 皆可：知覺轉換法
中性類	1. 圖底類： （1）時空類：今昔法、久暫法、遠近法、內外法、左右法、高低法、大小法、視角變換法、時空交錯法 （2）虛實類：空間的虛實法、時間的虛實法、假設與事實法 （3）其他類：詳略法、天人法、眾寡法、圖底法 2. 其他類：狀態變換法、問答法

　　以上兩種統合章法的角度，都各有其依據，可助大眾對章法的認識
與了解。此外，如此藉由「比較」深入章法現象，來嘗試理清其內在的
理則，相信對於章法學的研究與應用，也是會有助益的。

以「底」視「圖」，不過此「底」與「圖」若是能從今昔、久暫、遠近……等其他章
法的角度切入來分析，就歸入今昔、久暫、遠近……等其他章法，無法用其他章法
切入的，就歸入圖底法。
40 這種歸類表，由成功大學中文系副教授仇小屏所提供。

附錄二
中國古典詩歌之美

一 前言

　　所謂古典詩歌，就廣義而言，包含了詩、詞和曲。而詩、詞和曲，可說是我國最為精緻、優美的三種文學體裁，它們在或短或長的篇幅中，寄寓了豐富而真摯的情思，呈現出各種美，足以令人沈浸其中，百般玩味而不厭。本文就針對它們所呈現的美，分體制、格律、意旨、修辭、章法與風格等六方面，舉例作一番探討。

二 體制之美

　　我國的古典詩，從其形式結構而言，可分為兩大類：一是古體，二是近體。古體又分古詩與樂府詩，而樂府詩之中又有所謂歌行體；近體則分絕句與律詩，而律詩之中又衍為排律。茲以簡表列舉如下：

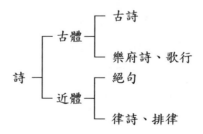

　　其中古詩，只求押韻，句數既不受限制，而平仄也不必考究，如《昭明文選》中的〈古詩十九首〉和陶淵明的〈詠荊軻〉就是。而樂府詩除了

　　要押韻，句數也不受限制外，又必須合樂，以供歌唱，如漢樂府的〈飲馬長城窟行〉和元代翁森的〈四時讀書樂〉便是。至於近體詩，則脫胎於六朝的短詩，至唐代始形成，形成後即與古體詩相對峙。如以每句之字數而言，則有四言、五言、七言、雜言之不同，而近體也有五言與七言的分別。不過，無論是古體或近體，都以四言、五言與七言為主。

　　詞的體制，可分三方面來說明，首先以字數的多寡來說，有小令、中調、長調之分。這樣地把詞調分成三種形式的，最早見於《草堂詩餘》，但未作任何說明。到了清朝，毛先舒說：「五十八字以內為小令，五十九字至九十字為中調，九十一字以外為長調，古人定律也。」這種說法過於拘泥字數，也沒有足夠的依據，所以萬樹《詞律‧發凡》說：「所謂定例，有何所據？若以少一字為短，多一字為長，必無是理。如〈七娘子〉有五十八字者，有六十字者，將名之曰小令乎？抑中調乎？如〈雪獅兒〉有八十九字者，有九十二字者，將名之曰中調乎？抑長調乎？」[1]可見單以字數來分，是不十分妥當的。因此王了一《漢語詩律學》說：「最初的詞，大約是由近體律絕增減而成。……凡是和律絕的字數相差不遠的詞，都可以稱為小令。我們以為詞只須分為兩類：第一類是六十二字以內的小令，唐五代詞大致以這範圍為限；第二類是六十三字以外的『慢詞』，包括《草堂詩餘》所謂的中調和長調，它們大致是宋代以後的產品。」這種配合詞體發展順序加以區分的說法，似乎較為可信。

　　其次以分段的情形來說，有單調、雙調、三疊、四疊之分。單調是指全篇僅一段者，如〈如夢令〉、〈憶江南〉便是；雙調是指全篇分成兩段者，如〈蝶戀花〉、〈菩薩蠻〉便是；三疊是指全篇分成三段者，如〈瑞龍吟〉、〈蘭陵王〉便是；四疊是指全篇分成四段者，如〈鶯啼序〉便是。

　　末了以結構方式來說，有換頭、不換頭、雙拽頭之分。換頭是說上

---

[1]　萬樹：《詞律‧發凡》（臺北市：廣文書局，1971 年 9 月初版），頁 1。

下片首句字數不同，如〈滿江紅〉上片的首句是四字，下片的首句為三字，各不相同；又如〈相見歡〉上片的首句作六字，下片的首句作三字，也各不相同，都是屬於換頭的調子。不換頭是指上下片的字數完全相同，如〈西江月〉上下片的首句均為六字，就是很好的例子。至於雙拽頭，是說三疊詞的前兩疊較短，而句法相同，猶如第三疊的雙頭，如周邦彥的〈瑞龍吟〉：

> 章臺路，還見褪粉梅梢，試花桃樹。愔愔坊陌人家，定巢燕子，歸來舊處。　　黯凝竚，因念個人癡小，乍窺門戶。侵晨淺約宮黃，障風映袖，盈盈笑語。　　前度劉郎重到，訪鄰尋里，同時歌舞，惟有舊家秋娘，聲價如故。吟箋賦筆，猶記燕臺句。知誰伴，名園露飲，東城閒步，事與孤鴻去。探春盡是、傷離意緒。官柳低金縷，歸騎晚，纖纖池塘飛雨。斷腸院落，一簾風絮。

其中「章臺路」至「歸來舊處」是第一疊，「黯凝竚」至「盈盈笑語」為第二疊，兩疊不但句法相同，字數也相同，合起來還沒第三疊字數多，恰好可以作為第三疊的雙頭，因此〈瑞龍吟〉可以說是用標準雙拽頭形式所構成的一個調子。茲以簡表列舉如下：

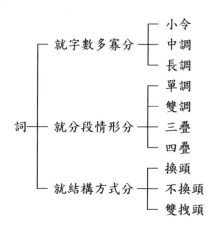

至於曲的體制，賴橋本在其〈如何進行元曲教學〉一文中曾作這樣的說明：「元曲按照作用與體裁可分為散曲與劇曲兩類：散曲是元曲詩歌的部分，它的作用在發抒作者的性靈，或抒情，或寫景；只有曲文，沒有對白及表情動作，只可清唱，不能表演故事。劇曲是元曲戲劇的部分，它的作用在表演故事，所以除了曲文之外，還要有對白及表情動作，才能表演各種不同的劇情。元代的散曲依照體制大小分為小令與散套兩類：小令是短小的歌曲，以一支為單位，與詞的小令近似，除了少數曲牌如〈百字令〉外，大多不超過六十字。散套則是集合宮調或管色相同的若干支曲牌組合而成，是一成套的歌曲，有如長歌一般。《國中國文》所選的〈天淨沙〉、〈山坡羊〉、〈折桂令〉及《高中國文》所選的〈大德歌〉、〈沈醉東風〉、〈折桂令〉，都是以一首為單位，或抒情，或寫景，所以都是小令。《高中國文》所選的馬致遠題西湖套，本來有十二支曲子：〈新水令〉、〈慶東原〉、〈棗鄉詞〉、〈掛玉鉤〉、〈石竹子〉、〈山石榴〉、〈醉娘子〉、〈一錠銀〉、〈駙馬還朝〉、〈胡十八〉、〈阿納忽〉、〈尾〉組合而成，這十二支曲子都是雙調的曲牌，同用小工的管色，調高相同，聲情相近，因此可以連下來歌唱，用來抒情或寫景，好像一首長歌一樣，所以稱為散套。因為篇幅過長，所以課本精選其中〈新水令〉、〈慶東原〉、〈棗鄉子〉、〈掛玉鉤〉、〈阿納忽〉、〈尾〉等六支曲子。元代的劇曲依照地區的不同與音樂的差別，可分為北曲雜劇與南曲戲文：北曲雜劇流行於中國北方各地，用北曲演唱，如馬致遠〈漢宮秋〉、關漢卿〈竇娥冤〉，它的特點是一本四折，一人獨唱。南曲戲文流行於中國南方各地，用南曲演唱，一本三、四十出，各個腳色都可以唱，如高明《琵琶記》、徐畛《殺狗記》。《高中國文》選了《琵琶記·糟糠自厭》，就是元末明初流行於南方的南曲戲文。南曲戲文後來演變

為明清傳奇，《琵琶記》被稱為傳奇之祖。」[2] 茲據以簡表列舉如次：

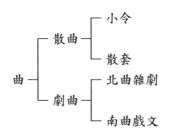

由此可見古典詩歌的體制，是多樣而富於變化的，而所呈現之美，自然也是多樣而富於變化的。

三　格律之美

古典詩歌的格律，可就其平仄、韻協與對偶三端加以探討，茲分述如下：

（一）平仄

就詩來說，古體詩是不拘平仄的，而近體詩，則對此有嚴格的規定。以一句之中而言，無論是五言或七言，更無論是絕句或律詩，都必須守住兩個原則：其一是結字之外，同一聲調者非疊二即疊三，卻不可落單；其二是結字用同一聲調時非單用即疊二，卻不可疊三。以上下句的聯貫而言，則要守住「對」與「黏」的兩個原則；所謂「對」，是指一聯之中下句開頭的平仄與上句開頭的平仄要相反；所謂「黏」，是指兩聯之間，下聯出句開頭的平仄與上聯對句開頭的平仄要相同。例如平

2　賴橋本：〈如何進行元曲教學〉，《如何進行國文教學》（臺北市：臺灣師大中等教育指導委員會，1996 年 6 月初版），頁 285-286。

起首句不入韻的五絕，其平仄格律為：

　　　　＋――‖（句），＋‖――（韻）。＋‖――｜（句），＋―‖―（叶）。

而仄起首句入韻的七絕，其平仄格律則為：

　　　　＋｜――‖―（韻），＋―＋‖――（叶）。＋―＋｜――｜（句），＋｜――
　　　　‖―（叶）。

其餘的五律、七律各式，皆可以此類推，是既整齊而又富於變化的。

　　就詞來說，對平仄也有嚴格的規定。不過它比起近體詩來更講求變
化，以合於各詞牌之要求，因為詞牌一不同，其平仄也隨之而異。如
〈南鄉子〉詞這個詞牌，其平仄格律為：

　　　　―‖（句），‖――（韻）。＋―＋‖――（叶）。＋‖＋――‖（換仄）。―
　　　　｜（叶仄）。＋｜＋――‖（叶仄）。

而〈相見歡〉這個詞牌，它的平仄格律則是：

　　　　＋―＋｜――（韻）。｜――（叶）。＋｜＋――｜（豆）、｜――（叶）。
　　　　＋＋｜（換仄）。＋＋｜（叶仄）。｜――（叶平）。＋｜＋――｜（豆）、
　　　　｜――（叶平）。

小令的平仄大抵如此，長調則變化更多。

　　就曲來說，對平仄的要求，比詞還來得嚴格，關於這點，賴橋本在
其〈如何進行元曲教學〉一文中說：「每一曲牌有一定的平仄，雖有一

些字的平仄可以通融，如七字句的第一、三字，五字句的第一字，某些
四字句的第一、三字等，但大部分的字都要遵守平仄。甚至於緊要的
字，仄聲還要分上去，平聲也要分陰陽，不可移易，比詩詞更要講究。
特別是末句最為嚴格，周德清《中原音韻·作詞十法》有末句定格一
項，即說明每一曲牌末句必須要用的平仄。」[3] 就以〈天淨沙〉曲為例，
其平仄格律為：

　　＋－＋｜－－（韻）。＋－＋｜－－（叶）。＋｜－－去⊥（叶）。＋－－去
　　（叶）。＋－＋｜－－（叶）。

　　（以上聲調符號，平聲作－，仄聲作｜，可平可仄作＋，可平可上
作⊥，去聲作去。）

　　可見詩、詞和曲，除古體詩外，對平仄都十分講究。它們音節之所
以美，與此大有關係。

3　同前註，頁 292。

（二）韻叶

　　押韻是詩歌不可或缺的要素。以詩而言，在上古時，用韻極為自由，有一句一韻者，有隔句一韻者，更有兩句或三四句一轉韻者，變化多端，不一而足。但自魏晉以後，則漸趨於統一，採隔句叶韻的一種方式。而此時《切韻》一系的韻書，發揮了很大的影響力。不過，由於它們分韻太細，唐宋人已不完全遵守，於是有《平水韻》的出現。它分平聲為三十韻、上聲為二十九韻、去聲為三十韻、入聲為十七韻，凡一〇六韻，成為古典詩押韻之依據。如杜甫〈聞官軍收河南河北〉詩，韻腳「裳」、「狂」、「鄉」、「陽」，是屬平聲「七陽」韻；又如李白〈送友人〉詩，韻腳「城」、「征」、「情」、「鳴」，是屬平聲「八庚」韻。

　　以詞而言，在晚唐五代，甚至北宋時，由於沒有正式的專用於填詞的韻書作依據，所以詞人只好分合詩韻或雜以方音來填詞。到了南宋以後，才有詞韻的專著出現，其中分韻分得最精當的，要推《詞林正韻》。該書合平、上、去為十四部，入聲為五部，共十九部。其中每一部的平聲韻和入聲韻皆須單押，而同一部內的上、去聲韻則可以通押。如朱敦儒的〈相見歡〉詞，平韻的部分，押的是第十二部的韻，韻字是「樓」、「秋」、「流」、「收」、「州」；仄韻的部分，押的是第七部的韻，韻字是「亂」、「散」。再如辛棄疾的〈西江月〉詞，平韻的部分，押的是第七部的韻，韻字是「蟬」、「年」、「前」、「邊」；仄韻的部分，押的是第七部的韻，韻字是「片」、「見」。

　　以曲而言，因北曲沒有入聲，而叶韻又往往較密，且「一首曲子可以平上去三聲通協，不像詩詞，平聲專立一部，不與仄聲叶韻，仄聲也不與平聲叶韻。所謂平上去三聲通協是指整首曲子而言，若就某一韻腳而言，則該平不能用仄，該仄不能用平，尤其末韻更是嚴格，必須遵守

格律，不但平仄不能互易，甚至仄聲還要分上去。」[4] 所以較詩、詞更活潑而多變化。為了適應這種需求，周德清編了《中原音韻》一書，以韻為綱，包攝陰平、陽平、上聲、去聲同韻的字為一部，共分十九部，普受大眾肯定。如關漢卿的〈四塊玉〉曲，押的是第二部的歌戈韻，韻字是「沒」、「潑」、「呵」、「和」、「鵝」、「活」。再如馬致遠的〈天淨沙〉曲，押的是第十三部的家麻韻，韻字是「鴉」、「沙」、「馬」、「下」、「涯」。

由此看來，詩、詞、曲的分韻情形和押韻方式是有所不同的，但就注重音韻和諧之美來說，卻是一致的。

（三）對偶

對偶是詩歌最常見的一種形式。古詩和樂府詩沒有對偶的要求，要求得最嚴格的是律詩，它規定在中間二聯皆須對仗。一般說來，對仗的主要條件是：首先求上下兩句字數相同，但平仄要相反；其次是對應詞語的詞性必須相同；末了要實字對實字、虛字對虛字、地名對地名、顏色字對顏色字等。譬如孟浩然〈過故人莊〉詩的中間二聯是：

> 綠樹村邊合，青山郭外斜。
> 開軒面場圃，把酒話桑麻。

其中「綠樹」一聯，上句與下句，字數完全相同，且平仄相反，而「綠」與「青」又顏色相對，可說是標準的對仗句。至於「開軒」的「開」和「把酒」的「把」、「面場圃」的「面」和「話桑麻」的「話」，都是動詞，而「軒」和「酒」、「場圃」和「桑麻」，都是名詞，而這也全是以實字

---

4 同前註。

對實字的例子。又如杜甫〈聞官軍收河南河北〉詩有一聯云：

　　卻看妻子愁何在，漫捲詩書喜欲狂。

其中「卻」與「漫」、「何」與「欲」，是虛字對虛字的例子。再如王維〈觀獵〉詩有一聯云：

　　忽過新豐市，還歸細柳營。

其中「新豐市」與「細柳營」，是地名對地名的例子。
　　這種對偶的嚴格要求，到了詞、曲，除了上下句字數必須相同外，其他就寬多了。通常要講求對仗的，有固定的詞牌或曲牌。詞如〈西江月〉、〈浣溪沙〉、〈踏莎行〉等，曲如〈天淨沙〉、〈折桂令〉、〈大德歌〉等。茲各舉一例，以見一斑：

　　明月別枝驚鵲，清風半夜鳴蟬。
　　七八個星天外，兩三點雨山前。（辛棄疾〈西江月〉詞）

　　歸雁橫秋，倦客思家。
　　翠袖殷勤，金杯錯落，玉手琵琶。
　　人老去、西風白髮，蝶愁來、明日黃花。
　　一抹斜陽，數點寒鴉。（張可久〈折桂令〉曲）

從上舉二例中，可看出詞、曲的對偶十分自由，只要句法相同即可，不過，值得一提的是，詞、曲中往往有如「翠袖」三句所形成的「鼎足對」，這是詩所沒有的。

　　詩歌既然要講求對偶，那就必然造成對襯之美，這使詩歌格律之美的內容更豐富了。

四　意旨之美

　　意旨是詩歌的靈魂所在，詩歌如不能具備善美的意旨，那麼作品就如同失去生命一樣，是無法令人感動、喜歡的。通常它可從主旨（綱領）的安置、顯隱與材料的使用等方面加以探討，以捕捉它的美。

（一）主旨的安置

　　要欣賞詩歌意旨之美，首先要掌握它的主旨或綱領，這可從其安置的部位去尋找。一般說來，作者安置主旨或綱領的部位，不外篇首、篇腹、篇末與篇外四種。茲依序作簡要的說明：

　　首先是安置於篇首者，這是將主旨或綱領，以開門見山的形式，直接安置於一篇之首的一種方法。這種方法，大都形成「先凡（總提）後目（分應）」的格式，自來廣被辭章家所採用。如韋莊的〈菩薩蠻〉詞：

> 紅樓別夜堪惆悵，香燈半掩流蘇帳。殘月出門時，美人和淚辭。
> 琵琶金翠羽，弦上黃鶯語。勸我早歸家，綠窗人似花。

　　這首詞的主旨為「別夜惆悵（即別恨），在起句就交代明白，這是「凡」（總提）的部分。接著先以「香燈」句，就「紅樓」寫夜別的所在，為夜別安排一個適當的環境；再以「殘月」兩句，藉「殘月」與「淚」，具體地寫在門外夜別的惆悵；這是「目（分應）一」的部分。然後於下片，承「香燈」句，追　在樓上夜別的情景，經由美人之琵琶與言語，將「別夜惆悵」再從中帶出來，這是「目（分應）二」的部分。作者用

這種先總提、後分應的形式來寫，使人讀後，也不禁為之惆悵不已。

　　其次是安置於篇腹者，這是將主旨或綱領特地安置在辭章的中央部位，以總括全篇文義的一種方法。這種方法，大都形成「目（分應）凡（總提）目（分應）」的格式，常用於詩歌，在散文中則較為少見。如杜甫的〈聞官軍收河南河北〉詩：

> 劍外忽傳收薊北，初聞涕淚滿衣裳。卻看妻子愁何在？漫捲詩書喜欲狂。白日放歌須縱酒，青春作伴好還鄉。即從巴峽穿巫峽，便下襄陽向洛陽。

　　此詩旨在寫「聞官軍收河南河北」後「喜欲狂」的心情。作者首先在起聯，扣緊題目，寫「聞官軍收河南河北」時自己喜極而泣的情形，透過「忽傳」、「初聞」寫事出突然，並藉「涕淚滿衣裳」反照出喜悅，大力地為下聯的「喜欲狂」三字蓄勢。接著在頷聯，採設問之技巧，將目標由自己移到妻子身上，寫妻子聞後狂喜的情狀，在這兒以「卻看」作接榫，藉「愁何在」逼出一篇之主旨「喜欲狂」，並以「漫捲詩書」作具體之襯托。繼而在頸聯，以「放歌縱酒」上承「喜欲狂」、「作伴」上承「妻子」，經由設想寫春日攜手還鄉的打算。最後在尾聯，緊接上聯還鄉之打算，一口氣虛寫還鄉所經過的路程，將「喜欲狂」作充分的渲染。就這樣，由「忽傳」而「初聞」、「卻看」而「漫捲」、「即從」而「便下」，一氣奔注，把自己和妻子「喜欲狂」的心情，用「先實後虛」的手法，描摹得極其生動。顯而易見地，作者就以安置在篇腹的「喜欲狂」三字作為綱領，既用以上收實寫「喜欲狂」的部分，又藉以下啟虛寫「喜欲狂」的四句話，形成「目（分應）、凡（總提）、目（分應）」的結構，手法之高，令人讚賞不止。

　　接著是安置於篇末者，這是先針對著主旨或綱領將內容條分為若干

部分，以依次敘寫，到最後才總括起來，將主旨或綱領點明於篇末的一種方法。這種方法，通常形成「先目（分應）後凡（總提）」的格式，也一樣廣被採用。如李白的〈登金陵鳳凰臺〉詩：

> 鳳凰臺上鳳凰遊，鳳去臺空江自流。吳宮花草埋幽徑，晉代衣冠成古邱。三山半落青天外，二水中分白鷺洲。總為浮雲能蔽日，長安不見使人愁。

　　這首詩首先以鳳凰之去與江之自流，讓人興起盛衰之感，為尾句的「愁」字蓄力；再來以埋幽徑之吳宮花草和成古邱之晉代衣冠，承「鳳去臺空」作進一層的描寫，巧妙地透過了眼前的幽徑與古邱作歷史的追溯。大家都知道三國時的東吳和後來的東晉都先後建都於金陵，繁華可說盛極一時，然而吳國昔日的富麗宮廷卻已經荒蕪，埋於今日的幽徑；東晉從前的風流人物也早已逝世，埋於今日的丘墳；這些都使作者產生強烈的興亡之感，再為尾句的「愁」字助勢。接著以半落青天外之三山與中分白鷺洲之二水，將目光由弔古而轉向若隱若現的三山與奔騰不息的長江，有意藉登臺所見的山水壯闊之景，和上聯所寫的衰颯之狀作成鮮明的對比，以寓人事已非、江山如故的深切感慨，進一步地為尾句的「愁」字加強它的感染力量。最後以浮雲之蔽日，譬邪臣之蔽賢，一方面為自己被排擠出京而憤懣，一方面又為唐王朝重蹈六朝覆轍而憂慮，明白地為結尾的「愁」交代了它形成的主因。就這樣以「先目（分應）後凡（總提）」的形式，將一篇之主旨「愁」巧妙地拈出，手法是極高明的。

　　末了是安置於篇外者，這是將主旨隱藏起來，不直接在篇內點明，而讓人由篇外去意會的一種方法。這種方法，由於可「不著一字，盡得風流」，所以被用得最為普遍。如李白的〈黃鶴樓送孟浩然之廣陵〉

詩：

> 故人西辭黃鶴樓，煙花三月下揚州。孤帆遠影碧空盡，惟見長江
> 天際流。

此詩旨在敘別情。作者先以起二句敘事，敘的是故人西辭武昌前往
揚州的事實；再以結二句寫景，寫的是故人乘船遠去，消失於天際的景
象。作者就單單透過「事」與「景」，從篇外表達出無限的離情來。唐
汝詢說：「黃鶴樓，分別之地；揚州，所往之鄉。煙花，敘別之景；三
月，紀別之時。帆影盡則目力已極，江水長則離思無涯。悵望之情，具
在言外。」（《唐詩解》）所謂「悵望之情，具在言外」，正指出了本詩
主旨在篇外的特色。

（二）材料的使用

從安置的部位掌握了主旨或綱領之後，必須進一步地探討作者究竟
使用了哪些具體的物材或事材，來將抽象的主旨凸顯出來，使它發揮最
大的感染力或說服力，以增添其意旨之美。

所謂的「物」，本來是沒什麼情意可言的，但辭章家卻偏偏賦予它
們情意，使物產生了意象，和自己內在的情意結合起來，達於交融的境
地。王國維說：「一切景語皆情語」[5]，便是這個意思。其實，景語不僅
是情語而已，也往往是理語，所以辭章家藉景物來抒情或說理的，便隨
處可見。如李煜的〈清平樂〉詞：

5　王國維：《人間詞話・刪稿》，《詞話叢編》五（臺北市：新文豐出版公司，1988 年 2
　　月臺一版），頁 4257。

　　別來春半，觸目愁腸斷，砌下落梅如雪亂，拂了一身還滿。

　　　　雁來音信無憑，路遙歸夢難成。離恨恰如春草，更行更遠
還生。

　　此詞旨在寫「離恨」。而可用以寫離恨的材料卻很多，結果作者在
這首詞裡卻挑選了眼前「觸目」所及的材料：首先是「落梅」，它的物
象既可藉以表示作者的憐惜哀傷之情，而「梅」的本身更是離恨的象
徵。相傳在南朝時，范曄有一個朋友叫陸凱的，曾托信差由江南帶一枝
梅花，並附一首詩送給范曄，以表示對他的思念之情。詩是這樣寫的：

　　　　折梅逢驛使，寄與隴頭人。江南無所有，聊贈一枝春。

從此梅就和離情結了不解緣，並由朋友擴大到家人、男女身上，以表示
對他（她）們的思念之情。如唐宋之問的〈題大庾嶺北驛詩〉：

　　　　明朝望鄉處，應見隴頭梅。

便是很好的例子。其次是「雁來」，用的是蘇武雁足繫書的故事，當然
更與離情有關，如王灣的〈次北固山下詩〉說：

　　　　鄉書何處達？歸雁洛陽邊。

這不是明顯的例證嗎？又其次是「路遙」，可進一層地將空間拓遠，使
離恨更變得無窮無盡，自然也產生了以景襯情的作用。最後是「春
草」，則與離情，尤有關連。因為草逢春而漫生無際，一方面既時時入
人眼目，一方面又可藉以襯出離恨之多來，如王維〈送別詩〉說：

春草明年綠，王孫歸不歸？

諸如此類的例子，俯拾皆是。可見李煜選這些物材來寫「離恨」，是很有眼力的。

所謂的「事」，可以是事實，也可出自虛構。虛構的，以寓言最為常見。至於事實，則以過去的事實（故事）被運用得最多，如辛棄疾的〈賀新郎〉詞：

綠樹聽鵜鴂。更那堪、鷓鴣聲住，杜鵑聲切。啼到春歸無尋處，苦恨芳菲都歇。算未抵、人間離別。馬上琵琶關塞黑，更長門、翠輦辭金闕。看燕燕，送歸妾。　　將軍百戰身名裂。向河梁、回頭萬里，故人長絕。易水蕭蕭西風冷，滿座衣冠似雪。正壯士、悲歌未徹。啼鳥還知如許恨，料不啼清淚長啼血。誰共我，醉明月。

此詞題作「別茂嘉十二弟。鵜鴂、杜鵑實兩種，見《離騷補注》」，可知為贈別之作。它先由啼鳥之苦恨寫到人間的別恨，然後合人、鳥雙寫，帶出贈別之意作收。就在寫人間別恨的部分裡，作者臚列了古代有關送別的恨事，來表達難言之痛，從而推深眼前的送別之情。其中頭一件恨事為漢王昭君別帝闕出塞，不過在此必須一提的是：「更長門」句，雖用漢陳皇后事，但「仍承上句意，謂王昭君自冷宮出而辭別漢闕也」[6]，這是很合理的看法；第二件恨事為衛莊姜送妾歸陳國；第三件恨事為漢李陵送蘇武回中原；第四件恨事為戰國末荊軻別燕太子丹入秦刺秦王。以上四件送別之恨事，前二者的主角為女子，後二者的主角為

6　鄧廣銘：《稼軒詞編年箋注》（臺北市：華正書局，1978 年 12 月版），頁 430。

男子。這樣分開列舉，所謂「悲歌未徹」，一定和當日時事有所關連。如進一步加以推敲，前二者當與當時和番聯敵的政策相涉，用以表示諷喻之意；而後二者，則與滯留或喪生於淪陷區的愛國志士相關，用以抒發關切與哀悼之情。不然，送「茂嘉十二弟」，怎麼會恨到「不啼清淚長啼血」呢？這麼說，第一、三、四等件恨事，都不成問題，必須作一番說明的是第二件恨事。大家都知道，衛莊公夫人莊姜無子，以陳女戴嬀所生子完為己子，莊公死後，完繼立為君，卻被公子州吁所殺，於是莊姜送陳女戴嬀歸陳，並由石腊居間謀計，終於執州吁於濮而殺了他。這件事，從某個角度來看，跟當時聯敵的政策是不是有關連呢？答案是相當肯定的。由此說來，作者用這四件事材來寫，除了用以襯托送別茂嘉十二弟之情外，是別有一番「言外之意」的。靠事材來替作者說話，這是一個很好的例子。

（三）主旨的顯隱

詩歌的主旨，有的直接從詞面明白地表達出來，這就是所謂的「全顯」；有的除表面者外，又將深一層的部分隱藏起來，這就是所謂的「顯中有隱」；而有的則完全藏於篇外，這就是所謂的「全隱」。有了這些不同的表達方式，更凸顯了詩歌意旨之美。

全顯者，如李白的〈送友人〉詩：

> 青山橫北郭，白水繞東城。此地一為別，孤蓬萬里征。浮雲遊子意，落日故人情。揮手自茲去，蕭蕭班馬鳴。

這是一首送別的作品，全詩共分三個部分：起聯、頷頸聯和尾聯。其中起、尾兩聯都是用來寫景的：一是就送別的地方，寫送別時所見的靜態景物；一是就友人的離去，寫離去時所見到的動態景物。這兩個部

分，本是緊緊相連的，而作者卻把它們提開，空出頷、頸兩聯來，插入抒情的部分。這個部分先以「此地」、「萬里」上接起聯，並下應尾聯，而巧妙地由此引出「別」字、「征」字，敘明離別；然後又以「浮雲」、「落日」，和起、尾兩聯的景物打成一片，並由此透過譬喻，帶出「遊子意」、「故人情」，點明客主雙方的離情別意。就這樣，一篇的主旨「離情別意」便明明白白地抒發出來了。

顯中有隱者，如崔顥的〈黃鶴樓〉詩：

> 昔人已乘黃鶴去，此地空餘黃鶴樓。黃鶴一去不復返，白雲千載空悠悠。晴川歷歷漢陽樹，芳草萋萋鸚鵡洲。日暮鄉關何處是，煙波江上使人愁。

此乃懷古思鄉之作。作者先將題目扣緊，透過想像，在起、頷二聯，就黃鶴樓虛寫它的來歷；而由黃鶴之一去不還與白雲千載之悠悠，預為結句的「愁」字蓄力。接著在頸聯，仍針對著題目，實寫登樓所見的空闊景物；而由歷歷之晴川與萋萋的芳草，正如所謂的「水流無限似儂愁」（劉禹錫〈竹枝詞〉）、「王孫游兮不歸，青草生兮萋萋」（《楚辭・招隱士》），帶著無限愁恨，再為結句之「愁」字助勢。然後在結聯，由自問自答中，承上聯，把空間從漢陽、鸚鵡洲推拓出去，伸向遙遠的故園，且在其上抹上一望無際的渺渺輕煙，從而逼出一篇之主旨「鄉愁」作結。由此看來，說它旨在寫「鄉愁」是不會錯的。不過，我們萬不可遺漏了「鸚鵡洲」三字，因為作者在此暗用了東漢末禰衡的典故。據《後漢書・文苑傳》所載，禰衡少有才辯，卻氣尚剛傲，且愛好矯時慢物，所以雖受到孔融的敬愛與推介，然而不但前後見斥於曹操、劉表，最後還死於江夏太守黃祖之手。禰衡死後，葬於一沙洲上，而此一沙洲，因產鸚鵡，且禰衡又曾為此而作〈鸚鵡賦〉，於是後人便以「鸚

鵡」為名。這樣看來，作者在這此，是暗用了禰衡的典故來抒感他懷才不遇之痛的啊！可見這首詩的主旨是顯中有隱的。

全隱者，如杜牧的〈山行〉詩：

> 遠上寒山石徑斜，白雲生處有人家。停車坐愛楓林晚，霜葉紅於二月花！

這是一秋日遊山之作，寫的是作者山行時所見清麗秋色。它的前二句，寫秋山之行，在這裡，作者以「遠」寫山之高，以石徑之「斜」寫路之曲折，而又以白雲中的人家作點綴，使得秋寒的高山顯得格外清幽安詳，而又令人感到溫暖，這是泛就山行所見清景來寫的。至於後二句，則用以寫紅豔的楓林。作者在此，採比較的手法，指明沐浴在斜陽之下的楓葉比二月花還來得紅，構成了一幅楓葉流丹、山林盡染的迷人畫面，這是特就山行時所見豔景來寫的。作者就這樣的以清、豔之景襯托出他玩賞秋山楓林時恬靜而愉悅的心情，而這種心情非得讀者從篇外去尋取、領會不可。

作者所呈現意旨之美，我們如能就上述主旨的安置、顯隱與材料的使用去加以探求，是可充分領略出來的。

五　修辭之美

每一文體都必須講究修辭的技巧，而詩歌則更要求得多，因為在有限的篇幅中要含容無盡的情意，如不借助於此，是很難收到效果的。所以在詩歌裡，隨處就可以見到修辭的一些例子。譬如誇飾，白居易的〈琵琶行〉就以「千呼萬喚」作數量的誇大；又如類疊，崔顥的〈黃鶴樓〉詩就以「歷歷」、「萋萋」與「悠悠」，形成疊字的效用；又如借代，朱敦儒的〈相見歡〉詞就以「簪纓」借指達官顯要；又如倒裝，辛棄疾的

〈西江月〉詞就以「稻花香裡說豐年，聽取蛙聲一片」與「舊時茆店社林邊，路轉溪橋忽見」，先後形成倒裝的形式；又如轉化，朱敦儒的〈相見歡〉詞就以「試倩悲風吹淚」，將風加以擬人化；又如摹寫，張養浩的〈水仙子〉曲（末句除外）與張可久的〈梧葉兒〉曲全篇，就摹寫了作者之所見、所聞。諸如此類，例子真是不勝枚舉。

　　以上是針對著修辭的幾種技巧，隨意列舉的一些例子，以下特舉二首作品，以所用重要修辭技巧為例，作進一步的說明。首先是佚名的〈木蘭詩〉，此詩主要用了設問、頂真、倒裝與對偶等修辭方式，其中設問的，如

　　　　問女何所思？問女何所憶？

藉此以承上啟下，並提振文章精神。頂真的，如

　　　　軍書十二卷，卷卷有爺名。

藉此以聯貫句子，使神旺氣足。倒裝的，如

　　　　萬里赴戎機，關山度若飛。

藉此以喚起注意，增加文章的波瀾。對偶的，如

　　　　將軍百戰死，壯士十年歸。

藉此以形成對襯美，使意思更為凸顯。除此之外，見於本詩的積極修辭方式，尚有排比、鑲嵌、誇飾、示現、跳脫等，更增添其修辭之美。

　　其次是張可久的〈折桂令〉，它主要用了借代、譬喻、對偶、引用
等修辭技巧，其中最值得令人注意的是引用，首先是：

　　　對青山強整烏紗。

在這裡，作者用了晉代孟嘉於重陽節參加桓溫龍山宴會而風吹落帽的故
事，這個故事見於《晉書‧孟嘉傳》：

　　　（嘉）後為征西桓溫參軍，溫甚重之。九月九日，溫宴龍山，寮
　　　佐畢集。時佐吏並著戎服，有風至，吹嘉帽墮落，嘉不之覺。溫
　　　使左右勿言，欲觀其舉止。嘉良久如廁，溫令取還之，命孫盛作
　　　文嘲嘉，著嘉坐處。嘉還見，即答之，其文甚美，四坐嗟歎。

此外，也用了杜甫〈九日藍田崔氏莊〉詩「羞將短髮還吹帽，笑倩旁人
為正冠」的語句，以表現宦情闌珊與虛應故事的無奈之苦。其次是：

　　　蝶愁來明日黃花。

這引用了蘇軾〈南鄉子〉「萬事到頭都是夢，休休，明日黃花蝶也愁」
的詞句，以寓遲暮不遇之意。最後是：

　　　回首天涯，一抹斜陽，數點寒鴉。

作者在這裡，顯然用了秦觀〈滿庭芳〉「多少蓬萊舊事，空回首、煙靄
紛紛。斜陽外，寒鴉數點，流水遶孤村」的詞句，以寥落的暮景襯托出
無限之愁思。這三處的「引用」，都用得極為自然，不露痕跡，即使不

知出處，也能了解曲意，如曉得出處，就更豐富了曲意，增添無比的情韻，這是「引用」的最高的技巧，令人激賞不止。

這種修辭的技巧，可說散見於詩歌的每一作品裡，有如一顆顆亮麗的明珠，為詩歌散發出無比的光輝。

六　章法之美

所謂的章法，是指文章構成的邏輯型態而言，也就是將句子組合成節、段，由節、段再組合成篇的一種結構。這種結構雖然不免隨著作者經營手段的不同，而呈現多樣的變化，使得我們很不容易用幾個固定的格式來牢籠它們。但是由於每個作家在謀篇布局之際，都會不知不覺地受到人類共通理則的支配，以致寫成的作品，在各式各樣的枝葉底下，都無可例外地藏著一些基本的、共通的幹身。這基本的、共通的幹身，可以用三個原則來概括，那就是：秩序（含變化）、聯貫與統一。以下就據這三原則來探討詩歌章法之美。

（一）秩序

秩序（含變化）是就材料次第的配排來說的。通常作者係依時間、空間或事理展演的自然過程作適當的安排。這種安排的方式，最常見的，以時間而言，有「由昔而今」、「由今而昔」、「由今而昔而今」等；以空間而言，有「由近而遠」、「由遠而近」、「由遠而近而遠」、「由大而小」、「由小而大」、「由大而小而大」等；以事理而言，有「由本而末」、「由末而本」、「由輕而重」、「由重而輕」、「由正而反」、「由反而正」、「由實而虛」、「由虛而實」、「由凡而目」、「由目而凡」等。如辛棄疾的〈西江月〉詞：

明月別枝驚鵲，清風半夜鳴蟬。稻花香裡說豐年，聽取蛙聲一片。　　七八個星天外，兩三點雨山前。舊時茅店社林邊，路轉溪橋忽見。

此詞題作「夜行黃沙道中」，它的上片，寫的是作者「夜行黃沙道」時所聽到的各種聲音，先是別枝上的鵲聲，再來是清風中的蟬聲，最後是稻香裡的蛙聲；而下片寫的則是「夜行黃沙道」時所見到的各種景物，先是天外的疏星，再來是山前的雨點，最後是橋後的茅店；就這樣依「由小而大」（上片）、「由遠而近」（下片）的順序，將鄉村夜晚的一幅恬靜畫面描摹得極其生動，這當然是很合乎秩序的原則的。又如馬致遠的〈天淨沙〉曲：

枯藤老樹昏鴉。小橋流水人家。古道西風瘦馬。夕陽西下。斷腸人在天涯。

此曲先就空間，以「枯藤」兩句寫道旁所見，以「古道」句寫道中所見；再就時間，以「夕陽」句指出是黃昏，以增強它的情味力量；然後由景轉情，點明浪跡天涯者的悲痛——「斷腸」作結，這顯然也是很合乎秩序（含變化）的原則的。

（二）聯貫

聯貫是就材料前後的接榫來說的。這種材料前後的接榫，方式頗多，其中屬於基本性質的，有聯詞、聯語、關聯句子與關聯節段等四種；屬藝術層面的，則有就局部而言的前呼後應，與就整體而言的一路照應等。由於受篇幅限制，在這裡僅就藝術的聯貫，分局部與整體兩種，各舉一例說明如左：

　　首先是局部性的前呼後應，如蘇軾的〈念奴嬌〉詞：

　　大江東去，浪淘盡、千古風流人物。故壘西邊，人道是、三國周
　　郎赤壁，亂石崩雲，驚濤裂岸，捲起千堆雪。江山如畫，一時多
　　少豪傑。　　　遙想公瑾當年，小喬初嫁了，雄姿英發。羽扇綸
　　巾，談笑間、檣櫓灰飛煙滅。故國神游，多情應笑我，早生華
　　髮。人間如夢，一尊還酹江月。

　　此詞題作「赤壁懷古」，是作者在謫居黃州時所寫的。全詞共分三
個部分：頭一部分，自篇首至「一時多少豪傑」止，寫赤壁如畫的江山
勝景，並由景而及於三國當年破曹的英雄豪傑，作歷史的追溯，以暗含
古今興亡的感慨，預為篇末的主旨——「多情」鋪路。第二部分自「遙
想公瑾當年」至「檣櫓灰飛煙滅」止，承上個部分的「豪傑」，用「遙想」
領入，寫「三國周郎」當年的少年英氣、功業事蹟和不可一世的雄風，
隱約地表出自己無比的仰慕之情，以逼出下個部分的「多情」來。第三
部分自「故國神遊」至篇末，首先以「故國神遊」一句，將上兩個部分
的敘寫作一收束，然後以「多情應笑我」四句，由古代的周郎拍向自己
身上，藉自身年老、一事無成的衰頹形象，有意與周郎的「雄姿」作成
尖銳的對比，以表出年華虛度、人生如夢的深切感慨——「多情」來，
寫得真是「感慨雄壯」到了極點，誠如王元美所說的「果令銅將軍於大
江奏之，必能使江波鼎沸」（《弇州山人詞評》）啊！如果特就聯貫（呼
應）的技巧而論，此詞約分三組來先後呼應：一是就「水」上呼應，先
以「大江東去」一呼，後由「浪」、「驚濤裂岸，捲起千堆雪」、「江」
回應；二是就「山」上呼應，先以「故壘西邊」、「赤壁」一呼，後由「三
國周郎」、「多少豪傑」為應，從而領出下半闋來敘寫「人」事，成功
的將年老華白、一事無成的自己與當年雄姿英發、建立不朽功業的周

瑜，作成尖銳的對照，以寫年華虛度、「人間如夢」的深切感慨來。這樣由「江」（含人）、「山」（含人）而折到「人」事，彼此前後呼應，章法是相當綿密的。

接著是整體性的一路照應，如關漢卿的〈四塊玉〉曲：

> 舊酒沒。新醅潑。老瓦盆邊笑呵呵。共山僧野叟閑吟和。他出一對雞，我出一個鵝。閑快活。

此曲先提新酒，次提酒具，再提酒友，然後就友、我，提各自提供的下酒菜餚，就這樣由「笑呵呵」而「閑吟和」而「閑快活」，將全曲聯貫成一體，產生出最大之感染力來。

（三）統一

統一是就材料、情意的統整來說的。大家都知道，使辭章從頭到尾維持一致的思想情意，是每個辭章家所努力以赴的，因此每個辭章家在寫作之際，都會立好明確的綱領或主旨，以貫穿全篇，使辭章產生最大的說服力與感染力。如孟浩然的〈過故人莊〉詩：

> 故人具雞黍，邀我至田家。綠樹村邊合，青山郭外斜。開軒面場圃，把酒話桑麻。待到重陽日，還來就菊花。

此詩以田園風光襯托出老朋友相見的深切情誼，使篇內的物境與篇外的情境交融在一起。所謂的物境，是由詩歌中的景物或事物所構成的一種境界。「故人具雞黍」一聯，以老朋友誠摯的邀約作為開端，把題目「過故人莊」直接點明，這是就事物來寫的物境，但也含有無限的情誼在。「綠樹村邊合」一聯，寫的是赴約途中所見到的景物，由田園明

媚的風光襯托出心情的開朗與愉悅,這是就景物來寫的物境,而景中含
情,詠來格外地生動,王國維在《人間詞話》裡說:「一切景語皆情
語」[7],便是這個意思。「開軒面場圃」一聯,寫的是到田家後老朋友相
會面、話家常的喜悅,這是就事物來寫的物境,很技巧地由物境襯托出
情境來。「待到重陽日」一聯,預定了下次聚會的時間,由實轉虛,把
朋友的情誼又推深一層,這是就事物來寫的物境,充分地將物境與情境
疊合在一起。總結起來說,這首詩從邀約寫起,進而寫村景、寫對酌,
最後又以重陽為約,使得首尾圓合,而老朋友深厚的情誼,就這樣由篇
外貫穿篇內所寫的景物與事物,形成統一,讓人百讀不厭。又如張養浩
的〈水仙子〉曲:

> 一江煙水照晴嵐。兩岸人家接畫簷。芰荷叢一段秋光淡。沙鷗舞
> 再三。卷香風十里珠簾。畫船兒天邊至,酒旗兒風外颭。愛煞江
> 南。

　　作者在此,先以「一江」兩句,分水上與陸上,寫「照晴嵐」的一
江煙水與「接畫簷」的兩岸人家;再以「芰荷」三句,就水上寫江煙水
中的秋荷與沙鷗,就陸上寫「畫簷」下迎著香風的十裡珠簾;接著以
「畫船兒」兩句,就水上寫來自天邊的畫船,就陸上寫風外飛舞的酒
旗。就這樣一水一陸地將江南美好的景物鮮明地描繪出來,然後結以
「愛煞江南」一句,以統一全曲。所謂「一筆包裹」,章法極為嚴密。
　　詩歌須合於秩序(含變化)、聯貫、統一等三大原則的要求,雖和
其他的文體沒什麼兩樣,但為字數所拘,要求得更為細密,是自然而然
的事,這樣,詩歌章法之美就更為突出了。

7　《人間詞話‧刪稿》,頁 4257。

七 風格之美

所謂的風格,是指辭章家在創作成果中所表現的格調特色。陳企德在《修辭學直指》裡就稱作「體性上的分類」,並將它分為四組八種:一組由內容和形式的比例,分為簡約、繁豐;二組由氣象的剛強與柔和,分為剛健、柔婉;三組由於話裡詞藻的多少,分為平淡、絢爛;四組由於揀點工夫的多少,分為嚴謹、疏放。茲配合詩歌,特舉其中兩組四種,分述如下:

(一)剛柔之美

剛,指剛健:它大抵氣勢浩瀚,聲音堅強重濁,腔調急促。柔,指柔婉;它大抵韻味深美,聲音柔和清平,腔調舒緩。剛健的,如盧綸的〈塞下曲〉:

月黑雁飛高,單于夜遁逃。欲將輕騎逐,大雪滿弓刀。

這是一首邊塞詩,描寫的是塞外官軍夜晚英勇追敵的情景。頭兩句為一聯,寫敵軍的潰逃:首句「月黑雁飛高」為起句,形容氣候的惡劣,其中「月黑」表示無光,「雁飛高」表示無聲,是潛逃的最好時機。次句「單于夜遁逃」為承句,形容敵軍趁夜脫逃。前句是因,後句是果,因果意義一貫,不可拆開。三、四兩句又自成一聯,寫我軍逐敵的情景;第三句「欲將輕騎逐」為轉句,敘我軍想要用輕騎去追敵;第四句「大雪滿弓刀」為合句,敘追敵時,弓刀上都沾滿了雪花,表現出我軍的英武氣概,把詩的張力拓到極處,以收束全詩。這是呈現剛健之美的好例子。又如岳飛的〈滿江紅〉詞:

怒髮衝冠，憑闌處、瀟瀟雨歇。擡望眼、仰天長嘯，壯懷激烈。三十功名塵與土，八千里路雲和月。莫等閒、白了少年頭，空悲切。　　靖康恥，猶未雪。臣子恨，何時滅。駕長車、踏破賀蘭山缺。壯志饑餐胡虜肉，笑談渴飲匈奴血。待從頭、收拾舊山河，朝天闕。

　　此詞氣勢浩瀚，寫出了作者的滿腔忠憤。開端四句，藉憑闌所見「瀟瀟雨歇」的外在景致與當時「怒髮衝冠」、「仰天長嘯」的本身形態，以具寫壯懷之激烈。「三十」兩句，由果而因，就過去，分敘「壯懷激烈」的頭一個原因在於征戰南北，勳業未成。「莫等閒」兩句，承上兩句，就未來，分敘「壯懷激烈」的另一個原因在於時日已無多，深悲自己會「等閒白了少年頭」。換頭四句，承上片的「壯懷激烈」，總括了上兩個分敘的部分，寫國恥未雪的憾恨，拈明一篇主旨，大力地將一片壯懷，噴薄傾吐。「駕長車」三句，則由實而轉虛，透過設想，虛寫驅車滅敵、湔雪國恥的情景，真可謂「氣欲凌雲，聲可裂石」。結尾兩句，依然以虛寫的手法，進一層寫雪恥後朝見天子的理想結局，以反襯主旨作收。詠來真可令人起頑振懦。這是呈現剛健之美的另一佳例。

　　深美的，如李白的〈玉階怨〉：

　　玉階生白露，夜久侵羅襪。卻下水晶簾，玲瓏望秋月。

　　這是抒寫怨情的作品。寫的是美人玉階久立，露侵羅襪，猶下窗簾，望月思人的情景，從頭到尾所寫的僅僅是美人的動作或周遭的景物而已，卻從中透露出濃濃怨情來。蕭粹可評說：「無一字言怨，而隱然

幽怨之意見於言外,晦庵所謂聖於詩者。」[8] 由於它「隱然幽怨之意見於言外」,因此韻味便特別深美,這無疑是呈現柔婉之美的一首傑作。又如張可久的〈梧葉兒〉曲:

> 薔薇徑,芍藥闌。鶯燕語間關。小雨紅芳綻。新晴紫陌乾。日長繡窗閑。人立秋千畫板。

這首曲寫的是春日所見的景物,依序是「闌」、「徑」旁的薔薇與芍藥、「語間關」的鶯與燕、小雨後的紅芳與紫陌、閑靜的繡窗和站在秋千畫板上的人。作者就透過這些表出孤單之情來。而這種孤單之情,可由他所見之紅芳(含薔薇與芍藥)、鶯燕與秋千透出一些消息,因為花除了象徵美好的時光外,也經常用以象徵所思念之人,而鶯燕,一由於金昌緒的〈春怨〉詩,一由於往往成雙,最適合用來反襯孤單,所以和離情都脫不了關係;至於秋千,見了自然會想起當年盪此秋千之人,更與人的相思分不開。因此這首曲雖未明說是「懷人」,而「懷人」之情卻流貫於字裡行間了。這也是一首呈現柔婉之美的作品。

(二)濃淡之美

濃,指絢爛;淡,指平淡、質實。章微穎說:「質實的宜於敷陳敘說,絢爛的足以動情興感」[9],這是一般的說法,既可就全篇來看,也可就節段來看。黃錦鋐甚至說:「一篇文章不可能純粹是平淡體,或純粹是絢爛體,大都是兩者揉合而成的,如最平淡的科學語辭,也往往會用上幾個比喻。而最尚絢爛的詩詞,也不見得句句都用辭藻。這是指引

---

8 蕭粹可評析,見高步瀛選注:《唐宋詩舉要》(臺北市:學海出版社,1973 年 2 月初版),頁 764。
9 章微穎:《中學國文教學法》(臺北市:蘭臺書局,1973 年 10 月再版),頁 77。

學生欣賞時最要注意的。」[10] 茲分絢爛與平淡，各舉二例，略予說明。
絢爛的，如周邦彥的〈蘇幕遮〉詞：

> 燎沉香，消溽暑。鳥雀呼晴，侵曉窺簷語。葉上初陽乾宿雨，水
> 面清圓，一一風荷舉。　　故鄉遙，何日去？家住吳門，久作長
> 安旅。五月漁郎相憶否？小楫輕舟，夢入芙蓉浦。

　　此詞旨在寫鄉心之切。它的上片，採由近及遠的形式來寫雨後的夏
日晨景：首先以開端「燎沉香」二句，寫室內的爐香，並提明季節、時
間；其次以「鳥雀呼晴」二句，由室內推擴到屋外，寫窺簷的鳥雀，並
交代夜雨初晴；再其次以「葉上初陽乾宿雨」三句，又由屋外推遠到荷
塘，寫初日照耀下既清又圓的荷葉與因風微顫的荷花。其中寫爐香，寫
鳥雀，是賓；而寫風荷才是主。因為經由此地（汴京）的風荷，作者就
能和故鄉（錢塘）的芙蓉（荷花別名）浦相連在一起，預為下片寫小楫
輕舟的歸夢鋪好路子。到了下片，主要用以抒情。作者先以「故鄉遙」
二句，寫鄉思，拈明一篇之作意，來統一全詞；次以「家在吳門」二
句，指出自己旅居日久的所在地與故鄉，用以推深鄉思，並寓身世之
感；末以「五月漁郎相憶否」三句，回應上片的「風荷」，藉小楫輕舟
入芙蓉浦，來寫故鄉歸夢，將鄉思又推深一層，產生巨大的感染力。無
疑地，這是一篇呈現絢爛之美的詞作。又如李珣的〈南鄉子〉詞：

> 乘彩舫，過蓮塘，棹歌驚起睡鴛鴦。帶香遊女偎伴笑，爭窈窕，
> 競折團荷遮晚照。

---

10 黃錦鋐：《中學國文教材教法》（臺北市：教育文物出版社，1981 年 2 月初版），頁
　 133。

　　這闋詞寫的是粵女游湖時天真活潑的畫面。全詞以遊女為中心，由她們的「棹歌」、「偎伴笑」、「折圓荷」、「遮晚照」的動作，串成一線，而用「彩舫」、「蓮塘」、「鴛鴦」等物作點綴，構成一幅清新愉悅的地方風物圖，讀來令人賞心悅目。這又是呈現絢爛之美的一首作品。

　　平淡的，如王之渙的〈登鸛鵲樓〉詩：

　　　　白日依山盡，黃河入海流。欲窮千里目，更上一層樓。

　　這首詩藉作者登樓所見空闊景象，以表出自己高瞻遠矚的胸襟與向上進取的精神。本來在作者登上鸛鵲樓時，所看到的景象很多，結果他只挑選「依山盡」的「白日」、「入海流」的「黃河」作為代表，而把其他登樓所見的景色都捨去不談了。而這種「白日依山盡」、「黃河入海流」的景象，深深地引發了詩人無限的感觸。他面對如此壯闊的景色、雄渾的氣勢，自然地使他有了深一層的感受，從而開拓了高大遠矚的胸襟，並激發出向上進取的精神，於是寫下「欲窮千里目，更上一層樓」的佳聯。試看這首詩，從頭到尾不用一點詞藻，全以骨力、境界勝，顯然是一篇呈現平淡之美的佳作。又如晏殊的〈浣溪沙〉詞：

　　　　一曲新詞酒一杯，去年天氣舊池臺，夕陽西下幾時回？　無可奈何花落去，似曾相識燕歸來，小園香徑獨徘徊。

　　這首詞是春日懷人的作品。上片用以寫眼前所見景象，而將「天氣」、「池臺」與「夕陽」和「去年」作一銜接，以暗中引出離索之感；下片則用以寫「花落」、「燕歸」、「小徑」、「徘徊」的情景，而藉「無可奈何」、「似曾相識」與「獨」字，以隱約表出抑鬱之情。唐圭璋說：「此首諧不鄰俗，婉不嫌弱。明為懷人，而通體不著一懷人之語，但以

景襯情。」[11] 所謂「諧不鄰俗」，不是指出了此詞出語平淡而不流於低俗的特點嗎？

八　結語

　　經由上述，我國的古典詩歌，無論是詩、詞或曲，在其體制、格律、意旨、修辭、章法與風格各方面，都呈現它的美來，使人很容易由「觀之」而「玩之」，從而深入作品，獲致強烈的美感。這樣說來，詩歌之所以讓人特別喜愛，百般玩味而不厭，是非常自然的事了。

---

11 唐圭璋：《唐宋詞簡釋》（臺北市：木鐸出版社，1982 年 3 月初版），頁 54。

附錄三
思維系統與辭章閱讀
——以兩篇詞作評析為例作觀察

一　前言

　　大致說來，思維系統結合語文能力來看，可概分為三個層級來加以認識：首先是「一般」層，主要含觀察、記憶、聯想、想像等思維力；其次是「特殊」層，主要含詞彙、修辭、文〔語〕法、章法、主題（內容材料）與風格等思維力；然後是「綜合」層，主要指創造的思維力[1]。這三層的重心都在「思維力」之運用，經由「形象」、「邏輯」與「綜合」等思維力之交互作用下，結合「聯想力」與「想像力」的主客觀開展，進而融貫各種、各層「能力」，而產生「創造力」。這些都可由經驗之累積與科學之研究切入作觀察、分析，以呈顯思維系統、語文能力與辭章內涵的一體性，提供辭章研究、詞作評析或教學、學習者作參考。

二　思維系統與辭章內涵之相關理論

　　在此分「思維系統與語文能力」與「語文能力與辭章內涵」兩層加以探討：

---

[1]　仇小屏：《限制式寫作之理論與應用》（臺北市：萬卷樓圖書公司，2005 年 10 月初版），頁 12-48。

（一）思維系統與語文能力

　　語文能力之重心在「一般能力」，而「一般能力」的核心又在「思維」。因此，「思維力」可視為各種能力之母。而所謂的「一般能力」，正如彭聃齡主編《普通心理學》所言：「指在不同種類的活動中表現出來的能力。」[2] 也就是說，不只是寫作、閱讀時所必須具備，就是從事其他學科的學習或活動時也一樣需要，因此是相當基礎而廣泛的能力，其中主要包括觀察力、記憶力、聯想力、想像力等，而由此衍生出特殊能力與綜合能力，形成思維系統。

　　對所謂「思維力」，周元主編《小學語文教育學》說：「思維靠語言來組織。我們進行思考時，必須借助於單詞、短語和句子。因為思維的基本形式——概念，是用語言中的詞來標誌的，判斷過程和推理過程也是憑藉語句來進行的；也正是因為人憑藉語言進行思維，才使思維具有間接性和概括性。」[3]「思維」是靠各種符號來組織的，而「言語」就是其中之一種。而由於人類具有思維能力，所以不會只侷限於某個時空的直接感官接觸；而且思維力的鍛鍊與語言能力的進展，可說是密切相關，是可以互動、循環、提升的。周元主編《小學語文教育學》又說道：「語言是思維的直接現實。我們理解語言時，要經歷從語文形式到思想內容，又從思想內容到語文形式的思維；言語表達時則相反，要經過從內容到形式，又從形式到內容的思維過程。在這反覆的過程中，需要進行分析綜合、抽象概括、判斷推理，需要形象思維和邏輯思維的交替進行。」[4] 正因為語言與思維有著密切之關係，所以在語文教學的全

2　彭聃齡主編：《普通心理學》（北京市：北京師範大學出版社，2001 年 5 月二版，2003 年 1 月十五刷），頁 392。

3　周元主編：《小學語文教育學》（上海市：華東師範大學出版社，1992 年 10 月一版一刷），頁 26。

4　同前註。

過程中，都應有意識地進行思維訓練。思維力強，表現的就是抽象、概括的能力強，亦即「求異」與「求同」的能力強，彭聃齡主編《普通心理學》甚至認為抽象概括力是一般能力的核心[5]。為了強化它，在語文教學中，可以用「比較」的方式，來鍛鍊出學生「求異」與「求同」的能力，因而促進他們的「思維力」。

這種「思維力」，就「一般能力」層來說，含觀察力、記憶力、聯想力、想像力等。它是以「思維力」為其重心，而形成系統的。其中的「觀察力」是為「思維力」而服務，「記憶力」乃用以記憶「觀察」以「思維」之所得，「聯想力」是「思維力」的初步表現，而「想像力」則是「思維力」的更進一步呈顯，以主導「形象」、「邏輯」[6]與「綜合」三種思維。其中作比較偏於主觀聯想、想像的，屬「形象思維」；作比較偏於客觀聯想、想像的，屬「邏輯思維」[7]；而兩者是兩相對待的。至於合「形象」、「邏輯」兩種思維為一的，則為「綜合思維」，用於進一步表現「綜合能力」，以發揮「創造力」。

這種「思維力」如落到語文學科之「特殊能力」層來說的，則直承「思維力」（含「聯想力」與「想像力」）而開展，分由「形象思維」、「邏輯思維」與「綜合思維」形成運用「意象」（含狹義、廣義）、「詞彙」、

5　《普通心理學》，頁 392。

6　邏輯思維與形象思維為人類最基本的兩種思維方式。盧明森：「形象思維是與抽象思維相比較而存在的。抽象思維的基本特點是概念性、抽象性與邏輯性，因此，可以稱之為概念思維、抽象思維、邏輯思維；與之相對應，形象思維的基本特點是意象性、具體性與非邏輯性，因此可以稱之為意象思維、具體思維、非邏輯思維。」見黃順基、蘇越、黃展驥主編：《邏輯與知識創新》第二十章（北京市：中國人民大學出版社，2002 年），頁 429。又胡有清：「在藝術活動中，當人們用形象思維來把握和展示豐富的社會生活時，總會受到抽象思維的制約和影響。也就是說，抽象思維在一定程度上規範和導引形象思維。」見《文藝學論綱》（南京市：南京大學出版社，2002 年），頁 172。

7　陳滿銘：〈論意象與聯想力、想像力之互動——以「多二一（0）」螺旋結構切入作考察〉，《浙江師範大學學報・社會科學版》31 卷 2 期（2006 年 4 月），頁 47-54。

「修辭」、「文（語）法」、「章法」與確立「主旨」（綱領）、「風格」等各種特殊能力。

　　而所謂的「綜合能力」層，指的是統合「一般能力」、「特殊能力」所形成的整體能力。這種能力，如就「思維系統」而言，即「創造力」。彭聃齡主編《普通心理學》指出：「創造力（creative ability）是指產生新的思想和新的產品的能力。」因為一個人的創造力通常是透過進行創造活動、產生創造產品而表現出來，因此根據產品來判定是否具有創造力是合理的。所以，就寫作活動而言，構思新的人物形象、尋找不同的表達方式，「由意而象」地創造完整之新作品，就是一種創造力的整體展現；這呈現的是創作活動的過程。而換就閱讀活動來說，透過作品中之各種材料、各種表現手法，「由象而意」地突出主旨、風格，以欣賞作者之創造力的，則是一種再創造之完整歷程[8]。

（二）語文能力與辭章內涵

　　從整體來看，辭章所呈現的主要為「特殊能力」，是結合「形象思維」、「邏輯思維」與「綜合思維」而形成的。這三種思維，各有所主。如果是將一篇辭章所要表達之「情」或「理」，訴諸各種偏於主觀之聯想、想像，和所選取之「景（物）」或「事」接合在一起，或者是專就個別之「情」、「理」、「景」（物）、「事」等材料本身設計其表現技巧的，皆屬「形象思維」（運用典型的藝術形象來顯示各種事物的特質）；這涉及了「取材」與「措詞」等問題，而主要以此為研究對象的，就是意象學、詞彙學與修辭學等。如果是專就「景（物）」或「事」等各種材料，對應於自然規律，結合「情」與「理」，訴諸偏於客觀之聯想、想

8　陳滿銘：〈論讀、寫互動〉，《泉州師範學院學報》23 卷 3 期（2005 年 5 月），頁108-116。

像，按秩序、變化、聯貫與統一之原則，前後加以安排、布置，以成條理的，皆屬「邏輯思維」（用抽象概念來顯示各種事物的組織）；這涉及了「布局」與「構詞」等問題，而主要以此為研究對象的，就字句言，即文（語）法學；就篇章言，就是章法學。至於合「形象思維」與「邏輯思維」而為一，探討其「主題」與「體性」⁹的，則為「綜合思維」，這涉及了「立意」、「確立體性」等問題，而主要以此為研究對象的，為主題學、文體學、風格學等。而以此整體或個別為對象加以研究的，則統稱為辭章學或文章學。

以上這些辭章的內涵，都是經由辭章之模式研究加以確定的。它們都與形象思維、邏輯思維或綜合思維有著密切的關係。其中有偏於字句範圍的，主要為詞彙、修辭、文（語）法與意象（個別）；有偏於章與篇的，主要為意象（整體）與章法；有偏於篇的，主要為主旨、文體與風格。因此辭章的篇章，是主要以意象（個別到整體、狹義到廣義）與章法為其內涵，而以主旨與風格（文體）來「一以貫之」的。

換另一個角度看，辭章是離不開「意象」的¹⁰。而「意象」有廣義與狹義之別：廣義者指全篇，屬於整體，可以析分為「意」與「象」；狹義者指個別，屬於局部，往往合「意」與「象」為一來稱呼。而整體是局部的總括、局部是整體的條分，所以兩者關係密切。不過，必須一提的是，狹義之「意象」，亦即個別之「意象」，雖往往合「意」與「象」為一來稱呼，卻大都用其偏義，譬如草木或桃花的意象，用的是偏於「意象」之「意」，因為草木或桃花都偏於「象」；如「桃花」的意象之

9　陳望道：「語文的體式很多，……表現上的分類，就是《文心雕龍》所謂的『體性』的分類，如分為簡約、繁豐、剛健、柔婉、平淡、絢爛、謹嚴、疏放之類。」見《修辭學發凡》（香港：大光出版社，1961 年 2 月版），頁 250。

10　古人論及「言」、「意」、「象」關係者頗多，見陳滿銘：〈論辭章意象之形成──據格式塔「異質同構」說加以推衍〉，中山大學《文與哲》學報 8 期（2006 年 6 月），頁 475-492。

一為愛情，而愛情是「意」；而團圓或流浪的意象，則用的是偏於「意象」之「象」，因為團圓或流浪，都偏於「意」；如「流浪」的意象之一為浮雲，而浮雲是「象」。因此前者往往是一「象」多「意」，後者則為一「意」多「象」。而它們無論是偏於「意」或偏於「象」，通常都通稱為「意象」。底下就著眼於整體（含個別）的「意象」（意與象），試著用相應於它的綜合思維來統合形象思維與邏輯思維，並貫穿辭章的各主要內涵，以見意象在辭章上之地位[11]。

　　先從「意象」之形成與表現來看，是都與形象思維有關的，因為形象思維所涉及的，是「意」（情、理）與「象」（事、景）之結合及其表現。其中探討「意」（情、理）與「象」（事、景）之結合者，為「意象學」（狹義），這是就意象之形成來說的。而探討「意」（情、理）與「象」（事、景）本身之表現者，如就原型求其符號化的，是「詞彙學」；如就變型求其生動化的，則為「修辭學」。再從「意象」之組織來看，是與邏輯思維有關的，而邏輯思維所涉及的，則是意象（意與意、象與象、意與象、意象與意象）之排列組合，其中屬篇章者為「章法學」，屬語句者為「文法學」。至於綜合思維所涉及的，乃是核心之「意」（情、理），

　　即一篇之中心意旨：「主旨」與審美風貌：「風格」（文體）。由此看來，形象思維、邏輯思維與綜合思維三者，涵蓋了辭章的各主要內涵，而都離不開「意象」。如單由「象」與「意」來說，如涉及後天之「辭章研究」（閱讀），所循的是「由象而意」逆向邏輯結構；如涉及先天之「語文能力」（創作）而言，所循的則是「由意而象」順向邏輯結構[12]。

---

11 陳滿銘：〈意、象互動論——以「一意多象」與「一象多意」為考察範圍〉，中山大學《文與哲》學報 11 期（2007 年 12 月），頁 435-480。
12 陳滿銘：〈辭章意象論〉，臺灣師大《師大學報‧人文與社會類》50 卷 1 期（2005 年

　　這些內涵，如就逆向之邏輯結構來說，首先是由「意象」（個別）、「詞彙」、「修辭」、「文（語）法」、與「章法」等所呈現之藝術形式（善）；其間藉「形象思維」（陰柔）與「邏輯思維」（陽剛），來產生徹下徹上之中介作用；然後是藉「綜合思維」所凸顯出來的「主旨」與「風格」（文體）等，這涉及了「修辭立其誠」《易‧乾》之「誠」（真）與篇章有機整體之「美」，乃辭章之核心所在。這樣在思維系統之牢籠下，回歸語文能力來看待辭章（意象）內涵，就能凸顯「形象思維」與「邏輯思維」的居間作用，使辭章之表現呈現「善」，將「意象」（個別）、「詞彙」、「修辭」、「文（語）法」與「章法」等，統一於「主旨」與「風格」（文體），以臻於「真、善、美」的最高境界[13]。而這些都是經驗累積與辭章研究之成果，是不能忽略的。

　　總結上述，思維系統、語文能力與辭章內涵的一體性關係，可用如下簡圖來表示：

4 月），頁 17-39。

13 陳滿銘：〈論「真」、「善」、「美」的螺旋結構──以章法「多、二、一（0）」結構作對應考察〉，臺灣師大《中國學術年刊》27 期春季號（2005 年 3 月），頁 151-188。

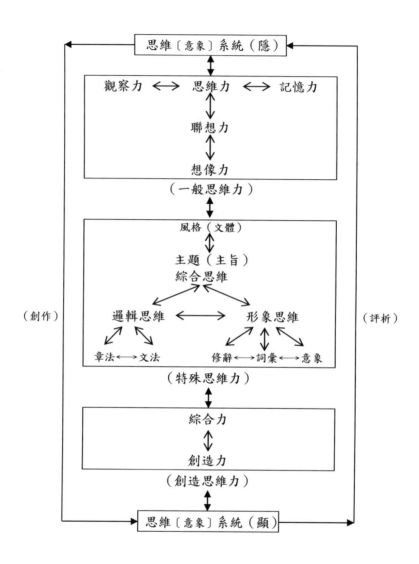

　　這種形成螺旋結構的能力，是可用「評析」與「創作」來印證的。由於「創作」乃由「意」而「象」，靠的是先天（先驗）自然而然的能力，這多是不自覺的，屬「直觀表現」；而「評析」則由「象」而「意」，靠的是後天研究所推得的結果，用科學的方法分析作品，自覺地將先天（先驗）自然而然的能力予以確定，屬「模式探索」。因此「創作」是

先天能力的順向發揮、「評析」是後天研究的逆向（歸根）努力，兩者可說互動而不能分割，而「創造力」就由「隱」而「顯」地表現出來。

三　思維系統與辭章內涵互動之詞作評析

由於詞作是辭章的一種，自然也具有這種思維系統與詞章內涵之互動。在此，特著眼於集評與自評之例各一，略作補充說明，以見思維系統與辭章內涵之互動於一斑。

先看集評，如李煜〈相見歡〉詞：

> 林花謝了春紅，太匆匆。無奈朝來寒雨、晚來風。　　　胭脂淚，
> 相留醉，幾時重？自是人生長恨、水長東。

此詞旨在借寫傷春傷別，以暗寓亡國之恨，是採「先實（寫景）後虛（抒情）」（上層）的結構加以統合而寫成的。

就「實（寫景）」來看，這主要透過「聯想」，著眼於「象」來寫的，含上片三句，用「先果後因」（次層）的結構，寫林花在寒風急雨的不斷摧殘下，很快地卸下它們的紅衣而哀謝。其中「林花」二句是「果」，而「無奈」句為「因」。以「果」而言，用「先主後副」（三層）的結構來寫。本來林花謝紅的景象，已夠令人為之惋惜哀傷，而如今卻謝得「太匆匆」，使得本就已經十分濃摯的哀惜之情更趨強烈。而就「因」而言，則對林花何以匆匆謝紅的原因，作了直接的交代。在主人翁眼裡，這些花已不再是花，而是過去的一段美好時光。但這段時光，卻因曹彬以迅雷不及掩耳之勢兵臨城下，而整個結束了，這是萬萬想不到，是無可奈何的。

就「虛（抒情）」來看，這主要是經由「聯想」與「想像」，著眼於「意」來寫的，含下片四句，用「先因後果」（次層）的結構包孕「先

實（現在）後虛（未來）」（三層）與「先今後昔」（底層）的結構加以
呈現。它先以「胭脂淚」三句，承上個部分之落紅來敘寫好景不再的哀
愁。作者以「胭脂」代指花紅，又加上一個「淚」字，將它擬人化，以
產生更大的感染力量。值得注意的是：在此「說花即以說人」[14]，而這
「人」該是指「宮娥」而言，於是時間由現在推回過去，想起當年她們
流著「胭脂淚」來送別，使自己也痛苦得「揮淚」相對（見〈破陣子〉）；
如今面對著帶雨的落紅，豈不是會想起當年「辭廟」的一幕，而感傷重
逢無日嗎？至於「幾時重」，則時間由過去推向未來，表達了這種沈
痛；這兼含「聯想」與「想像」兩種思維在內。寫到這裡，很自然地由
這個「因」而帶出它的「果」，以「自是」句來總結這份悠悠長恨，作
者在另一首〈子夜歌〉裡說：「人生愁恨何能免，銷魂獨我情何限！」
表達的就是這種「天」、「人」互動的痛苦，令人難於負荷；這主要涉
及了「聯想」思維。

　　這首詞即景（象）抒情（意），通過春殘花謝的景象，抒發了人生
失意的無限悵恨。而這種悵恨，顯然又已超越了李後主個人，而具有普
遍性。其詞情之深在此，其詞境之奇亦在此，而創造力之偉大也由此表
現出來。

---

14 唐圭璋：《唐宋詞簡釋》（臺北市：木鐸出版社，1982 年 3 月初版），頁 40。

附結構系統表供參考：

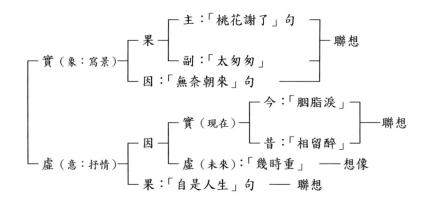

如由此凸顯其風格中的陰（柔）陽（剛）成分，則可分層表示如下：

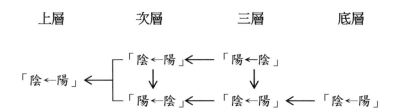

　　此詞之主旨為「長恨」，置於篇末；而所形成的是屬於「偏柔」（柔中寓剛）的風格，因為各層結構的剛柔之「勢」，流向「陽剛」的只有兩個，而流向「陰柔」的卻有四個，尤其是其核心結構[15]為上層之「先實（景）後虛（情）」，使「勢」顯然強烈地趨於「陰柔」，因此其中的成分是「陰柔」多於「陽剛」的[16]。

---

15 核心結構對篇章主旨與風格的影響最大。參見陳滿銘：〈論章法「多、二、一（0）」的核心結構〉，臺灣師大《師大學報·人文與社會類》48 卷 2 期（2003 年 12 月），頁 71-94。

16 由此圖可知，此詞含四層結構，如進一步地加以量化，則其結果是：底層以「先今

綜結此詞，如融合「思維力」與「思維（意象）系統」切入來看，則可歸納成如下重點：

1 一般思維力

在此，特別值得注意的是：「聯想」與「想像」兩種思維力之運用，本詞雖未忽略「想像力」，卻以「聯想力」為主。楊敏如釋此詞云：「借傷春為喻，恨風雨摧花。『林花謝了春紅』，對這個文采風流的皇帝來說，正好用來比擬他的天堂的傾落。……『胭脂淚』，濃縮地描繪了經風著雨的『春紅』的一副慘澹的樣子，既有概括，又有形象。……俞平伯《讀詞偶得》：『……蓋「春紅」二字已遠為「胭脂」作根，而匆匆風雨，又處處關合「淚」字。春紅著雨，非胭脂淚歟，心理學者所謂「聯想」也。』」[17] 這樣來看待此詞，很能掌握作者敏銳的思維能力。

2 特殊思維力

在此，可分如下三層加以觀察：

（1）形象思維：此含意象之形成與表現，主要關涉「詞彙」與「修辭」。對此，唐圭璋在其《唐宋詞簡釋》中說：「『太匆匆』三字，極傳驚嘆之神，『無奈』句，又轉怨恨之情，說出林花所以速謝之故。朝是雨打，晚是風吹，花何以堪，說花即以說人，語固雙關也。『無奈』二字，且見無力護花、無計回天之意，一片珍惜憐愛之情，躍然紙

後昔」（逆）形成移位結構，其「勢」之數為「陰 4 陽 2」；三層以「先主後副（順）」、「先現後未」（逆）形成移位結構，其「勢」之數為「陰 10 陽 8」；次層以「先果後因（逆）」、「先因後果（順）」形成移位結構，其「勢」之數為「陰 15 陽 12」；上層以「先實後虛（順）」形成移位結構，其「勢」之數為「陰 16 陽 8」；這樣累積成篇，其「勢」之數的總和為「陰 45 陽 30」，如換算成百分比（四捨五入），則為「陰 60 陽 40」，乃「偏柔」的作品。其量化原理及公式，見陳滿銘：〈章法風格論——以「多、二、一（0）」結構作考察〉，《成大中文學報》12 期（2005 年 7 月），頁 147-164。

17 葉嘉瑩主編：《南唐二主詞新釋輯評》（北京市：中國書店，2005 年 1 月一版五刷），頁 102-104。

上。⋯⋯『自是』句重落。以水之必然長東，喻人之必然長恨，語最深刻。『自是』二字，尤能揭出人生苦悶之義蘊。」[18] 陳弘治《唐宋詞名作析評》也說：「南唐的亡國，後主的『歸為臣虜』，是出乎他意料的，所以有『太匆匆』的驚歎。」[19] 傅正谷和王沛霖在《唐宋詞鑑賞集成》則說：「『胭脂淚』，是擬人手法的運用。胭脂，本指女人搽臉的紅粉，此則指凋零的『林花』，亦即所謂的『謝了春紅』。胭脂和淚，是說那飄落遍地的紅花，被夾著晚風吹來的寒雨打濕，猶如美人傷心之極而和著胭脂滴下的血淚。『謝了春紅』的『林花』本不會落淚，淚是詞人賦予它的。」[20] 而周汝昌則說：「以『春紅』二字代『花』，即是修飾，即是藝術。⋯⋯過片三字句三疊句，⋯⋯老杜的名句『林花著雨胭脂濕』，⋯⋯後主分明從杜少陵的『林花』而來，⋯⋯只運化了三字而換了一個『淚』字來代『濕』，於是便青出於藍，而大勝於藍，便覺全幅因此一字而生色無限。『淚』字已是傳奇，但『醉』字也非趁韻諧音的忘下之字。此醉，非陶醉俗義，蓋悲傷淒惜之甚，心如迷醉也。末句略如上片歇拍長句，也是運用疊字銜聯法：『朝來』、『晚來』，『長恨』、『長東』，前後呼應更增其異曲同工之妙，即加倍具有強烈的感染力量。」[21] 可見所用「詞彙」中的「春紅」、「太匆匆」、「無奈」、「淚」、「醉」與「自是」等，既最能傳神；而修辭中的「感嘆」、「雙關」、「譬喻」、「擬人」、「借代」、「類疊」、「映襯」與「引用」等藝術手法，又使作品「生色無限」。

（2）邏輯思維：此指意象之組織，主要涉及語句層面的「文（語）

18 《唐宋詞簡釋》，頁 40。
19 陳弘治：《唐宋詞名作析評》（臺北市：文津出版社，1977 年 10 月再版），頁 87。
20 唐圭璋主編：《唐宋詞鑑賞集成》（香港：中華書局香港分局，1987 年 7 月初版），頁 124。
21 唐圭璋、繆鉞、葉嘉瑩等：《唐宋詞鑑賞辭典》（上海市：上海辭書出版社，1988 年 4 月一版十五刷），頁 126。

法」與篇章層面的「章法」。對此，周汝昌說：「上片三句，亦千回百
轉之情懷，有匪特一筆三過折也。」[22] 喬櫻、于淑月說：「周振甫先生
分析李煜詞時引《文心雕龍・隱秀篇》的命意，指出李煜亡國後的詞，
既是『隱——情在言外』，又是『秀』——狀溢目前。……這首〈烏夜啼〉
（即〈相見歡〉）足以當隱秀之稱。……上片三句，一句一折。……首
句敘其事，次句一斷，夾議，三句溯其經過因由。」[23] 楊敏如說：「上
闋長短三句，自然淋漓，一句一折，一氣貫下。下闋三個短句，承接上
闋，又是一句一折，一氣貫下。」[24] 就邏輯結構而言，這裡所謂的「隱
秀」，就是「虛（情）實（景）」，屬本詞結構系統中的上層結構，涉及
章法；所謂的「上片三句，一句一折」，指的就是次層「先果後因」（複
句）與三層「果」中「先主後副」（主副句法）的結構，涉及文（語）
法與章法；所謂「下闋三個短句，承接上闋，又是一句一折，一氣貫
下」，指的就是三層「先實（現在）後虛（未來）」與底層「先今後昔」，
形成「現在→過去→未來」（複句）的結構，也涉及文（語）法與章法。
可見此詞之邏輯思維是相當富於變化的。

　　（3）綜合思維：此含意象之綜合，主要關涉「主題」（主旨）與「風
格」。對此，何均地說：「這首詞別有深意，萬勿滿足於惜花傷別的理
解。深一層的意思是以林花之遭風雨摧殘而凋謝，象徵自己國家之被滅
亡而身為國主之歡樂生活的喪失；以對美人的不得重逢，象徵不得重返
故國，從而抒發他不敢明言的感傷、悲苦、怨恨和絕望的心情。」[25] 喬
櫻、于淑月說：「李煜此詞以花喻人喻情，狀花直在目前，感慨也爽直

22　同前註。
23　潘慎主編：《唐五代詞鑑賞辭典》（北京市：北京燕山出版社，1997 年 6 月一版二
　　刷），頁 388。
24　《南唐二主詞新釋輯評》，頁 103。
25　蔡厚示主編：《李璟李煜詞賞析集》（成都市：巴蜀書社，1988 年 9 月一版一刷），頁 76。

明快，正所謂『秀』。但其中就包含著深意，要讀詞者去品味，去咀嚼。詞外之情，深深無盡。此所謂『隱』吧。此詞股人常用『濡染大筆』四字來評價，豈是一般的評語。」[26] 楊敏如說：「《相見歡》兩首，都是李煜入宋後詞作中之名篇，最為淒婉。是李清照在她的《詞論》中特別指出的所謂『亡國之音哀以思』。……上闋結句，宛轉回環，極陰柔之美。……最後，……妙筆天成，凝重有力，富有陽剛之美。俞平伯《讀詞偶得》：『……後主之詞，兼有陽剛陰柔之美。』」就「主題」（主旨）而言，所謂「隱秀」即「潛顯」[27]，李煜此詞之「主題」（主旨）確實是「顯中有潛」的。就「風格」而言，李煜此詞既「宛轉回環」又「凝重有力」，如此，與其說是「剛柔適中」，不如說是「柔中寓剛」來得貼切。周振甫說李煜「亡國後的詞，在清新秀麗，深沉淒婉，形成他的風格」[28]，很有道理。

3　創造思維力

　　在此，聚焦於「創造力」中「情性之爽直」、「藝術之天巧」與「境界之擴大」三層來看。關於「情性之爽直」與「藝術之天巧」兩層，周汝昌說：「南唐後主的這種詞，都是短幅的小令，況且明白如話，不待講析，自然易曉。他所『依靠』的，不是粉飾裝作，扭捏以為態，雕琢以為工，這些在他都無意為之，所憑的只是一片強烈直爽的情性。其筆亦天然流麗，如不用力，只是隨手抒寫。這些自屬有目共見。但如以為他這『隨手』就是任意『胡來』，文學創作都是以此為『擅場』，那自然也是一個笑話。即如首句，先出『林花』，全不曉畢竟何林何花，繼

26　《唐五代詞鑑賞辭典》，頁 388。

27　陳滿銘：〈辭章篇旨辨析──以其潛性與顯性切入作探討〉，中興大學《興大中文學報》28 期（2010 年 12 月），頁 137-162。

28　周振甫：《文學風格例話》（上海市：上海教育出版社，1989 年 7 月一版一刷），頁 135。

而說是『謝了春紅』，乃知是春林之紅花，── 而此春林紅花事，已經
凋謝！可見這所謂『隨手』、『直寫』，正不啻書家之『一波三過折』，
全任『天然』，『不加修飾』就能成『文』嗎？誠夢囈之言也。且說已
春紅二字代花，既是修飾，既是藝術，天巧人工，總須『兩賦而來』方
可。」[29] 關於「境界之擴大」一層，陳邦炎說：「王國維指出；『詞至李
後主而眼界始大，感慨遂深。』並舉這首詞的結句為例說：『《金荃》（溫
庭筠）、《浣花》（韋莊）』能有此氣象耶？」（《人間詞話》）……那是
因為：作者對事物的觀照乃用『詩人之眼』，『通古今而觀之』，不『域
於一人一事』（《人間詞話刪稿》），其『所寫者非個人之性質』，而是
『人類全體之性質』（《紅樓夢評論・餘論》）。這首〈相見歡〉詞的著
眼之點就不囿於眼前林花之凋謝，其所表達也超越了傷春、惜花的感慨
範圍。作者所見到的、所感到的是一個人間悲劇，而且這並不是屬於個
人的，出於偶然的，而是帶有普遍性、必然性的人事無常的悲劇。其詞
情之深在此，其詞境之大亦在此。」[30] 由此看來，此詞之創造思維，無
論是局部或整體之呈現，都是非常敏銳而強大的。

　　上舉之例，對三層思維力之運用，集今人評析，完全從不同層面與
角度切入，呈現得相當齊備完整，這種情形，雖不是很常見，卻起碼顯
示出：後天之「模式研究」（含經驗智慧）是可反映先天之「思維能力」
的。

　　後看自評，如白居易〈長相思〉詞：

　　　汴水流，泗水流，流到瓜州古渡頭。吳山點點愁。　　思悠悠，
　　　恨悠悠，恨到歸時方始休。月明人倚樓。

29　《唐宋詞鑑賞辭典》，頁 126。
30　陳邦炎主編：《詞林觀止》上（上海市：上海古籍出版社，1994 年 4 月一版一刷），
　　頁 118。

　　這闋詞敘遊子之別恨，是採「先染後點」[31]（上層）的結構予以統合而寫成的。

　　以「染」而言，乃用「先象（景）後意（情）」（次層）包孕「先低後高」（底層）的意象結構加以呈現。

　　首先以「象（景）」的部分來說，它先用開篇三句，寫所見「水（低）」景（象一），初步用二水之長流襯托出一份悠悠之恨；這是透過作者恨之悠悠（主體）聯想到水之悠悠（客體）。其中「汴水流」兩句，都是由「先主後謂」的敘事句，疊敘在一起，以增強纏綿效果。而經由聯想以水之流來襯托或譬喻恨之多，是歷來辭章家所慣用的手法，如李白〈太原早秋〉詩云：「思歸若汾水，無日不悠悠。」又如賈至〈巴陵夜別王八員外〉詩云：「世情已逐浮雲散，離恨空隨江水長。」此外，作者又以「流到瓜州古渡頭」來承接「泗水流」，採頂真法來增強它的情味力量。這種修辭法也常見於各類作品，如《詩・大雅・既醉》說：「威儀孔時，君子有孝子。孝子不匱，永錫爾類。」又如佚名的〈飲馬長城窟行〉說：「長跪讀素書，書中竟何如？」這樣用頂真法來修辭，自然把上下句聯成一氣，起了統調、連綿的作用。況且這個調子，上下片的頭兩句，又均為疊韻之形式，就以上片起三句而言，便一連用了三個「流」字，使所寫的水流更顯得綿延不盡，造成了纏綿的特殊效果。作者如此寫所見「水」景後，再擴大聯想，用「吳山點點愁」一句寫所

---

31 新發現章法之一。「點染」本用於繪畫，指基本技巧。而移用以專稱辭章作法的，則始於清劉熙載。但由於他的所謂的「點染」，指的，乃是「情」（點）與「景」（染），和「虛實」此一章法大家族中的「情景」法，恰巧相重疊，所以就特地借用此「點染」一詞，來稱呼類似畫法的一種章法：其中「點」，指時、空的一個落足點，僅僅用作敘事、寫景、抒情或說理的引子、橋樑或收尾；而「染」，則指真正用來敘事、寫景、抒情或說理的主體。也就是說，「點」只是一個切入或固定點，而「染」則是各種內容本身。這種章法相當常見，也可以形成「先點後染」、「先染後點」、「點、染、點」、「染、點、染」等結構，而產生秩序、變化、聯貫〔呼應〕之作用。見陳滿銘：〈論幾種特殊的章法〉，臺灣師大《國文學報》31 期（2002 年 6 月），頁 181-187。

見「山（高）」景（象二）。在這裡，作者以「先主後謂」的表態句來
呈現。其中「點點」兩字，一方面用來形容小而多的吳山（江南一帶的
山），一方面也用來襯托「愁」之多；這也是由聯想所造成的效果。南
宋的辛棄疾有題作「登建康賞心亭」的〈水龍吟〉詞說：「楚天千里清
秋，水隨天去秋無際。遙岑遠目，獻愁供恨，玉簪（尖形之山）羅髻
（圓形之山）。」很顯然地，就是由此化出。而且用山來襯托愁，也不
是從白居易才開始的，如王昌齡〈從軍行〉詩云：「琵琶起舞換新聲，
總是關山離別情。」這樣，在聯想力的作用下，水既以其「悠悠」帶出
愁，山又以其「點點」擬作愁之多，所謂「山牽別恨和腸斷，水帶離聲
入夢流」（羅隱〈綿谷迴寄蔡氏昆仲〉詩），情韻便格外深長。

　　其次以「意（情）」的部分來說，它藉「思悠悠」三句，即景抒情，
來寫見山水之景後所湧生的悠悠長恨；這是帶動聯想的根源力量。在
此，作者特意在「思悠悠」兩句裡，以「悠悠」形成疊字與疊韻，回應
上片所寫汴水、泗水之長流與吳山之「點點」，將意象與聯想產生互
動，造成統一，以加強纏綿之效果；並且又冠以「思」（指的是情緒，
亦即「恨」）和「恨」，直接收拾上片見山水之景（象）所生之「愁」
（意），表達了自己長期未歸之恨。而「恨到歸時方始休」一句，則不
僅和上二句產生了等於是「頂真」的作用，以增強纏綿感，又經由想像
將時間由現在（實）推向未來（虛），把「恨」更推深一層。這種意象
與想像互動的寫法也見於杜甫〈月夜〉詩：「何時倚虛幌，雙照淚痕乾。」
這兩句寫異日月下重逢之喜（虛），以反襯出眼前相思之苦（實）來，
所表達的不正是「恨到歸時方始休」的意思嗎？所以白居易如此將時間
推向未來，如同杜詩一樣，是會增強許多情味力量的。

　　以「點」而言，僅「月明人倚樓」一句，寫的是「象（景－事）」。
這一句，帶出「象三（高）」、「象四（低）」（次層）。就文法來說，由
「月明（象三）」之表態句與「人倚樓（象四）」之敘事句，同以「先

主後謂」的結構組成，只不過後者之「謂語」，乃含述語加處所賓語，有所不同而已。而「月明人倚樓」，雖是一句，卻足以牢籠全詞，使人想見主人翁這個「人」在「月明」之下「倚樓」，面對山和水而有所「思」、有所「恨」的情景，大大地起了「以景（事）結情」的最佳作用；這就使得全詞的各個意象，在聯想與想像的催動下，統合而為一了。

　　大家都知道「以景（象）結情（意）」，關涉到聯想與想像之互動發揮[32]，是辭章收結的好方法之一，譬如周邦彥的〈瑞龍吟〉（章臺路）詞在第三疊末用「探春盡是，傷離意緒」，將「探春」經過作個總結，並點明主旨之後，又寫道：「官柳低金縷，歸騎晚，纖纖池塘飛雨，斷腸院落，一簾風絮。」這顯然是藉「歸騎」上所見暮春黃昏的寥落景象（象）來襯托出「傷離意緒」（意）。這樣「以景（象）結情（意）」，當然令人倍感悲悽。所以白居易以「月明人倚樓」來收結，是能增添作品之情韻的。何況他在這裡又特地用「月明」之「象」來襯托別恨之「意」，更加強了效果。因為「月」自古以來就被用以襯托「相思」（別情），如李白〈聞王昌齡左遷龍標遙有此寄〉詩云：「我寄愁心與明月，隨風直到夜郎西。」又如孟郊〈古怨別〉詩云：「別後唯有思，天涯共明月。」這類例子，不勝枚舉。

　　作者就這樣以「先染『象（景）、意（情）』後點『象（景──事）』」的結構，將「水」、「山」、「月」、「人」等「象」排列組合，也就是透過主人翁在月下倚樓所見、所為之「象」，把他所感之「意」（恨），經由聯想與想像的作用融成一體來寫，使意味顯得特別深長，令人咀嚼不盡。有人以為它寫的是閨婦相思之情，也說得通，但一樣無損於它的美。附意象（含章法）結構系統表如下：

---

32 陳滿銘：〈論意象與聯想力、想像力之互動──以「多」、「二」、「一（0）」螺旋結構切入作考察〉，頁47-54。

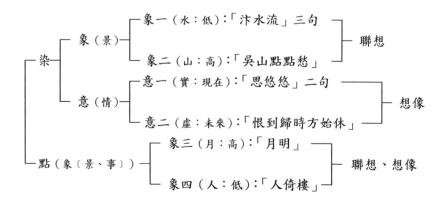

如凸顯其風格中的剛柔成分[33]，則可分層表示如下：

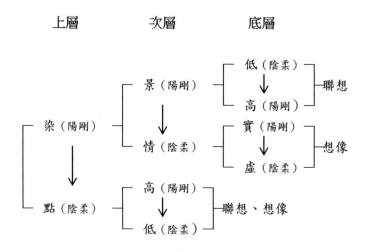

---

33 辭章中剛柔之成分，已初步根據陰陽流動所形成「勢」之各種要素，擬定公式予以量化，依此推算，白居易此詞，其「勢」之數的總和為「陰 25 陽 14」，如換算成百分比（四捨五入），則為「陰 64 陽 36」，乃十分接近「純陰」的作品。如此在「自由心證」或「直覺」之外，提供「有理可說」之一些空間，已初步為姚鼐「夫陰陽剛柔，其本二端，造萬物者糅而氣有多寡、進絀，則品次億方，以至於不可窮，萬物生焉」的說法，作較具體的印證。參見〈章法風格論——以「多、二、一（0）」結構作考察〉，頁 147-164。

此詞之主旨為「悠悠」離恨，置於篇腹；而所形成的是偏於「陰柔」的風格，因為各層結構的剛柔之「勢」，除底層之「先低後高」趨於「陽剛」外，其餘的都趨於「陰柔」，尤其是其核心結構[34]「先景後情」更如此。如此使「勢」很強烈地趨於「陰柔」，是很自然的事。

據此，這一首詞就各層思維力而言，可總結為如下數點：

1 從「一般思維力」的層面來看，個別的意象（狹義）之選取，如「水流」、「山點點」、「月明」等意象，是要靠「觀察力」與「記憶力」的；而整體意象（廣義）之形成、表現與組織，是要靠「聯想力」與「想像力」的。至於牽動「觀察力」、「記憶力」、「聯想力」與「想像力」的，就是「思維力」。

2 從「特殊思維力」的層面來看，可分三方面加以說明：先就「形象思維」而言，在「意象」（狹義）上，主要用「水流」、「山點點」、「月明」、「人倚樓」等，先後形成個別意象，而以「悠悠」之「恨」來統合它們，產生「異質同構」之莫大效果。在「詞彙」上，它將所生「情」（意）、所見「景（事）」（象），形成各個詞彙，如「水」（流）、「瓜州」、「渡頭」（古）、「山」（點點）、「思」（悠悠）、「恨」（悠悠）、「月」（明）、「人」（倚）、「樓」等，為進一步之「修辭」奠定基礎。在「修辭」上，它主要用「頂真」法來表現「水」之個別意象，用「類疊」法、「擬人」法等來表現「山」之個別意象，使「水」與「山」都合情，而連綿不盡，以增強作品的感染力。次就「邏輯思維」而言，在「文法」上，所謂「水流」、「山點點」、「月明」、「人倚樓」等，無論屬敘事句或屬表態句，用的全是主謂結構，將個別概念組合成不同之意象，以呈現字句之邏輯結構。在「章法」上，它主要用了「點染」、「景情」、「高低」、「虛實」等

---

34 〈論章法「多、二、一（0）」的核心結構〉，頁71-94。

章法，把各個個別意象先後排列在一起，以形成篇章之邏輯結構。末就「統合思維」而言，它綜合以上「意象」（個別）、「詞彙」、「修辭」、「文法」與「章法」等精心的設計安排，充分地將「恨悠悠」之一篇主旨與「音調諧婉，流美如珠」[35] 這種偏於「陰柔」之風格凸顯出來，使人領會到它的美，而感動不已。

3 從「創造思維力」的層面來看，它統合了「一般能力」與「特殊能力」，由「詞」而「句」而「章」而「篇」，將作者之「創造力」作了充分之發揮[36]。

四　結語

由此看來，辭章離不開「意象」之形成（意象〔狹義〕）、表現（詞彙、修辭）與其組織（文〔語〕法、章法）；而藉「形象思維」（陰柔）與「邏輯思維」（陽剛）加以統合，並由此而凸顯出一篇主旨與風格來。這種結構系統，就同一作品而言，作者由「意」而「象」地在從事順向創作的同時，也會一再由「象」而「意」地如讀者作逆向之檢查；同樣地，讀者由「象」而「意」地作逆向鑑賞（批評）的同時，也會一再由「意」而「象」地如作者在作順向之揣摩。這樣順逆互動、循環而提升，形成螺旋關係[37]，而最後臻於至善，自然使得偏於先天之「思維系統（含語文能力）」（寫作）與偏於後天之「辭章研究」（閱讀）合為一軌了。尤其是就同一文本而言，寫作指作者、閱讀指讀者，兩相互動，更不能

---

35 趙仁圭、李建英、杜媛萍：「整首詞借流水寄情，含情綿邈。疊字、疊韻的頻繁使用，使詞句音調諧婉，流美如珠。」見《唐五代詞三百首評析》（長春市：吉林文史出版社，1997 年 1 月一版一刷），頁 148。

36 以上分析，參見陳滿銘：〈論辭章多層面之解析──以白居易〈長相思〉為例作考察〉，《臺北市立教育大學學報・人文社會類》42 卷 2 期（2011 年 11 月），頁 81-108。

37 〈論讀、寫互動〉，頁 108-116。

分開。

對閱讀文本，近來有主張以讀者之「直觀」為主體的，固然有其價值，卻不能不重視以文本為主體的「專業（模式）」探索，孫紹振認為「要洞察文本，與文本作深度對話，必須不斷對自發主體心理圖式進行專業積累，從而作以更新為特點的建構。建構的過程就是讀者主體比照、遵循文本層次結構，旁涉作者的深層心理結構，總結閱讀的歷史經驗，攀登上文本閱讀的歷史高度的過程。」[38] 這種看法很正確，是文本閱讀時所應關切的。

雖然辭章反映的是先天（先驗）之「思維系統」（含語文能力），為「直觀表現」，看來一切好像「自然而然」就好，這對少數天才型的作者與讀者來說，當然是可以的；但對「直觀表現」或「語文能力」較為薄弱的多數人，尤其是一般大眾或學生而言，則無論其閱讀或寫作，非經由專家科學化的「模式定位」之研究，逐漸「知其所以然」，並且將它化繁為簡、化深為淺，加以適當指引，是都不容易明顯地收到逐步提升之改進效果的。

因此，「思維系統」（含語文能力）與「辭章內涵」，是透過寫作與閱讀，產生「循環、往復、提升」的天人互動作用，由「自然而然」而「知其所以然」，形成其「螺旋」關係的。這種緊密關係，既適用於散文，同樣也適用於詩詞與其他作品。

---

38 孫紹振：〈讀者主體和文本主體的深度同化和調節〉上，《國文天地》26 卷 3 期（2010年 9 月），頁 50-55。